醫統江山

第二輯

卷13

挑燈夜戰

石章魚 著

沒有永遠的敵人
只有永遠的利益

目錄

第一章

強烈的劍光

劍光！耀眼奪目的劍光，光芒乍現可與日月爭輝，
胡小天的雙目都被這強烈的劍光晃了一下，
而就在此時，楊道遠一劍劈出。
後發先至，雖然胡小天舉刀在先，卻是楊道遠率先發招，
一股無形劍氣向胡小天的身體劈去，
楊道遠竟然是達到劍氣外放的高手。

燕虎成轉過身去，大步走出營帳之外，一個身影從前方陰影處閃將出來，卻是西川四傑之首的朱景堯，看到燕虎成的表情他馬上明白了什麼，燕虎成並未說話大踏步向前方走去，朱景堯跟著他身後，來到了行營中的一個草丘之上。

看到周圍無人，朱景堯方才小心翼翼問道：「將軍，先生怎麼說？」

燕虎成搖了搖頭。

朱景堯道：「難道先生看不透時局嗎？」

燕虎成黯然道：「他不是看不透，是看得太透，無論發生什麼事情他都不會改變初衷。」

朱景堯道：「明明看不到希望了，為何還要堅持？你有沒有告訴先生，李鴻翰在大帥面前進讒言，說他和胡小天勾結之事？」

燕虎成點了點頭。

朱景堯此次天香國之行負責李鴻翰的安全，也是李鴻翰的貼身護衛之一，這些內情全是他告訴燕虎成的。朱景堯歎了口氣道：「大帥表面上對先生信任，可這次派先生作為監軍，實際上卻是在考驗先生，如果紅木川無法順利拿下，恐怕……」

燕虎成握緊雙拳，低聲道：「那李鴻翰當真可惡，若然讓我抓住機會，我必然一刀砍了他。」

朱景堯道：「將軍息怒，現在最大的問題不是李鴻翰，乃是大帥對先生產生了懷疑。」

燕虎成憤然道：「西川之所以能夠撐到現在，還不是因為我義父鞠躬盡瘁兢兢業業，若是他也懷疑我義父，那當真是沒有天良了。」

朱景堯歎了口氣，附在他耳邊低聲說了幾句。

燕虎成聞之色變：「什麼？」

朱景堯點了點頭道：「我看西川敗亡是早晚的事，將軍還是早作打算吧！」

胡小天和龍曦月兩人坐在飛梟之上，飛梟飛行的速度很慢，彷彿漂浮在夜空之中，胡小天俯瞰下方，下面就是西川的連營，從他們所處的高度來看，連營如同火柴盒般大小，雖然隔著這樣的距離，仍然可以看出對方的營地井然有序。

胡小天指揮飛梟降低了一些高度，以便他看得更清楚一些，龍曦月靠在胡小天的懷中，美眸欣賞著這美麗而寧靜的夜色，當她看到下方旌旗招展的軍營方才從夢幻中回到現實，想到了即將迫近紅木川的這場戰爭，想到了胡小天將要進行的行刺計畫，她的內心不由得緊張了起來，轉過身去，緊緊抱住了胡小天的身軀。

胡小天道：「不知這裡的主將是誰？從軍紀上來看，此人不是一般人物啊。」

龍曦月小聲道：「你忘了，不是張子謙嗎？」

胡小天道：「他是個謀士，行兵佈陣，安營紮寨，統帥士兵，這些事可不是他能夠做得出來的。」此時方才想起孟廣雄曾經提過，這裡的主將是張子謙的義子燕虎成，從行營的佈局來看，這個燕虎成絕非普通人物。

胡小天向龍曦月道：「明晚展開行動，長明護送你先離開這裡，等事情過後，咱們再會合。」

龍曦月點了點頭，她識得大體，這種時候的任何不捨都會讓胡小天心亂：「你自己多加小心，見到飛梟之後，我放心多了。」其實她的擔心一點沒有減少，只不過她儘量不能表露出來。

胡小天還是從她的雙眸中讀懂了她的關切和不捨，展開臂膀將她擁入懷中。

夏長明的任務不僅僅是保護龍曦月，除此以外，胡小天還交給了他另外一個任務，前往天狼山通知閻魁方面，讓天狼山馬匪出動人馬在青雲縣附近製造動靜，轉移他們的注意力。

龍曦月決定和夏長明一起前往，她天資聰穎，很快就跟著夏長明學會了駕馭雪雕的方法。

楊道遠自從抵達紅谷，他的心情就一直無法寧靜，連馮閑林都看出了他的不安和焦躁，恭敬道：「大人，您是不是有什麼心事？」

楊道遠看了他一眼，然後又歎了口氣：「大帥派那個老學究當監軍，根本就是要盯著我啊！」

馮閑林道：「他對您不信任嗎？」

楊道遠嘿嘿笑了一聲道：「信任？」心中暗道，這個世界上除了自己以外，哪還有人值得信任。

馮閑林道：「大人為他立下這麼多的汗馬功勞，他居然還不信任您，實在是讓人心寒。」

楊道遠意味深長道：「狡兔死，走狗烹！飛鳥盡，良弓藏！自古以來都跳脫不出這個道理。」

馮閑林不解道：「可他還未到一統江山之時，又怎能做這種事情？」

楊道遠道：「他不做，未必那小畜生不做。」他口中的小畜生指的就是李天衡的兒子李鴻翰。

馮閑林領會到他話中的意思：「李鴻翰？」

楊道遠點了點頭道：「李鴻翰這小子心狠手辣，心胸狹窄，他一直都看我不順眼，想要接管我在燮州的權力，我一直讓著他，不想跟他發生衝突，可這廝卻變本加厲，還到處散播關於我的流言。」

馮閑林低聲道：「你是說那些流言都是他散播出來的？」

楊道遠道：「這些年來我對李天衡沒有功勞也有苦勞，自問沒有對不起他的地方，他李天衡優柔寡斷，庸碌無能，白白錯過了發展良機。」

馮閑林不解道：「可是李鴻翰為何要針對你，他以後是要繼承西川大權的人，為何要看重大人手中的那點權力？」

楊道遠道：「他是想掃清障礙，為自己上位做準備呢，這畜生沒什麼本事，可心性卻極為不正，總以為自己有經世之才，文可安邦，武可定國，呵呵……簡直是不知天高地厚！」

馮閑林道：「可人家是父子，李天衡的眼裡，自己的兒子定然是有著千般好處。大人，這次咱們進攻紅木川，一旦事成，就可趁機將紅木川據為己有，坐擁紅木川之地，進可攻，退可守，以後再也用不著受這兩父子的醃臢氣了。」

楊道遠心中其實早有了打算，不過他並未表露，現在連馮閑林這種沒有雄才大略的武夫都能夠說出來，他非但感到欣慰，反而有些緊張了，他也沒有想到這次的糧草補給會出現延誤，時間拖得太久絕不是什麼好事，可能會讓他們攻擊紅木川的真正目的暴露。

楊道遠道：「明日就是進軍之時，不過我想天狼山方面應該已經洞悉了我們真正的目的了。」

馮閑林道：「那又如何？不打他們已經是好事，難道他們敢主動招惹我們？六萬大軍可輕易將天狼山夷為平地。」對於他這種江湖人來說，人數和武力就意味著絕對優勢，他並沒有考慮到太多的因素。

楊道遠道：「招惹倒是不會，只是這樣一來紅木川方面就可能會提前得到訊息，咱們這一仗恐怕不好打了。」

馮閑林道：「讓燕虎成和那個老東西頂在前面，戰死了才好！」

楊道遠道：「你以為到了紅木川之後，他們不會先下手除掉我們？」

馮閑林聞言一驚，愕然望向楊道遠。

楊道遠伸出肥胖的手抓起桌上的佩劍，緩緩抽出劍刃，劍鋒脫殼之後，不見他如何動作，卻如同靈蛇般顫抖起來，似乎他手中的那柄劍突然有了生命力。

馮閑林望著眼前的一切，目光變得狂熱起來，其中充滿了羡慕：「師兄……」

楊道遠霍然轉過頭來，陰冷的目光讓馮閑林不寒而慄。

馮閑林垂下頭去不敢正視他的目光。

楊道遠道：「我想你幫我做一件事，務必要做到神不知鬼不覺！」

馮閑林向前一步：「大人請吩咐！」

「今晚你帶領七殺出動，幫我除掉張子謙和燕虎成！」

「什麼？」這個消息實在是太過突然，馮閑林還以為自己聽錯。

楊道遠道：「張子謙是個老狐狸，以他的智慧不難看出咱們的目的。」

「為何不等到攻下火樹城之後再殺他？」

楊道遠搖了搖頭道：「我這兩日心緒不寧，總有一種不祥的預兆，如果在我們下手之前，他先行向我們下手，那就悔之晚矣。做事必須要當斷則斷，任何的猶豫都可能導致無法挽回的後果。」他的手臂微微一動，長劍以驚人的速度射入劍鞘之中，卻沒有發出一絲一毫的聲息，勁力的掌控實則早已到了收發自如的境界。

胡小天坐在飛梟的身體上，靜靜調息，月光無聲，靜靜籠罩了他和飛梟的身體，一人一梟在月下仿若定格，這畫面充滿了靜謐之美。

下方就是紅谷縣城，入夜之後紅谷縣城大半的燈火就已經熄滅，在大批兵馬進駐縣城內外的情況下，當地百姓變得謹小慎微，入夜之後就很少有人再敢出城。

胡小天睜開了雙目，遠眺白龍河的方向，那邊是西川軍隊糧營之所在，一旦丐幫弟子採取行動，火光就會在那片草甸之上燃起。已經接近午夜，那邊仍然沒有任何的動靜。

夜空中沒有一絲風，這樣的天氣狀況下即便是點燃那把火，也無法順利讓火勢蔓延開來，火借風勢，胡小天抬頭望了望空中的那輪明月，如此皎潔，空中沒有一絲雲，也感覺不到風，胡小天知道，丐幫的那群人也和他一樣正在等待風來。

糧草營上方，兩隻雪雕緩緩滑翔，夏長明時刻關注著龍曦月的狀況，畢竟今天才是她第一次騎乘這隻雪雕，生怕發生什麼意外，可龍曦月通過短短的時間適應之後，已經操縱自如，那隻雪雕居然聽話得很，看來任何生物對美麗的人或事物都是寬容的。

雪雕頸部的羽毛微微顫抖了起來，夏長明轉過身去，卻見龍曦月也在欣喜地看著他，輕聲道：「風來了！」

夏長明點了點頭，風越來越大，終於數點火光從糧草營的位置亮了起來，火光在風勢的作用下開始擴展，可看起來擴展的速度並沒有預想中迅速，夏長明輕呼一聲，兩隻雪雕向下方俯衝而去，夏長明抽出玉笛，開始吹奏，笛聲隨著夜風送了出去，沒多久就看到已經棲息的鳥兒從糧草營的四周飛了過來，牠們瘋狂投向烈火，沾染烈火之後，又帶著火光投向敵營。龍曦月有些不忍卒看，閉上雙眸，可是她明白戰爭就是這樣，來不得半點的仁慈。

鳥群加入之後，糧草營燃燒的速度迅速增加，燃燒的範圍不斷擴展，負責守衛糧草營的士兵慌忙提水去救火，可惜這樣救火的方式實在效率太低，很快就意識到這場火根本不是他們有能力撲滅的。

當糧草營火起的剎那，胡小天已經從空中看到，他微笑道：「梟兄，是時候出動了！」一飛梟猛然向下方俯衝而去，帶著胡小天化成一條黑色閃電，以驚人的速度衝向下方行轅。

下方的景物在胡小天的面前迅速擴大，飛梟在飛行中的掌控能力極強，在一定的高度開始減速，等到行轅上方十丈處已經將速度放到最緩，龐大的身軀無聲無息，猶如暗夜精靈，胡小天騰空飛掠而下，在胡小天離開飛梟背部的剎那，飛梟向上迅速爬升。

胡小天身體落下的地方正是楊道遠的居處，房間內仍然亮著燈光，胡小天以馭翔術滑行接近。臨近大門，抽出破風刀，一刀將房門劈開！房門一分為二。

裡面一人正站在地圖前靜靜思索，正是夔州太守楊道遠。

楊道遠聽到房門破裂之聲頓時驚覺，他根本看都不看身後，雙足一頓，肥胖臃腫的身軀以驚人的速度向左前方投去。按照正常人的反應，聽到動靜首先會去看看究竟發生了什麼，可往往就在這一看之間錯失機會，真正的高手絕不會有這樣的反應，命懸一線，哪怕是片刻的遲疑都會鑄成大錯。楊道遠幾乎在第一時間反應過來，逃亡的方向是左前方，因為他從聲音中已經聽出對方用刀，而且是右手刀，無論對方的刀法多快，揮刀的時候還會耗費時間，即便是一絲一毫的時間都可能成為他扭轉戰局的關鍵。

胡小天一刀劈落，刀氣激發而出，將室內懸掛的那張地圖劈成兩半，無形刀氣追逐著楊道遠的腳步。即便是霸道的刀氣也會在行進的過程中不斷衰弱。刀氣劈中了楊道遠的後背，他身上長袍被刀氣撕扯得寸寸而裂，露出裡面金色的絲甲，金絲纏龍甲。雖然有寶甲護身，楊道遠仍然感覺到這霸道的威力，丹田之中一陣激蕩，身體撞擊在前方的窗，猶如一個皮球一樣衝出房間。

胡小天看到自己一刀命中目標對方居然無恙，心中暗自稱奇，他也看到楊道遠身上的金甲，這件寶甲竟然可以抗住自己的刀氣，其防禦強度堪比送給龍曦月的烏蠶寶甲。

胡小天絕不肯放任楊道遠就此逃掉，足尖一點，隨著楊道遠躍出窗外。

楊道遠逃入院落的同時，有四道身影從不同的角度趕來，四名黑衣劍手揚起手中長劍，齊齊刺向胡小天，意圖阻止他的去路。

胡小天冷哼一聲，手中長刀弧形劈出，鏘琅琅一陣聲響，對方長劍從中斷裂，胡小天發出的刀勢未歇，噗！噗！……連中四名劍手的軀體，將他們劈成兩段。

楊道遠卻在此時停下了腳步，他的手落在劍柄之上，並未急著拔出，一雙小眼睛死死盯住胡小天，陰惻惻道：「閣下好厲害的身手，不知和楊某有何冤仇，為何要苦苦相逼？」

胡小天一言不發，揚起手中破風，凝聚內力要力斬楊道遠於這一劍之中。

楊道遠感到一股空前強大的殺氣從對面壓榨過來，這種壓迫感讓他幾乎喘不過氣來，他深知單論內力自己絕不是對方的對手，喉頭突然發出一聲怪異的吼叫，猛然抽出腰間長劍。

劍光！耀眼奪目的劍光，光芒乍現可與日月爭輝，胡小天的雙目都被這強烈的劍光晃了一下，而就在此時，楊道遠一劍劈出。後發先至，雖然胡小天舉刀在先，卻是楊道遠率先發招，一股無形劍氣向胡小天的身體劈去，楊道遠竟然是達到劍氣外放的高手。

胡小天雖然視力被強光短暫影響，可是他對周圍的判斷力並沒有失去，雖然沒有看清對方的出招，卻感應到對方劍氣來到的方向，腳步向右側滑動，劍氣擦著他的左肩掠過。

楊道遠抓住這難得的時機，手中劍宛如瘋魔般亂舞，縱橫交錯的劍光向胡小天紛飛而去。胡小天手中破風來回揮舞，化成一團光霧，擋住對方劍氣。

此時空中一片黑壓壓的蝙蝠飛掠而來，楊道遠念念有詞，那片蝙蝠如同黑雲般向胡小天下壓而去，楊道遠不但是一位劍道高手，而且還是一個馭獸師，這些蝙蝠就是受了他的操縱。

胡小天連續兩刀劈開蝙蝠群，可這些蝙蝠雖死傷無數，被刀氣分開之後，馬上聚攏瘋狂奔來，雖然無法對胡小天造成傷害，但也對他造成了極大干擾。

此時外面擁入大量武士，一個個揚弓向胡小天射去。

楊道遠狡猾非常，他並不戀戰，看到蝙蝠群暫時糾纏住了胡小天，轉身就逃。

胡小天暗叫不妙，今日若是讓楊道遠逃了，以後殺他更不容易，可這些蝙蝠群實在太過討厭，而且那些武士到來，一個個瞄準目標射箭，胡小天又要驅趕蝙蝠群又要阻擋對方箭雨，這些攻擊雖然對他造不成傷害，可是一時間根本無法抽身，就在此時，空中傳來一聲低沉的鳴叫，那群蝙蝠聽到叫聲嚇得一個個四散而逃。

那些武士循聲仰首望去，卻見一隻巨大的鳥兒宛如一頭怪獸般從空中俯衝而至，轉瞬之間就來到眼前，那幫武士多半嚇得其棄弓而逃，還有人壯著膽子射出幾箭，可是羽箭射在飛梟身上根本無法傷及牠分毫，飛梟巨大的雙翼拍打在那群武士的身上，宛如摧枯拉朽般擊潰了他們的陣營，那群武士在慘叫聲中飛向空中，一個個如同斷了線的風箏一般。

胡小天得飛梟解圍，頓時精神大振，擺脫蝙蝠群，騰空飛躍而起，已經踏足在飛梟的身上，飛梟帶著他飛起在空中。

楊道遠這會兒根本就沒有停止過逃亡的腳步，本以為已經逃出險境，可是看到自己被一個巨大的陰影籠罩，內心恐懼到了極點，以他的鎮定也不得不抬頭望去。

卻見一隻超乎想像的偉岸猛禽就在他的上空，一道黑影從飛梟身軀之上俯衝而下，正是得飛梟協助突圍的胡小天，胡小天雙手擎刀爆發出一聲驚天怒吼，一刀劈下，一道無形刀氣以撕裂天地之勢向下劈去。

楊道遠倉促之中只能揮劍迎戰，可是尚未激發出劍氣，對方的刀氣已經掠過他的頸部，楊道遠的頭顱離體遠遠飛了出去，斷裂的腔子噗地噴出大片的血霧，漆黑的夜色中瀰散出一股濃重的血腥味道。

胡小天一刀劈死了楊道遠，這還不算完，居然趁著對方武士沒有蜂擁而至，三下五除二將這廝的寶甲扒了下來，拎起楊道遠的腦袋，騰空躍上飛梟的背上。

飛梟帶著胡小天發出一聲霸氣的梟叫，陡然向上攀升。

下方數百名趕來的武士紛紛瞄準空中施射，飛梟振翅撥打，有不少羽箭反向射入敵營之中，慘叫聲接連不斷，等他們組織好第二輪施射的時候，飛梟帶著胡小天已經消失在夜空之中，其飛行的速度實在是驚世駭俗。

胡小天拎著楊道遠的腦袋，在月光下看得不禁哈哈大笑。

飛梟也發出連聲梟叫彷彿在配合他的笑聲，胡小天聽得皺起了眉頭：「梟兄啊梟兄，你這嗓音實在是有點不雅，大半夜的別嚇著小孩子，就算嚇著了花花草草也是不好的。」

飛梟的身軀猛然一沉，嚇得胡小天趕緊用腿夾住牠，這傢伙越來越聰明了，似乎能完全聽懂自己的話呢。胡小天看了看從楊道遠屍體上扒下來的金甲，這可是好東西，當然胡小天本身就有七星海蛇蛇皮做成的內甲防身，可他的紅顏知己那麼多，寶甲也不夠分，這套寶甲回去送給霍勝男，她整天統軍，有時還要上陣殺敵，必須要一套寶甲防身。要說今天刺殺楊道遠多虧了飛梟的及時現身，那楊道遠如此狡詐，險些從自己的眼皮底下溜掉，現在胡小天可以斷定楊道遠就是劍宮弟子，卻不知因何當上了夔州太守。

胡小天指揮飛梟向外面的行營飛去，他還肩負著刺殺張子謙的重任。從高空中俯瞰，可看到糧草營的大火越燒越大，知道那些丐幫兄弟已得手，胡小天心情大悅，現在只差張子謙的一顆人頭，今日的刺殺計畫就能圓滿成功。

有了飛梟的幫助，距離已不再成為問題，從楊道遠的行轅到張子謙的營帳倏然而至，還沒有找到張子謙的主帳，就被下方一座小山包上的打鬥所吸引過去。

胡小天來到山包之上時卻吃了一驚，正看到下方七名蒙面劍手圍著兩人展開刺殺，其中一人正是張子謙。這一幕把胡小天給搞糊塗了，在自己的刺殺計畫中並沒有安排其他人幫忙，看來還有人想要殺他。

可胡小天很快就看出那七名男子進退有度，相互配合，他們的配合極其完美，攻守如行雲流水，應該是劍宮的劍陣，被圍的兩名男子，有一人武功不錯，可他既要面對劍陣還要保護身後的那男子，胡小天到來的時候，就敗像已露。

胡小天看得真切，被護住的那名男子正是張子謙，張子謙身上已多處中劍，鮮血淋漓，胸膛之上還有一把匕首深至沒柄。

保護張子謙的是他的義子燕虎成，燕虎成身上也是多處受傷，原來他們聽說糧草營著火，才離開營帳來到這小山包上觀看火情，隨行只有四名武士，可沒成想來到這小山之上卻遭遇了刺殺，四名隨行武士全都被殺。七名殺手劍法高超不說，而且他們組織的劍陣威力奇大，燕虎成根本找不到破陣之法。

除了這七名刺客之外，遠處還站著一個獨臂刺客，他冷冷旁觀，此人正是馮閑林，他率領七殺過來行刺，看到眼前局勢根本不用自己出手，所以乾脆袖手旁觀。

張子謙氣息奄奄，看到燕虎成仍然堅持不肯放棄自己，他淒慘叫道：「虎成快走……你快走……不用管我……」

燕虎成虎目通紅，咬牙怒吼道：「我不走，就算死，也要和義父死在一起！」

這座山丘距離行營有相當的一段距離，營內將士大部分前往糧草營救火，剩餘駐留的那些士兵也在關注著糧草營的情況，並沒有人注意到發生在這裡的刺殺。

馮閑林搖了搖頭，獨臂將長劍緩緩抽出，準備給予燕虎成致命一擊，可就在這時，他忽然感覺到一種莫名的恐懼，猛然轉過頭去，單就這一點而言，馮閑林的修為比不上楊道遠。

即便是楊道遠如此修為都死在了胡小天的手中，更何況過去就被胡小天斷去一臂的馮閑林。

胡小天竟然以本來相貌出現在馮閑林的面前，馮閑林看到他，嚇得魂飛魄散，胡小天冷笑道：「送你們一件禮物！」他將楊道遠的人頭向馮閑林拋去，馮閑林只當是扔過來的暗器，揮劍砍了過去。一劍披中人頭方才發現那竟然是楊道遠的首級。馮閑林還未看清，胡小天已經一刀劈落。

馮閑林揮劍去擋，胡小天這一刀雖沒有成功發出刀氣，可在他全力一揮之下，再加上破風的鋒刃之利，馮閑林手中劍一分為二，刀鋒從他的前額筆直劈落，竟然將馮閑林的身體劈成兩半。

胡小天一刀斃敵之後，片刻不停衝向對方劍陣，第二刀橫削而出，一道凜冽刀氣直奔殺手陣列，兩人躲避不及被攔腰斬斷。

燕虎成得到他的相助頓時壓力大減，奮起神威一刀捅入對面殺手的心口，刀鋒透胸而入。

剩下的幾名殺手看到對方強援到來，嚇得一個個轉身就逃，胡小天也沒有追趕，看到燕虎成抱起倒在血泊中的張子謙：「義父……義父……」

張子謙的嘴巴一張一合，似乎想要說什麼，可什麼都說不出來，他的手指向胡小天。

燕虎成含淚望向胡小天，胡小天緩緩來到張子謙身邊，蹲下身去，握住他的手，檢查張子謙的傷勢，發現那匕首已刺穿了心臟，時間太久，失血過多，就算是現在擁有全套手術設備恐怕也救不活了。此時後方傳來呻吟聲，卻是燕虎成捅殺的那人沒有死絕，燕虎成怒極，起身來到那殺手面前，抽出鋼刀又一刀捅了進去。

胡小天道：「張先生想說什麼？」

張子謙彌留之際根本分不出對方是誰，還以為仍然是燕虎成在自己身邊，以虛弱的聲音道：「殺了……胡小天……」

胡小天心中對他僅存的一點憐憫頓時消失得乾乾淨淨，這老東西，臨死前還不忘殺了自己，對李天衡還真是忠心，還好這句話沒被燕虎成聽到。

燕虎成剛剛跑去殺人，正好錯過了這句話，回來的時候張子謙已經氣絕身亡了，張子謙是他的義父，燕虎成自幼父母雙亡，全靠張子謙照顧才得以長大成人，看到義父身死，他悲痛欲絕，大聲慟哭。

胡小天勸道：「你也不要太過傷心了。」

燕虎成這才想起他還在這裡，霍然轉過頭來，揚起手中血淋淋的鋼刀道：「你是誰？你來這裡做什麼？」

胡小天道：「我來救你啊，張先生是我的老朋友，我對他敬重得很，你是燕虎成吧，張先生臨終前讓我告訴你，良禽擇木而棲，西川氣數已盡，讓你儘早另選明主。」

「你是誰？」

胡小天轉身向遠方走去沒走幾步，一隻大鳥俯衝到他的面前，胡小天騰空一躍落在飛梟身上，飛梟載著他向夜空中飛去，胡小天朗聲道：「胡小天！以後咱們必然還有見面的機會。」

「胡小天？」燕虎成喃喃道，望著胡小天已經在夜空中化為一個黑點，燕虎成的臉上充滿崇拜之色，胡小天不但神出鬼沒且武功高強，今晚若不是他出手相助，恐怕自己也要死在這些殺手的手中，燕虎成看到滿地的屍首和頭顱，從中認出楊道遠和馮閑林，心中明白這場刺殺必然是他們所策劃，可事到如今，元兇已死，也沒有報仇的必要了。

下方隊伍聽到動靜來到山上查看，燕虎成整理悲傷的情緒，主帥死了，監軍也死了，糧草營也被人給燒了，出師未捷，現在還談什麼攻打紅木川。

此時又有士兵過來通報道：「將軍，青雲縣的營地被馬賊襲擊了。」

燕虎成點了點頭，漸漸平復了下來，當務之急是要穩住隊伍的軍心，這場仗是沒法打了，自己必須儘快趕往西州，將這邊的情況向李天衡稟報。

胡小天來到約定的地點，夏長明和龍曦月早已在那裡等待，龍曦月看到胡小天安然歸來，難以抑制心中的喜悅，快步跑了過去，放下矜持投入胡小天的懷中。

胡小天感覺到龍曦月的嬌軀在瑟瑟發抖，想來是太過擔心自己的緣故，他柔聲道：「曦月，我答應你，以後再也不這樣冒險了。」

龍曦月點了點頭，美眸中淚水奪眶而出，小聲道：「就算你去，我也要陪著你去。」

夏長明早已轉過身去，這樣的情景最好還是迴避，心中不由得想起了曾小柔，一陣黯然，為何還要想那個女人？她不值得自己去想，可是忘記一個人又談何容易，更何況是自己曾經心頭摯愛，夏長明望著空中的明月，心中暗想，無論你在哪裡，我都不要與你再見，你平安就好……

夏長明本以為胡小天要直接離開西川返回東梁郡，可胡小天卻要去青雲看看。這其中確實有一份情結作祟，當初青雲乃是他遊歷天下的第一步，也是他來到這個時代第一次擔任官職，給他留下了許許多多的記憶。夏長明和胡小天約定一天之後到青雲跟他會合，然後一起返回。

飛梟將胡小天和龍曦月兩人送到青雲城外，也和夏長明一起去了。

黎明時分，胡小天和龍曦月並肩走向青雲縣城。通濟河上的青雲橋已經修好，走在這座青石雕砌的橋樑之上，忽然想起當年初臨青雲的時候，那時青雲橋斷，還是張子謙用小舟渡得他們，可如今也是生死相隔了，胡小天扶著青石橋的欄桿，望著悠悠河水，輕聲道：「南橋頭二渡如梭，橫織江中錦繡。」

龍曦月有些驚奇地看著他，不知他為何突然文興大發，出起了對聯，剛想思索下聯，卻聽胡小天又道：「西岸尾一塔似筆，直寫天上文章。」聲音充滿了感傷。

龍曦月不明他為何如此感傷，問過之後方才知道胡小天和張子謙的這段往事，柔聲歎了口氣道：「其實這世上的人，各有各的緣分，各有各的造化，你也不必勉強，張先生若是泉下有知，知道你來到這裡憑弔他，心中也一定會感到欣慰。」

胡小天點了點頭，張子謙乃是西川大才，只可惜他一心輔佐李天衡，為李家鞠躬盡瘁。自己之所以刺殺他並非是因為他們有仇，而是因為雙方處在不同的立場，張子謙乃是李天衡的智囊，又是進軍紅木川的主謀之一，只有除掉他，方才能夠粉碎西川入侵紅木川的陰謀，現在的紅木川剛剛才穩定下來，若是此時遭遇六萬大軍壓境，恐怕根本沒有抵擋之力，刺殺也是胡小天不得已選擇的辦法。

只是胡小天並沒有想到西川的內部原來矛盾重重，馮閑林刺殺張子謙顯然是在楊道遠的授意下，楊道遠刺殺張子謙的目的何在？稍一琢磨就不難推測出，楊道遠應該是想利用這次的機會擺脫張子謙的監視，掌控指揮六萬大軍的權力，從這件事上就可以看出楊道遠的野心，就算他們拿下紅木川，楊道遠也指揮趁機獨立，擺脫李天衡的控制。

這次的事情讓胡小天感到空前的壓力，紅木川落入自己的掌控之中，等於扼住了西川的南部通路，難怪李天衡會孤注一擲。

龍曦月挽住胡小天的手臂，柔聲勸慰道：「別難過了！」

胡小天笑道：「不是難過，只是惋惜，像張先生這樣的人才本不該落到這樣的下場。」兩人繼續向青雲城門走去，青雲這邊的駐軍本就不多，昨晚紅谷縣發生主將和監軍被刺殺，糧草營被焚之事，此事已經傳得沸沸揚揚，燕虎成做出決定，暫緩進軍紅木川，大軍暫時退守燮州，而他則星夜前往西州，向大帥李天衡稟報。

胡小天本以為自己經過這一晚之後必然要名震天下，畢竟當時他是以本來面目出現於燕虎成面前，可讓他沒有想到的是，現在外面風傳的消息卻是楊道遠勾結天狼山馬匪刺殺張子謙，搞得最後跟自己沒有任何關係了。殺人有人頂罪本來是件大好事，可胡小天卻居然有些失落，再次名滿天下的機會就那麼稀裡糊塗地沒了。

龍曦月看出他的失落，牽著他的手笑道：「人怕出名豬怕壯，這種事有人幫你扛當然最好不過。」

胡小天道：「燕虎成幫我掩飾，看來他有些想法了。」或許是自己最後的那番話讓燕虎成信以為真，他可能真生出了異心，否則也不會為自己掩飾刺殺之事，可燕虎成卻有弄巧成拙之嫌，胡小天既然敢以本尊容顏出現在他的面前，就是要把這件事情鬧大，要讓李天衡知道，自己的地盤是絕不容他人染指的，期望的威懾效果沒有達到。

雖然離開青雲縣多年，可是這裡的狀況變化並不大，就連縣衙還是昔日模樣，胡小天帶著龍曦月在縣城裡面轉了一圈，最後來到回春堂和福來客棧的遺址，那裡依然成為一片瓦礫，想起昔日那些善良百姓的音容笑貌，胡小天心中一陣惻然。

兩人中午來到城內最負盛名的鴻雁樓，胡小天點了幾樣特色菜肴，這裡的魚做得最好，可是龍曦月不吃葷腥，只是挑揀素菜吃了。兩人邊吃邊聊著胡小天昔日的趣事，龍曦月不時發出歡快的笑聲。

就在此時外面忽然傳來一陣騷亂，卻是一個乞丐來門前討飯，被夥計一腳踹倒在地上。

龍曦月一看就怒了，她很少動怒，可她是丐幫幫主，天下乞丐大部分都是丐幫中人，身為幫主豈能看到幫眾受欺負而無動於衷，龍曦月怒道：「住手！你怎麼可以打一個老人呢？」

那白髮蒼蒼的老頭兒抬起頭來，龍曦月本想去攙扶他，卻想不到那老頭兒色瞇瞇望著她道：「美女……美女……」伸手就向她抓了過來。

龍曦月驚得花容失色，胡小天此時來到她身邊一把將她拉了過來，那老乞丐狗一樣爬了過來：「美女……美女……」額頭被胡小天用刀鞘抵住，然後用刀鞘抬起他的下頜，胡小天已經認出眼前這個老乞丐竟然是青雲首富萬伯平。心中不由得感到奇怪，卻不知這個昔日首富怎淪落到了沿街乞討的地步，且看起來應該是瘋了。

萬伯平笑得非常古怪：「嘿嘿……嘿嘿……美女……我喜歡美女……」

龍曦月這會兒也不再同情了，藏身在胡小天身後。

那店小二走過來塞給他兩個包子：「滾！滾遠點兒！媽的，昔日作威作福，欺男霸女，你也有今天。」

萬伯平得了包子還不肯走，眼睛直勾勾望著龍曦月，那店小二終忍不住，一腳踹在他肚子上，將萬伯平踹得跌倒在地，手上的包子也滾開了，這下倒是吸引了他的注意力，他趕緊去追包子，可沒等他抓住包子，一條野狗衝上來把包子給叼走了，萬伯平一邊破口大罵一邊追著野狗去了。

眾人紛紛哄笑，胡小天望著萬伯平淪落到如此地步也不禁感歎，唯有龍曦月不明其中原因，心想這老乞丐如此可憐，怎地沒有人同情他？回到桌旁重新坐下，胡小天方才將事情的來龍去脈對她說了一遍，龍曦月聽完點了點頭道：「如此說來，他也算是遭到應有的報應了，可是都這番模樣了，大家也就不必為難他了。」

那小二走過來給兩人倒茶，胡小天道：「小二啊，我剛剛經過萬府的時候看到萬府好像還有人住啊。」

那位小二笑道：「哪還有什麼萬府，現在已經是胡府，被胡家買下來了。」

胡小天和龍曦月對望了一眼，兩人都感覺此事還真是很巧。

胡小天道：「不知這位胡府的老爺是誰？」

那小二搖了搖頭道：「沒見過老爺，夫人倒是見過幾次，只是知道這家女眷頗多。」

兩人吃完飯，胡小天把帳結了，跟龍曦月經過萬府大門的時候特地駐足看了看，發現門前的匾額果真換成了胡府，大門緊閉，門外也沒有家丁。

龍曦月道：「你想進去看看？」

胡小天道：「這萬家的園子修得倒是不錯，算了，咱們還是走吧。」

兩人經過前方街道拐角處，卻看到萬伯平坐在太陽地裡正抓著蝨子，抓到一個就塞到嘴裡，咀嚼得嘎嘎作響。龍曦月看得噁心不禁秀眉顰起，催促胡小天快走。

胡小天讓她在一旁等著，自己來到萬伯平面前，掏出一錠金子扔在了地上，萬伯平慌忙從地上撿起，用牙咬了咬，然後抬起頭滿臉感激地望著胡小天，看來他還認得金子。

胡小天道：「萬員外，你還認得我嗎？」

萬伯平目光迷惘，用力搖了搖頭：「不記得……莫非……你是蓮香樓的那個嫖客？」

胡小天真是有些哭笑不得了，他指了指萬伯平身後的大宅道：「你還記得自己的家嗎？」

萬伯平轉身看了看，又撓了撓頭：「家？我家……在橋洞下面呢……」

胡小天道：「你家過去不是住在裡面嗎？」

萬伯平又回頭看了看，卻忽然像想起了什麼：「鬼……鬼……有女鬼要殺我……要拿我索命……」他嚇得拾起地上一堆破爛，掉頭就跑，胡小天看到他反應如此強烈，心中更是奇怪，這萬伯平到底害怕什麼？女鬼？萬府裡怎麼會有女鬼？

第二章

認親戚

胡小天和龍曦月望去，見那畫像上的人正是胡小天，
胡小天頭皮一緊，這位胡夫人必然認定自己，她究竟是誰？
為何自己從她的樣貌舉止上看不出任何端倪？難道她是易容裝扮？
可天下間又有誰能將易容術修煉到這種境界？
這裡是西川境界，難道是她？

胡小天本想直接離開，現在卻又打消了這個念頭，他要去萬府看看。龍曦月道：「好端端地要去萬府做什麼？別忘了我們還和長明約好了要走呢。」

胡小天道：「不知怎麼回事，我總覺得這裡面透著古怪，所以想一探究竟。」

龍曦月笑道：「都說女人好奇心重，我看你的好奇心一點也不比女人輕，怎麼？打算大搖大擺地走進去？」

胡小天道：「未嘗不可啊！」

龍曦月道：「如此冒昧？」

胡小天笑道：「咱們買點禮物，就說走親戚。」

龍曦月有些難為情地皺了皺眉頭道：「怎麼好意思？」

胡小天抓住她的柔荑道：「我姓胡，她也姓胡，五百年前是一家，一筆寫不出兩個胡字，的確是親戚啊！」

胡小天於是在外面買了禮物，他也做好了兩套方案，先送禮登門，如果被拒之門外，那就再考慮其他的辦法，其實也沒啥好選擇的，就是潛入，這對他來說也不是新鮮事。

兩人買好禮物重新來到胡府大門前，趁著剛才買禮物的時候，胡小天也打聽了一下，聽說胡夫人平時很少外出，應該三十多歲的樣子，見過她本人的很少，也從未有人見過這家老爺，大家都猜測說這胡夫人是個寡婦。

胡小天叩響門環，龍曦月陪在他身邊，俏臉有些發熱，畢竟這種無故登門的事情實在太過冒昧。

胡小天可不覺得冒昧，把門環敲得噹噹響。敲了好半天都沒見人出來，龍曦月勸道：「算了，沒人，不如咱們走吧。」

胡小天道：「沒上鎖啊？裡面應該有人！」這貨哪能那麼容易甘心，探著腦袋趴在門縫上看，總算看到有人從裡面出來了。

胡小天整理了一下衣服，拎著禮物咧著嘴笑瞇瞇等著，龍曦月卻有些不好意思。

房門從裡面打開，開門的是一個十六七歲的小姑娘，長得也頗為水靈，雙眸看了看兩人，輕聲道：「兩位是？」

胡小天笑道：「是這樣，我姓胡，聽我爹說，我家有位堂姐就住在青雲，剛好此次經商通過，所以順便前來拜望。」他一邊說話一邊向裡面走去。

那小姑娘道：「胡公子，胡公子……勞煩稍等一下，容我去稟報一聲……」

胡小天哈哈大笑道：「自家人不用稟報！姐！姐！姐！是我啊！」

龍曦月真是服了他的臉皮，都不認識人家，就叫得那麼親熱。那小姑娘卻被胡小天給弄懵了，真以為他跟主人認識。

胡小天道：「喂，我姐呢？她在哪兒啊？」

小姑娘指了指東院。

胡小天大踏步向前走去，龍曦月只好跟著，心中尷尬死了。

剛剛走入二道門，就看到一位身穿黑衣的中年婦人率領兩名丫鬟迎了過來，擋住胡小天的去路，一雙冷漠的雙眼死死盯住胡小天道：「這位公子，我想你找錯地方了吧？」

胡小天笑道：「沒錯，就是這裡，我堂姐，姓胡的，就住在這裡。」

中年婦人呵呵冷笑道：「我家夫人可不姓胡，胡是我們死去老爺的姓氏，公子下次找親戚最好先打聽明白。隨隨便便闖入私宅，我們可是要報官的。」

龍曦月拽了拽胡小天的手臂，實在是太尷尬了。

胡小天卻沒事人一樣笑了起來：「我們那裡的人都是管嫂子叫姐的，她是我嫂子，你們死去的那個老爺是我親堂哥。」龍曦月聽到這裡只差沒暈倒了，我還是真愛上了一個絕種男人，這男人的臉皮之厚絕無僅有，可人家心裡就是那麼喜歡。

中年婦人冷哼一聲，此時從後方院門內，衝出四名身穿勁裝的女武士，每人手中牽著一條獒犬，獒犬露出白森森的牙齒，鮮紅的舌頭伸出巨吻之外。

中年婦人道：「我勸公子還是識時務為好。」

胡小天哈哈笑道：「狗噯！我帶著禮物，大老遠地來看我姐，這裡居然那麼多的攔路狗，是何道理？是何道理啊？」

龍曦月想催促他快走，可當著眾人又不好說。

此時卻看到一個身穿綠色長裙的少女快步而來，走到中年婦人身邊，在她耳邊說了句什麼，那中年婦人微微一怔，有些不解地看了看她，雖然心中不情願，可也不得不說，她向胡小天道：「我家夫人請兩位去花廳敘話。」

胡小天笑道：「我就說嘛！」他心中毫無顧忌，一手拎著禮物，一手牽著龍曦月跟著那綠裙少女向花廳走去。

途中經過萬府花園，雖是深秋，這裡卻仍然花團錦簇，姹紫嫣紅，引得龍曦月駐足觀望，這園林雖然不大，可是佈局之精巧，景觀之秀美，即便是龍曦月這種出身皇家的公主也不禁感到新奇，不由得駐足觀望，胡小天此前來過萬府花園，現在應該叫胡府花園了，過去的花園雖然漂亮，可是卻沒有這種讓人眼前一亮超塵脫俗的氣度，主人不同，自然品味不同，但看這座花園就能夠推斷出，這位胡夫人的品味要遠勝於萬伯平。

兩人來到花廳，那綠裙少女請他們坐了，胡小天看到主人仍然未到，將手中的禮物遞給那少女，微笑道：「勞煩這位漂亮姐姐將禮物轉呈。」

綠衣少女嫣然一笑道：「夫人就要來了，公子何不親自送上？」

說話間已經聽到外面長廊傳來佩環聲響，一陣淡淡的幽香隨風送來，卻見門外走入了一位風韻絕佳的美婦，身後跟著兩名侍女，那美婦稍嫌豐腴了一些，不過眉眼生得也煞是好看。

胡小天看到這位胡夫人心中不免感到失望，能夠斷定自己和這位夫人素昧平生，此前絕沒有見過。

胡小天和龍曦月起身相迎，畢竟人家是主人，兩人又是冒昧登門。龍曦月心中暗忖，卻不知他要如何應付呢。

胡夫人看了看龍曦月，又看了看胡小天，臉上露出淡淡的笑意道：「不知兩位找我有什麼事情？」

胡小天笑道：「您就是胡夫人啊！」

那綠衣少女道：「你不是認識我家夫人嗎？」

胡小天呵呵笑道：「認識，認識我堂兄啊，從堂兄那邊說，我應該稱呼夫人為嫂子才對。」

胡夫人淡淡一笑，做了個邀請的手勢：「坐吧！」又讓人上茶。她端起茶盞，姿態優雅地喝了一口道：「公子貴庚啊？」

胡小天笑道：「嫂子叫我兄弟就行，我叫胡能，今年二十二歲了。」

胡夫人點了點頭道：「你過去見過我先夫啊？」

胡小天道：「還是小的時候，堂兄來我家拜會我爹娘，依稀記得樣子，也不太清楚了。」

胡夫人道：「也是難得，我先夫死了二十三年了！」

胡小天差點沒把剛喝到嘴裡的茶給吐出來，狠，夠狠！這擺明了是不給我見面的機會。龍曦月把螓首低下去，尷尬極了！

胡小天咳嗽了一聲道：「難道是我記錯了？不對啊，胡夫人，敢問您後來有沒有改嫁？」

一旁中年婦人怒道：「放肆！」

那位胡夫人卻沒有生氣，微笑道：「公子應該是找錯地方了。不過也沒關係，能夠相見即是有緣，胡公子身邊的這位是你的……」

胡小天道：「我夫人！」

「哦！公子真是好福氣呢。」

胡小天笑著點了點頭道：「大家都這麼認為。」

胡夫人道：「有這麼好的妻子，公子一定要懂得珍惜，不要像我一樣，直到自己的另外一半離開人世，方才追悔莫及。」

胡小天總覺得她話裡有話，點了點頭道：「多謝夫人提醒，這禮物勞煩夫人收下，我們冒昧打擾，還望夫人不要見怪。」

胡夫人道：「胡公子也不用客氣啊，這禮物我就不收了，胡公子既然來了，不妨由我帶兩位在府內參觀一下。」

胡小天笑道：「那怎麼好意思，我們還是不耽擱夫人的時間了。」

胡夫人道：「胡公子我看你好像有些面熟啊。」

胡小天呵呵笑道：「有嗎？我可對夫人卻沒有任何印象呢？」心中不由得對這位胡夫人產生了些許警惕。

胡夫人笑道：「不瞞公子，我最初買下這套宅子的時候，整理的時候發現了一些東西，胡公子不妨多些耐心，我這就讓人去取來。」她向綠衣少女招了招手，那少女來到她身邊，胡夫人小聲說了句什麼。

胡小天聽力雖然敏銳，卻沒有聽到她們到底在說什麼，看來胡夫人用了傳音入密的方法，可以斷定她應該是個高手無疑，胡小天暗自警惕，一定要多些提防，以免她對自己不利。

沒過多久時間，綠衣少女去而復返，手中拿著一個卷軸，來到胡小天面前，將卷軸徐徐展開。

胡小天和龍曦月定睛望去，卻見那畫像上的人正是胡小天，胡小天頭皮一緊，這位胡夫人必然認定自己，她究竟是誰？為何自己從她的樣貌舉止上看不出任何的端倪？難道她是易容裝扮？可天下間又有誰能將易容術修煉到這種境界？這裡是西川境界，難道是她？

胡小天絞盡腦汁也想不起自己究竟何時留在萬府一幅畫像，不過他也沒有表現出任何的驚奇，微笑道：「這畫像還真是有些像我呢。」

胡夫人道：「不是你，是你堂兄。」

胡小天道：「夫人跟我開玩笑了。」

胡夫人將手中的茶盞輕輕落下道：「我從不跟人開玩笑。」

龍曦月察覺到氣氛非常的古怪，起身來到胡小天身邊，小聲道：「咱們還是別打擾夫人了。」

胡夫人幽然歎了口氣道：「你們兩個把我這裡當成了什麼地方？說來就來說走就走嗎？」

胡小天道：「夫人這話什麼意思？難不成還要把我們強留在這裡？」

胡夫人道：「我留的人一定留得住！」話音剛落，屋頂和地面同時傳來蓬蓬聲響，到處都是白煙瀰漫。

胡小天抓起龍曦月的手，帶著她向外衝去，可此時無數絲網將周圍環繞，兩人屏住呼吸，胡小天抽出破風刀想要強行衝出一條出路，卻感覺腳下劇震，地面竟然從中分裂開來，龍曦月一聲嬌呼，失足墜落下去，胡小天將她拉住，此時頭頂一張大網籠罩下來，兩人被兜在網中，胡小天用力一帶將龍曦月擁入懷中，再想跳出這地洞之時頭頂已經被鐵板封閉。他揚起破風刀向一旁插去，試圖插入牆壁，止住下墜的勢頭，這一刀竟然沒插進去，刀鋒在鐵壁上劃出一條長長火星，此時也已經看到了地面，並沒有太深。

胡小天借著超強的夜視能力，看到下方非常平坦，並無機關，這才放心跳了下去，將籠罩在他和龍曦月身上的大網撤掉。

「你有沒有受傷？」兩人同時問道，遇到危險首先想到的不是自己而是對方。

龍曦月笑了起來，有胡小天在她身邊，再危險的環境她都沒有感到害怕。

胡小天抬頭看了看上面，今天可謂是陰溝裡翻船，因為好奇心上門認親戚，卻被人家給暗算了，不過好在兩人都沒有受傷，胡小天自信這裡根本困不住自己，為了以防萬一，他讓龍曦月屏住呼吸，早在送龍曦月前往大雍和親之時，就教過她裝死狗的閉氣功夫，現在總算派上了用場。

胡小天看到前方有通路，牽著龍曦月的手向前方走去，低聲道：「你務必要記住，一定要跟在我身邊，寸步不離。」

龍曦月點了點頭，兩人沿著通道向前方走去，胡小天用刀柄敲擊四壁，發現周邊全都是鐵壁，龍曦月也發現了這一點，有些擔心道：「難道沒有出路？」

胡小天道：「有入口就得有出口。」

前方出現一道鐵門，胡小天笑道：「我就說嘛！」他讓龍曦月跟在自己身後，走過去，一刀就將門上的鐵鎖劈開，推開房門，外面就是石階，已經走出了鑄鐵通道的範圍。

沿著石階走了一段，發現前方似乎有一點光芒，龍曦月驚喜道：「你看，螢火蟲！」

胡小天舉目望去，卻見果然有一點金光向他們飛了過來，這地洞之中怎會有螢火蟲？而且螢火蟲的光芒本該是碧瑩瑩的顏色，怎會是金光？胡小天的神經頓時緊繃了起來，他護在龍曦月身前，金光點點卻從他們的周圍升騰而起，龍曦月還以為是金色的螢火蟲，可胡小天卻感覺到一股冷氣沿著脊椎一直竄到他的腦門，血影金蝥！竟然是血影金蝥。

金光越來越多，漫天遍地，如此密集，這樣的景象非但讓人感覺不到浪漫，反而讓人毛骨悚然，龍曦月也不由得害怕起來。

胡小天呵呵笑道：「出來吧，我知道是你！」

沒有人回應，看到那密集靠近的金光，胡小天心中一陣恐懼，他不怕，他曾經吞下過五彩蛛王的內丹，這些血影金蝥不會傷害到他，可是龍曦月怎麼辦？龍曦月可沒有他這樣百毒不侵的體質。

胡小天道：「冤有頭債有主！要找找我！」

金光浮掠在他們的前方彙集，胡小天注目之時，龍曦月卻感到一陣頭暈眼花，嬌軀一軟向地上倒去，胡小天慌忙將她抱住。

面前金光聚攏成人形，然後金光黯淡，一個絕美的女郎出現在胡小天面前，胡小天看到她不由得苦笑道：「我就猜到十有八九是你，這麼久不見，你上來就給我來這一手，好像有點不夠意思吧？」原來這美麗絕倫的女郎正是須彌天。

自從他們在倉木縣分別之後，已有許久不見，算起來分別的時間比起龍曦月還要長一些，看到這位老情人，胡小天心頭發熱，頭皮發麻，這倒不是因為怕她，須彌天應該不會傷害自己，可這個女人素來喜怒無常，難保她不會傷害龍曦月，畢竟女人都有嫉妒心。

須彌天婷婷嫋嫋來到胡小天的面前，嫣然一笑，風情萬種，眼波兒如春水般在胡小天的臉上掠過：「小鬍子，咱們又見面了？」

胡小天嘿嘿笑道：「是啊，這麼久不見，是不是想我了？」

須彌天撅起櫻唇道：「抱著一個勾引一個，你還真是夠無恥的。」

胡小天道：「一碗水得端平了，不然怕你心裡不舒服。」

須彌天格格笑了起來，她湊到龍曦月面前看了看：「越來越漂亮了，難怪你那麼迷她。這麼美麗的女人，連我都動心呢。」

胡小天雖然擔心卻不能讓須彌天看出來，低聲道：「你對她動了什麼手腳？」

須彌天道：「沒什麼，就是下毒。」須彌天就是須彌天，明明做了一件壞事，可說起來輕描淡寫，彷彿沒事人一樣。

胡小天道：「可我明明叫她屏住呼吸了，你的那些血影金蝥也沒有過來叮咬她，她為何會中毒？」

須彌天白了他一眼道：「難道只有從呼吸飲食中下毒啊？你這方面就是個白癡。」

胡小天陪著笑道：「我知道你能耐大，可大家這麼熟，都是一家人，沒必要出手這麼毒吧，要不你把她的毒解嘍？」

須彌天轉身向前方走去，胡小天有求於她，自然不敢得罪，抱著龍曦月跟在她的身後。

過去胡小天並不知道這萬府的地下居然另有玄機，看來這都是須彌天占了這裡之後重新改造的，只是她好端端地來這裡做什麼？看情況還住了不少時日。

前方煙霧繚繞，卻是一個地底溫泉，溫泉不遠處有一張石床，須彌天指了指那張石床，示意胡小天將龍曦月放上去。

胡小天將龍曦月放好了，然後脫下自己的外袍為她蓋在身上。

須彌天一旁看著，冷冷道：「還真是關心呢。」

胡小天笑道：「對你也是一樣，只是這些年一直不知道你的下落，越來越漂亮了。」這貨說著就湊了上去，伸出手想要搭在須彌天的肩膀上。

須彌天怒視他道：「敢碰我一下，我一巴掌拍死你！」

胡小天的手僵在半空中：「還能不能好好說話了？啊！一日夫妻百日恩，咱倆好歹也有好幾日的感情吧？」

須彌天抬腳向他踹去，卻被胡小天一把抓住了足踝，他知道須彌天的性情，表面冷酷內心火熱，越是橫眉冷對，越是內心風騷。

須彌天道：「你放開！」

胡小天道：「不放，堅決不放。」

「嘿嘿，不放啊！」須彌天指了指石床，卻見無數金光向石床飛了過去，嚇得胡小天慌忙將她的腿放開：「別，千萬別！」

須彌天幽然歎了口氣道：「看來在你心中，她果然非常重要。」

胡小天道：「以你的心胸應該不會吃醋吧？」

須彌天道：「懶得吃醋！」她向溫泉走去，來到溫泉邊緣，身上金色的長裙無聲滑落，露出曼妙絕倫的嬌軀，冰肌玉膚毫無瑕疵。

胡小天瞪大了雙眼，默默吞了口口水。

須彌天走入溫泉，解開秀髮，柔聲道：「你不過來陪我？」

胡小天轉身看了看仍然在昏迷中的龍曦月，眼前唯一的辦法只有須彌天出手，想讓她救人，必須要討得她的歡心，大爺的，大不了老子犧牲一次男色。

胡小天一邊脫衣服，一邊又回頭看了看。

須彌天在溫泉中不屑道：「怕什麼怕？她又不會醒來，你若是當真害怕，我把她直接弄死就是。」

胡小天真是哭笑不得，面對須彌天還真是辦法不多，他把衣服脫了精光，咚的一聲跳入溫泉之中，須彌天揚手護住俏臉，這廝顯然是故意的。

溫泉雖然不大，可也夠胡小天游幾下，他在溫泉中游了個來回，這才回到須彌天的身邊，望著她嬌豔欲滴的櫻唇，低聲道：「其實我有個想法嗳！」

須彌天慵懶的眼神別樣性感：「什麼想法？說來聽聽？」

胡小天道：「我很想非禮你嗳！只是我有非禮你的想法，卻沒有非禮你的膽子！」

須彌天嫵媚一笑：「你現在的膽子好像越來越小了，說說看，你怕什麼？」

胡小天道：「怕你覺得我下流。」

須彌天道：「你一直都很下流啊！」

胡小天道：「其實你離開的這段日子，我始終都在想你嗳！」

須彌天一臉的質疑。

「其實我發現，我早已深深愛上了你。」

須彌天咬了咬櫻唇搖了搖頭。

「其實……」

須彌天忽然勾住了他的脖子，用櫻唇堵住了他的嘴巴……

須彌天嬌噓喘喘伏在胡小天的懷中，一雙美眸半睜半閉，忽然張開櫻唇在他胸膛上狠狠咬了一口，咬得胡小天慘叫了一聲：「我靠，你來真的？」

須彌天嫣然一笑，又在他胸膛上輕吻了一下，然後重新趴在他的懷中。

胡小天道：「跟你商量件……」他心中牽掛著龍曦月的安危，所以迫不及待地想要提出救她。

話沒說完已經被須彌天將嘴巴堵住：「不許提其他的事情，你聽我說。」

胡小天無奈，只能點了點頭，誰讓他有求於人，今天色相已經犧牲了，也不在乎多聽她說什麼。

須彌天道：「你何時學會了射日真經？」

胡小天嘿嘿笑道：「厲害吧！」

須彌天咬著櫻唇點了點頭，柔聲道：「你一直都厲害！」

胡小天哈哈大笑起來，被女人如此恭維又怎能不得意，由此也能夠看出須彌天還是很懂得自己心理的。

須彌天道：「只怕我不是第一個跟你修煉的女人吧？」

胡小天道：「你是最厲害的一個！」回答得很巧妙，卻很不老實。

須彌天呵呵冷笑，伸手在水下抓住了他：「信不信我閹了你！」

胡小天點了點頭道：「信，不過你這麼現實，我對你還有用處，現在你應該不會殺了我。」

須彌天歎了口氣道：「又有什麼用處，不過我倒是沒想到你會找到這裡來。」

胡小天展開臂膀將她的嬌軀擁入懷中，須彌天潮濕的秀髮靠在他的肩頭，閉上美眸靜靜享受著胡小天帶給她的溫暖和踏實，胡小天卻有些不習慣，畢竟龍曦月就躺在上面的石床上，可須彌天對此卻毫不在意，看來她的內心要麼是非常強大，要麼就是骨子裡有些小小地變態，胡小天居然幻想若是有一天，讓她們兩人共同來伺候自己的場面，估計須彌天不會介意，可龍曦月那就太難了。

胡小天道：「你為何會選擇這裡居住？」想起她將這裡命名為胡府，自稱胡夫人，足見自己在她心中的地位，能讓這位有天下第一毒師稱號的女人如此記掛，自然會有種說不出的滿足感，證明她還是喜歡自己的。

須彌天道：「我招惹了一個厲害的魔頭，我的萬毒靈體尚未完全修煉成功，又打不過他，所以我只能逃到這裡來了。」

胡小天將信將疑道：「這兩年你都在這裡？」

須彌天點了點頭道：「很少出去，不過你來得正是時候，如果再晚幾天，我就要出門了。」

胡小天道：「去哪裡？」

「跟你沒關係！」

胡小天忽然想起了五仙教，西川一帶正是五仙教的老巢所在，須彌天好像出身於五仙教，胡小天道：「你是不是五仙教的人？」

須彌天不屑道：「五仙教？跟我早就沒什麼關係了。胡小天，我想求你一件事。」

胡小天道：「還要練功？」剛才明明已經練三次了。

須彌天在他肩上打了一下，流露出少有的媚態：「討厭你！人家說的不是這個事情。」

胡小天道：「那你說！」

「我這次出門少則一年半載，多則三年，如果三年之後我仍然沒去找你，那麼你就去一個地方。」

胡小天聽她說得如此鄭重，頓時意識到事情肯定不小：「你遇到了什麼事情？我可以幫你。」隱約覺得或許是因為那個厲害的魔頭。

須彌天呵呵笑了起來，她從胡小天的身上爬起，走出溫泉，披上白色的浴袍。

胡小天也跟著走了上去，抓了塊浴巾披上。

須彌天走入一旁石室內，取出半塊玉佩遞給了他，胡小天接過玉佩。

須彌天道：「三年後如果我不去找你，你就去北方斷雲山閑雲亭，記住一定要在九月十六那一天過去，你要等一個人，等到了她，見到半塊玉佩，你就什麼都明白了。」

胡小天道：「你會不會來找我？」

須彌天道：「我若是來找你，就是來找你要這半塊玉佩，所以你最好給我收好了，有一丁半點的損壞，我……」她殺氣凜凜地望著胡小天。

胡小天把胸膛挺了挺，一副視死如歸的模樣：「你敢怎樣？殺了我？」

須彌天冷冷道：「我不殺你，我殺她！」她指了指在石床上昏睡的龍曦月。

胡小天苦笑道：「冤有頭債有主，你找她作甚？」

「就找她！」

胡小天點頭討饒道：「好！好！姑奶奶算我怕了你，這東西我收好了，時時刻刻帶在身上，你最好三年內回來，不然我一定會去找你。」

須彌天搖了搖頭道：「我的事情不用你操心，說不定我半年後就去找你了。」

胡小天心中產生了個念頭，本想問，可嘴巴動了動卻欲言又止。

須彌天道：「你說什麼？是不是求我救她啊？」

胡小天這會兒倒不擔心須彌天會害了龍曦月，畢竟她剛剛委託自己一件事，看起來非常的重要，如果須彌天想要傷害龍曦月就不會再委託自己幫她做事，胡小天搖了搖頭道：「我只是好奇，咱們過去有過那麼多次，你有沒有……」他在肚子上比劃了一下。

須彌天眨了眨眼睛：「什麼？」

胡小天歎了口氣道：「懷上啊？」

須彌天冷哼一聲道：「你有那個本事嗎？」

這話實在是太傷人了，打人不打臉，揭人不揭短，胡小天偏偏就懷疑自己這方面有問題，須彌天的這句話恰恰在他傷口上撒鹽，胡小天尷尬得臉都綠了，須彌天既然這麼回答，證明沒有懷上，看來自己這些年勤耕不輟，可無一結果。

須彌天也是絕頂聰明之人，看到胡小天的表情，就知道這話傷了他的自尊，小聲道：「我有獨門武功，可以將你留在我體內的那些東西逼出來。」

胡小天呵呵笑了一聲，心中卻是不信，天下間哪有那麼邪門的武功，如果真有這功夫，各種避孕工具藥物豈不是都沒了市場。

須彌天話鋒一轉道：「若是我當真有了你的骨肉，你會不會疼他？」

胡小天點了點頭道：「那是自然，自己的親生骨肉又怎能不疼？」表情卻顯得有些失落，看來自己果然出了毛病，接下來要好好想想辦法，如何治好自己的不孕症，這輩子如果不能將身邊美女的肚子一個個弄大，那該是何等的失落。

須彌天伸出手去輕輕拍了拍胡小天的面頰：「衝著你這句話，以後我或許考慮幫你生一個。」

胡小天抓住她的纖手道：「不如現在。」這話頗有點打腫臉充胖子的意味。

須彌天呵呵笑了起來：「你該走了，帶著你的寶貝公主離開吧。」

胡小天道：「你還沒有為她解毒呢。」

須彌天道：「不需要，兩個時辰之後，她就會醒來，醒來就沒事，你的心上人我怎麼會下毒手？」

胡小天道：「就知道你疼我。」確定龍曦月沒有中毒，他也終於放下心來。

須彌天想起一件事，又走入石室拿了一個木盒給他：「這裡面是我煉製的一些解毒藥丸，你拿去吧，以後或許用得上。」

胡小天心中不免有些感動，須彌天雖然是個讓人聞風喪膽的女魔頭，可自從兩人發生親密關係之後，她對自己還真是不錯，此次一別又不知何時能夠相見？也不知她究竟遇到了什麼大事，剛才鄭重其事地將玉佩託付給自己。胡小天道：「你是不是遇到了什麼麻煩？也許我能幫你解決？」

須彌天顯得有些不高興：「都說過你不要過問我的事情，還有，以後你不要再到這裡來，我走後就會把這裡全部毀去。」

胡小天想到剛剛見面又要分別，心中真是有些不捨，低聲道：「不如我留下來多陪你幾天？」

須彌天笑道：「你把公主置於何地？還真想左擁右抱，坐享齊人之福？」

胡小天連連點頭。

須彌天在他胸前拍了拍，然後抱了他一下：「保重！」

龍曦月醒來的時候發現自己已經身在通濟河邊，躺在胡小天的懷抱中，胡小天靜靜望著前方的河水，目光顯得有些迷惘，若有所思。

意識到龍曦月醒來，胡小天笑道：「你醒了？」

龍曦月點了點頭道：「我睡了多久？怎麼會在這裡？」

胡小天道：「沒多久，幾個時辰吧。」其實從龍曦月昏迷過去到現在已經整整六個時辰過去了，這其中的事情龍曦月並不知道，可她卻是全部在場的，也幸虧她昏睡過去，不然看到自己和須彌天的纏綿場面還不知要怎樣生氣呢。

匆匆一悟，然後又毅然訣別，這就是須彌天的性子，胡小天離開胡府之後，始終都在想，須彌天究竟要做什麼事情？為何她一定要自己三年後的九月十六前往斷雲山？難道她是去找那個厲害的對手報仇？她擔心自己會遇到危險？想到這裡，胡小天不由得緊張起來，可須彌天的性情是不會讓別人過問她的事情的。

此時空中傳來一聲雕鳴，卻是夏長明準時過來與他們會合了，胡小天將龍曦月攙扶起來，輕聲道：「曦月，咱們回家！」

江南的草地仍然是青黃相間，可江北卻已經蒙上白霜，根根勁草在寒風中瑟縮抖動，地表一尺的範圍內瀰漫著一層乳白色的寒氣，寒氣在風中緩緩流動，讓人感覺時間也變得緩慢起來，突然這白色寒氣流動的節奏被改變，猶如受驚的野兔一般四散而逃，蒙著白霜的草地搖曳身姿的幅度猛然加大，枯草之中，一隻覓食的小鹿顫抖了一下，雙耳支楞起來，然後沒命向遠處逃去。

一隻巨大的飛梟神兵天降，可輕易撕裂虎狼的雙爪穩穩落在大地之上，一雙凌厲的眼睛警惕觀察著四周的動向，伴隨著一聲大笑，胡小天和龍曦月先後跳落在地上，在他們的身後兩道白光先後落地，卻是夏長明駕馭雪雕來到。

胡小天不無得意道：「服不服？」

夏長明呵呵笑道：「甘拜下風，這飛梟的耐力和速度並非雪雕能及，我看天下間也沒有什麼可以與之抗衡了。」他所說的可不是什麼恭維話，飛梟背上馱著兩個人，而自己駕馭這兩隻雪雕，來回更換，方才勉強跟上飛梟的速度。

前方就已經看到東梁郡的城郭，他們也到了分別之時，夏長明要先去雪鷹谷幾天，解決一些事情，飛梟和雪雕陪他同行。這三隻愛寵身軀過於龐大，即便是待在庸江附近也只能在山林中藏身。雖然胡小天已經為牠們劃出了一片區域供牠們歇息，可是以牠們孤傲的性情，是不甘於局限於小小天地的。跟這樣的動物相處，不可以將牠們當成坐騎和奴僕，要將牠們當成朋友，平等對待。

胡小天的歸來讓整個東梁郡為之歡呼雀躍，他此番前往天香國競選駙馬，不但順利贏得美人歸，而且還獲得了紅木川的土地，對於普通百姓來說紅木川還是太過遙遠，很多人甚至沒有聽說那個地方，可是對將士們來說，紅木川的戰略意義卻非同尋常，而且又聽說這位映月公主還是天下第一大幫派丐幫的新人幫主，無形之中他們已經是實力倍增，這塊土地上的不少人已經開始在議論脫離大康立國的事情。

胡小天和龍曦月來到城門前，聽到消息的霍勝男已經引著娘子軍團前來迎接，她金盔金甲颯爽英姿，駕馭小灰一馬當先，看到主人歸來，小灰遠遠就嗚律律地歡叫起來。

胡小天樂得哈哈大笑，霍勝男翻身下馬，看到胡小天身邊的龍曦月，原本想投身入懷的念頭只好壓抑住，龍曦月卻推了胡小天一把，胡小天笑著走了過去，在眾目睽睽之下將霍勝男擁入懷中，霍勝男心中有羞有喜，羞得是他當著那麼多人的面，居然毫不掩飾，喜的是自己這位郎君終究沒有讓她失望，看來自己的地位也得到了安平公主的認同。

小灰本想湊過去，可兩人抱在一起沒有牠跟上的機會，只能來到龍曦月面前，牠認得龍曦月，耷拉著兩隻長耳，馬臉伸了過去表示親熱。龍曦月笑盈盈摸了摸牠的耳朵，小灰得意地叫了起來。

牠的叫聲終於引起了胡小天的注意，胡小天來到牠的身邊，伸手就揪住牠的大耳朵：「找存在感是不是？」

小灰打了個響鼻，不及閃避的胡小天被牠噴了不少的口水，胡小天笑罵道：

「你這東西三天不打，上房揭瓦。」他一手摟住霍勝男一手攬住龍曦月：「回家！」

家才是最為溫暖踏實的地方，維薩已準備好了一切，只等他們到來，霍勝男和龍曦月相處融洽，一路上兩人聊個不停，完全將胡小天這位絕對男主晾在了一邊。

胡小天也明白，這種時候想要期待一場浪漫共浴的旖旎香豔場面顯然是不可能的，於是回到家裡老老實實一個人去洗澡，獨自泡在溫暖的水池內，洗滌去一身的塵埃，手指無意中摸到頸上掛著的那半塊玉佩，又想起了須彌天，總覺得她這次的表現非常奇怪，比起過去溫柔了許多，更有女人味，這個昔日的女魔頭居然變得如此寬容體貼，究竟是什麼讓她改變？而且分別的時候，她那番話總讓自己感覺到怪怪的。

胡小天歎了口氣，不想了，有些女人天生就不是男人的附庸，絕不肯安安生生在家中相夫教子的，須彌天或許就是這種人。

身後一雙溫柔的小手蒙住了他的眼睛，胡小天不用看就知道是維薩，他笑道：「怎麼？我還以為沒人進來幫我擦背呢。」

維薩放開他的眼睛，在他面頰上輕吻一記，卻被胡小天一把拉下了浴池，池水浸濕了全身，曼妙嬌軀，玲瓏畢現，維薩嬌呼道：「你好壞！弄得人家都濕了。」

胡小天呵呵大笑道：「又不是沒濕過！」

維薩提醒他道：「別胡鬧，公主殿下和霍將軍都在。」

胡小天道：「在，我也不怕……」

外面忽然傳來霍勝男的聲音：「公子！好了沒有？」

胡小天頭皮一緊，慌忙道：「好了！」

維薩卻笑了起來，宛如常春藤般在水中纏住了他，媚眼如絲道：「你不是不怕嗎？」

胡小天道：「是不怕，可有點不好意思。」

維薩附在他耳邊小聲道：「主人……我要……」

胡小天咬了咬嘴唇，只覺得血脈賁張，橫下一條心，怕個鳥，美人在懷，擺出任君採擷的模樣，自己若是無動於衷豈不是讓她失望，伸手想去解維薩的衣服。

維薩卻笑著逃開：「我要走了！」她率先爬了上去，給胡小天準備好了浴袍。

胡小天這才明白被這妮子戲弄，慾火中燒地爬了上去，維薩向他身下瞄了一眼，俏臉越發紅了，為胡小天披上浴袍，小聲道：「晚上我在房間等你。」

胡小天點了點頭，恨不能現在就是晚上。

霍勝男叫胡小天的原因卻是因為許多部下都聽說胡小天到來前來拜會，余天星、常凡奇、李明成全都過來拜會，他們幾人目前都在東梁郡，自然首先得到了消息，明天肯定還會有部下從其他地方過來。

胡小天來到大廳，眾人全都在那裡等著呢，看到胡小天出現，一個個慌忙起身行禮：「參見主公！恭喜主公！」這後一句話顯然就是恭喜胡小天成為天香國駙馬，當然其中也有恭喜他拿下紅木川的意思。

胡小天笑道：「坐，都坐下，自家兄弟不必客氣！」

上茶之後，余天星道：「主公，我等今次前來是拜見公主的。」

胡小天笑道：「怎麼？只見她，不見我啊？」

余天星笑了起來：「不是這個意思。」

說話間龍曦月也在維薩的陪同下走入大廳，余天星等人慌忙再度起身參見，他們也都明白，龍曦月依然是主母，這一點毋庸置疑。

龍曦月溫婉笑道：「各位將軍大人千萬不要客氣，我初來東梁郡，以後還要靠各位大人多多關照，有何疏漏之處，萬望海涵。」她為人親和，說話辦事雍容大度，讓眾人心頭都感到欣慰，其實這些人真怕胡小天娶了一位七七那樣的人物。

霍勝男和維薩雖然和龍曦月接觸的時間不長，可是看到她的為人處世，也是暗暗佩服，論到征戰沙場龍曦月未必比得上霍勝男，論到照顧服侍，她也比不上維薩，可她骨子裡的那種雍容華貴卻是兩人比不上的，出身不同，決定了性格不同。

春蘭秋菊各擅其場，若是女人千篇一律，同一張面孔，那麼還有什麼味道，胡小天自然喜歡百花齊放，千姿百態，每一個他都喜歡。

龍曦月寒暄了幾句道：「幾位將軍和公子聊大事，我們就不耽誤了，維薩，你帶我去參觀一下花園。」

維薩點了點頭陪著她去了。

霍勝男本想跟著過去，可胡小天讓她留下，霍勝男不僅僅是他的女人，還是軍中不可或缺的將領。

胡小天道：「我離開的這段時間，周邊有什麼異動？」

余天星道：「沒什麼特別的異動，只是最近大雍在北疆吃了兩場敗仗，聽說擁藍關已經被黑胡人給攻破了。」

說起這個消息霍勝男不禁神情黯然，她過去就是大雍將領，大雍兵馬大元帥尉遲冲就是她的義父，如今義父正在北疆浴血奮戰，那邊的戰事無時無刻不在牽動著她的內心。

胡小天道：「黑胡人還真是強悍。」

余天星道：「不過眼看又要進入冬季，黑胡人的進攻應該會暫緩一段時間，在嚴冬中發動攻勢並不是明智的選擇。」

霍勝男道：「擁藍關被他們拿下，他們在北疆就有了立足點，此事對大雍卻是相當不利了。」

胡小天點了點頭。

余天星又道：「大康那邊一直沒有什麼異動，也就是在潁河增加佈防，看起來似乎完全放棄了征討我們的念頭。雲澤方面水軍發展順利，王伯喜那個人的確是個人才，碧心山水寨已經修復改建完工，如今的規模更勝往昔。」

胡小天很少聽到余天星誇人，聽他如此讚賞王伯喜，看來王伯喜的才能的確出眾，已經得到了他的認同，由此也能夠看出余天星在黑水寨一戰之後也發生了不小的改變，昔日的輕狂和自信褪去不少，變得沉穩內斂了許多，人就是要在挫折中成長，唯有越挫越勇才能取得不斷的蛻變。

第三章

少女芳心

胡小天道：「跟唐姑娘回去吧，你們姐妹兩人好好聊聊。」
他向唐輕璇看了一眼，唐輕璇只覺得芳心一陣蓬蓬亂跳，
心中暗歎，自己究竟是怎麼了，
竟然受不了他的目光，心中只有一個念頭，
若是他肯說聲愛我，就算我這輩子為他死都值得了。

李明成道：「大康今年豐收，暫時緩解了饑荒的問題，而且他們新近出台了一些內政，充分照顧到了民生，老百姓的人心漸漸安定了下來，據說這些內政都是出自於楊令奇。」

胡小天點了點頭，內心蒙上一層陰影，楊令奇乃是他一手挖掘，自問待楊令奇不薄，可沒想到最終楊令奇居然會背叛自己投靠七七，這讓他百思不得其解，究竟是因為自己在楊令奇心中並非明主，還是因為其他的緣故？自己一直對楊令奇都給予充分的重視，難道楊令奇被高官厚祿所動？他很快就否定了這個想法，以楊令奇的風骨來看，應該並不是這種人。

余天星怒道：「這種賣主求榮，背信棄義的小人，當殺之而後快！」

言者無心，聽者有意，常凡奇都有點臉皮發熱，雖然當初他也是被迫，可畢竟也是叛離大雍投靠了胡小天，其實霍勝男也是一樣。

胡小天笑道：「人各有志，常言道，良禽擇木而棲，咱們又何必勉強，更何況他也沒有危害我們的地方，無需記掛在心上。」他向常凡奇道：「凡奇兄，最近伯母身體如何？你和楊姑娘的婚事怎樣了？」這才是胡小天的真正高明之處，他看出常凡奇的尷尬，不問公事，而問私事，巧妙將余天星的那番話給遮掩過去，又表示了對常凡奇的尊重和關懷。

常凡奇心中一暖，恭敬道：「謝謝主公關心，我娘身體好著呢，前兩天還念叨主公的事情。」

胡小天笑道：「跟大娘說，明兒上午，我就帶著公主去看她。」

常凡奇難以抑制心中的激動，他昔日在大雍之時何嘗受過這種待遇，胡小天對他如此厚愛，這樣明主還哪裡去找，就算是為他鞠躬盡瘁又有何妨，他恭敬道：「我回去就告訴我娘這個好消息。」

霍勝男心中暗讚，從胡小天的處世就知道他能有今日的成功絕非偶然，她輕聲道：「公子，我看大康暫時沒有對付我們的打算，大雍目前陷入和黑胡戰爭的泥潭，一時間也騰不出手來，目前倒是一個絕佳的拓展時機。」

余天星對霍勝男的話深表認同，他附議道：「只等開春，我們就可以雲澤為中心，逐漸蠶食雲澤周邊七城。」

胡小天卻搖了搖頭道：「現在還不是時候。」

幾人同時望向他，胡小天道：「大康不惹我們，我們最好還是不要主動招惹他們，我們若是在雲澤採取行動，別忘了背後鄖陽的蘇宇馳，我歸來之前就已經聽說，大康新近為他增兵兩萬，而且還提供了不少的軍資，名為剿匪對付興州郭光弼，可真正的用意卻在於威懾咱們，只要我們對付大康，他就會跟大康來個首尾呼應，前後夾擊。」

余天星道：「主公，若是任由大康發展，這樣下去恐怕會養虎為患，一旦大康恢復了元氣，他們第一個要對付的恐怕就是咱們。」

胡小天微笑道：「事有輕重緩急，對大康而言稱霸天下未必是他們的目的！」所有人都沒有聽懂胡小天的這番話，目光都顯得非常迷惘，對一個王朝來說還有什麼比稱霸天下更重要的事情？

胡小天並沒有解釋：「發展才是硬道理，只要我夠強，誰來挑釁我們都不怕，當務之急是要先拔出鄖陽蘇宇馳這顆釘子，如果不解決這件事，我們才如針芒在背，寢食不安呢。」

在這一點上眾人全都認同，紛紛點頭稱是。

胡小天道：「今天咱們久別重逢，就別談軍機大事了，我還想抽空在城內轉轉，等明日武興郡那邊的兄弟來了，咱們再好好聚一聚！」

中午，胡小天帶著龍曦月、維薩一起前往拜會了諸葛觀棋，他們抵達諸葛觀棋家門的時候，諸葛觀棋剛剛陪著洪凌雪散步回來，洪凌雪懷胎六月，腹部隆起。

諸葛觀棋看到胡小天過來，他駐足微笑，然後緩步上前，抱拳深深一揖，洪凌雪想要施禮，胡小天慌忙攔住她道：「嫂子，使不得，使不得！」

胡小天又將身邊的龍曦月介紹給他們，洪凌雪看到龍曦月如此美麗，心中也是非常喜愛，她們三人一起去準備飯菜。

諸葛觀棋將胡小天請到自己的書房，點燃火盆，雖然是深秋，可東梁郡的天氣已經涼了。

胡小天道：「觀棋兄，你這宅子有些破舊了，我在城東為你準備了一座園子，也安排了傭人丫鬟，以備嫂夫人生產調養之用。」

諸葛觀棋笑著拒絕道：「多謝主公美意，只是在這裡住得久了，對這老宅也有了感情，若是離開反倒住不慣。」

胡小天點了點頭也不勉強他，輕聲道：「那就派幾個有經驗的丫鬟婆子過來，把你們隔壁的房子騰出來，這樣照應起來也方便。」

諸葛觀棋知道胡小天是發自內心的好意，若是一再拒絕反而不好，於是點頭答應下來。

胡小天將剛才余天星等人前往自己那裡的事情簡單說了一遍。

諸葛觀棋道：「其實余天星的提議並無錯處，趁他病要他命，以主公現在的實力完全可以兼顧兩邊，不過打起來的確會辛苦，損失也會很大。」他停頓了一下道：「主公是不是認為大康的目的不在奪取天下？」

胡小天點了點頭道：「至少目前不是，而且我懷疑他們必有殺招，記得我跟你說過的光劍嗎？」

諸葛觀棋點了點頭道：「說起這件事，我仔細研讀了《乾坤開物》的丹鼎篇，這應該不是什麼丹鼎之術，其中似乎暗藏著一張天象圖！」

胡小天目光一亮，諸葛觀棋所說的話和他的推測不謀而合。

諸葛觀棋道：「這些日子，我始終在鑽研，已經可以解答出其中的一部分，可若是全都完成恐怕還需時日。」

胡小天道：「你知不知道我跟你說過的藍色頭骨？」

諸葛觀棋點了點頭。

「原來一共有兩個，除了皇宮被七七得到的那個，胡不為的手中也有一個！」

諸葛觀棋道：「兩個？這頭骨究竟有何奧妙？」

胡小天道：「頭骨之中蘊藏著不少的秘密，可惜這種秘密只能由某些特定的人才能接受，對我毫無作用。」他所知道能夠接受頭骨資訊的，姬飛花算一個，根據目前的情況來推測，七七也應該是一個，至於其他人都不行，甚至胡不為也不行。

諸葛觀棋道：「主公的意思是皇陵和頭骨有著密不可分的聯繫？」

胡小天道：「真正的秘密應該都在這兩顆頭骨之中，如今七七和胡不為各自擁有一顆，若想得到這其中全部的秘密，應該必須要同時擁有兩顆頭骨。」

諸葛觀棋道：「他們都想將頭骨據為己有，誰也不肯退讓，反倒是件好事。」

胡小天道：「兩虎相爭必有一傷，這時反倒不應用兵，尤其是對大康。」

諸葛觀棋微笑贊道：「主公目光獨到，觀棋佩服。」

胡小天道：「要說到戰略眼光，我還真是不行，此番在紅谷縣，如果不是別人指點，我差點沒看明白李天衡的真正動機。」他於是將自己在西川紅谷縣的經歷說了一遍。

諸葛觀棋聽完方才知道，原來楊道遠是被胡小天所殺，這消息傳得很快，短短幾日已經傳遍天下，不過多數人都認為是楊道遠和天狼山的馬匪聯手殺了張子謙，楊道遠又死在了燕虎成的手裡，因為此事合情合理，並沒有人懷疑到真凶乃是外人，如果不是胡小天親口承認，諸葛觀棋也以為是一場內訌。

諸葛觀棋道：「如此說來，這個孟廣雄也是一個大智大慧的人物。」

胡小天點了點頭道：「幸虧他配合，不然也不能順利燒了他們的糧草營，解去紅木川之危。」

諸葛觀棋道：「燕虎成主動替主公隱瞞這件事應該是好意，張子謙乃是他的義父，卻死於楊道遠的暗殺，此子應該對李氏心冷，倒是一個可以爭取的對象。」他停頓了一下又道：「李天衡顯然是著急了，紅木川落在主公手中，等於掌握了西川的南部通道，主公和閻魁又因閻姑娘的關係成為友盟，這樣一來李天衡面臨的形勢越發緊迫，我看他不會就此甘休，必須要尋求突破。」

胡小天道：「難道他還會捲土重來？」

諸葛觀棋搖了搖頭道：「不好說，也許他會向西北尋求突破。」

胡小天道：「你是說鄖陽？」

諸葛觀棋點了點頭道：「經過主公的刺殺，瓦解了他們的行動，紅木川方面也得到了消息，加強防守，紅夷族人擅長叢林作戰，再加上丐幫弟子，我看李天衡不會選擇在這個時候去硬碰硬，反倒是向西北突破可能性更大。」

胡小天道：「西北鄖陽乃是蘇宇馳駐守，他現在手中的兵馬已經接近六萬，李天衡想要擊敗他只怕沒那麼容易吧。」

諸葛觀棋道：「事在人為，主公不要忘了，在蘇宇馳的背後還有興州郭光弼，假如李天衡和郭光弼聯合，那麼攻破鄖陽也未必沒有可能。」

胡小天目光一亮。

諸葛觀棋道：「李天衡不可能坐以待斃，照我估計，很快就會有大事發生。」

胡小天點了點頭道：「我也有這種預感，李天衡絕不可能坐以待斃。」

諸葛觀棋微笑道：「所以主公只要加強紅木川的防守，增強和天狼山的聯盟，徹底封鎖西川南部通道，那麼李天衡會提前動作，已經有了防備的紅木川絕不是那麼好拿下的，所以李天衡就會退而求其次，選擇東北出口，如果能夠打通西北出口，佔據鄖陽，他不但可以打通西川的東北出路，而且還可以向東和我們分控望春江，進而擁有一條水路，也只有這樣，西川才能打破封鎖重新盤活。可是以他目前的實力即便是攻下鄖陽，也需付出極其慘重的代價，所以他必須尋求外援。」

胡小天道：「外援就是興州。」

諸葛觀棋道：「郭光弼最近的日子並不好過，他手下人數雖然很多，可其中良莠不齊，這些義軍自然比不上訓練有素的士兵，加上他自身格局所限，忽略內政，再加上對手下管束不嚴，只知道燒殺搶掠，這樣的作為和強盜根本沒什麼分別，搞得興州周圍一帶人心惶惶，民心背離，甚至到了興州周圍百里無人家的境地。忽略內政的結果，必然導致在經濟上捉襟見肘，現在郭光弼的餘糧已經不多了，最近頻繁外出搶劫，還吃了幾次敗仗。」

胡小天道：「李天衡若是跟他聯手，郭光弼必然求之不得。」

諸葛觀棋道：「若是當真發生了這種局面，主公想怎麼辦？」

胡小天斟酌了一下方才道：「坐山觀虎鬥，在適當的時候出手拿下鄖陽！」

諸葛觀棋笑了起來，胡小天說出了他的想法。

胡小天道：「其實我並不擔心他們。」

諸葛觀棋道：「你擔心大康，擔心他們有可能擁有不為人知的武裝力量？」

胡小天點了點頭，那柄光劍的出現讓他感到害怕，洪北漠坐擁天機局，天機局那些巧妙的機關設計，許許多多都已經超越了這一時代的科技，決不能用洪北漠學究天人來解釋，也許洪北漠一直都在隱藏著實力。

諸葛觀棋道：「主公設計的轟天雷或許可以起到重要的作用。」

胡小天道：「只可惜在細節方面欠缺太多，需要一個真正的能工巧匠來完善。」說到這裡他又想到了魔匠宗元父子，若是他們能夠前來相助，自己說不定能夠開發出一些先進的武器，但是他們父子畢竟是雍人，出於對大雍的忠心，他們未必肯幫助自己。胡小天又想到了王伯喜，那王伯喜也是一位了不得的人物，機關設計也是他之所長，不如找他談談。於是胡小天將王伯喜的事情告訴了諸葛觀棋，諸葛觀棋點了點頭道：「主公可以為我引見，我和他好好聊聊。」

胡小天道：「觀棋兄以為以後能夠決定天下大勢的是什麼？」

諸葛觀棋微笑道：「還是聽主公說。」

「科技！別人沒有我們有，別人沒想到我們能想到，那就是科技。」

胡小天道：「天機局其實就是洪北漠主持的科學院，我想讓觀棋兄出面主持，建立起一個屬於我們的科學院。」

諸葛觀棋如此智慧超群的人也被科學院一詞弄得有些暈乎乎的：「科學院？這名字聽著倒是很深奧。」

胡小天在諸葛觀棋家中用了午飯，和龍曦月、維薩兩人一起前往同仁堂，雖然秦雨瞳不在，可也許向方芳父女當面交代展鵬至今未歸的事情，以免他們牽掛。

方才出了大門，就看到一群馬隊向這邊而來，為首一名女將，卻是唐輕璇，身後還跟著她的大哥唐鐵漢，唐家滿門全都投奔了胡小天，一直都在為胡小天訓練駿馬，平時他們並不在這裡，而是在倉木縣以西靠近庸江的遼闊草場，唐輕璇和龍曦

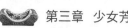

月乃是結拜姐妹，聽聞龍曦月死而復生，今天從天香國返回，馬上就從馬場前來相會。

看到龍曦月，唐輕璇翻身下馬，喘息未定就奔向龍曦月，淚流滿面道：「姐姐！我就知道你一定還活在世上。」

龍曦月看到唐輕璇也是喜極而涕，姐妹二人抱頭痛哭。唐輕璇的性情改變了許多，自從唐家投奔胡小天之後，他們負責經營馬場很少過來東梁郡，和胡小天見面的機會更少，其實自從護送龍曦月前往大雍之時，唐輕璇就對胡小天從厭惡抵觸變成了傾慕，只是隨著時間的推移，胡小天的成就越來越大，這讓唐輕璇自慚形愧，雖然心中愛得比過去更加熱烈，可是卻不敢奢望胡小天能夠喜歡自己了，每每午夜夢回，總會想起昔日和胡小天相逢的情景，那時的一點一滴對她來說都是如此刻骨銘心，唐輕璇卻只能將這份感情深深埋藏在心底。

她也不知今天為何會哭得如此傷心，本來龍曦月的回歸是件大喜事，可她卻哭得無法控制情緒。

胡小天走向唐鐵漢，唐鐵漢嘿嘿笑道：「主公！您好！」昔日曾經對胡小天要打要殺，可如今已經加入了胡小天的陣營，唐家人對胡小天已經心悅誠服，其實唐家兄弟都知道妹妹的心思，唐輕璇才貌雙全，前來提親的媒人幾乎將唐家的門檻踏破，可是她一律回絕，一家人看在眼裡急在心裡，只可惜胡小天的地位今時不同往日，他們已不敢奢望高攀。

胡小天問起馬場的情況，唐鐵漢簡單稟報了一下，馬場的情況不錯，而且今年新近輾轉引進了一大批的胡馬，正在訓練之中。

此時龍曦月和唐輕璇也止住了哭聲，姐妹兩人眼睛都有些紅腫，牽著手來到胡小天面前，龍曦月道：「小天，我今天就不去了，哭成這樣實在是沒法見人了。」

胡小天笑道：「那就跟唐姑娘回去吧，你們姐妹兩人好好聊聊。」他向唐輕璇看了一眼，唐輕璇只覺得芳心一陣蓬蓬亂跳，心中暗歎，自己究竟是怎麼了，竟然受不了他的目光，心中只有一個念頭，若是他肯說聲愛我，就算我這輩子為他死都值得了。

龍曦月和唐輕璇等人離去，唐鐵漢也向胡小天告辭，此番來到東梁郡他剛好去拜會幾個朋友，胡小天讓他明天過來一起參加宴會，唐鐵漢欣然應邀。

胡小天和維薩一起前往同仁堂的路上，維薩道：「主人，那個唐姑娘好像很喜歡你呢。」當局者迷，旁觀者清，維薩剛才一直都在一旁看著，從唐輕璇看胡小天的眼神已經察覺到這其中的微妙，維薩本身就是個攝魂術大師，在心裡揣摩方面少有人可出其右。

胡小天笑了起來，將自己過去和唐輕璇的那段往事跟維薩說了，維薩聽完不禁格格笑了起來：「她喜歡你的。」

胡小天道：「喜歡我的女人多了。」

維薩狠狠瞪了他一眼：「主人好討厭。」

胡小天想不到向來乖巧溫順的維薩也說自己討厭，笑道：「我怎地討厭了？」

維薩道：「天下美女那麼多，你總不能全都占了吧？」

胡小天哈哈大笑道：「你是吃醋啊？」

「沒有，我是怕你太辛苦。」

胡小天呵呵笑道：「不辛苦，晚上你就知道了。」

說話間來到同仁堂門外，發現附近有不少乞丐，胡小天有些奇怪，東梁郡在他的管理下蒸蒸日上，現在很少能夠看到乞丐了，他向那幾人看了一眼，發現其中一名乞丐居然是丐幫五袋弟子，難道他們來到東梁郡是為了拜見新任幫主龍曦月？不過他們為何來到這裡聚集？看到那些乞丐都顯得非常焦急，一個個竊竊私語。

胡小天也沒有詢問，和維薩兩人來到同仁堂內，看到方知堂正端著熱水往裡面跑，裡面還有幾個乞丐，方知堂看到胡小天，也顧不上招呼，大聲道：「讓讓，讓讓！」

幾名乞丐慌忙給他讓路，胡小天這才看到幾人竟然都是六袋弟子，馬上意識到事情非同小可，他和維薩想要跟著進去，卻被那幾名乞丐擋住去路，為首一人道：「公子請留步，我們有人受傷，裡面的先生正在施救，還望稍等片刻。」

在東粱郡膽敢攔住胡小天去路的人還真是不多，維薩怒道：「大膽！」

胡小天笑著制止了她，從懷中摸出一物向幾名乞丐晃了晃，幾名乞丐看到之後全都單膝跪了下去，恭敬道：「不知尊使到來，冒犯之處還望恕罪！」原來胡小天拿出來的是星竹令，見到星竹令等同於幫主親臨，這些乞丐當然不敢阻攔。

胡小天道：「裡面究竟是誰受了傷？」

「薛長老！」

胡小天快步走了進去，眼前的場面讓他吃了一驚。

秦雨瞳離開之後，同仁堂就由方芳坐鎮，雖然師姐師兄不少，可缺乏扛鼎之人。要說這方芳在醫術方面的確很有天分，雖然入門較晚，因為本身天資聰穎，再加上刻苦用功的緣故，醫術進步很快，已經在這幫同門中出類拔萃。

方芳滿手是血，前方患者胸口鮮血仍然在汩汩冒出，她額頭佈滿細汗，表情緊張到了極點，可是她仍然無法準確找到患者的出血點。

就在緊急關頭，一個身影走了過來，拿起一把止血鉗準確無誤地夾住了出血的動脈，沉穩鎮定道：「止血鉗！」

方芳愣了一下，這才看出是胡小天來到了身邊，她難以抑制心中的激動，在外傷的處理方面胡小天才是真正的宗師，即便是秦雨瞳也比不上，她慌忙拿起止血鉗遞到胡小天的手中，胡小天迅速開始止血，維薩也換上手術衣戴上手套前來幫忙。

止血之後開始進行清創縫合，胡小天的動作宛如行雲流水，方芳、維薩從旁協助，尤其是方芳，將胡小天的每一個步驟都仔細記下，胡小天一邊進行手術一邊向她進行講解，通過此次之後方芳自然獲益匪淺。

這位薛長老乃是丐幫的九袋長老薛振海，也是丐幫執法長老之一，武功自然非同泛泛，從他的傷口來看，應該是被人一劍刺傷，能夠傷他的人武功可想而知。

胡小天為他止血清創，做完血管吻合之後，把剩下的工作交給了方芳，手術就是這樣，只有在實際操作中才能獲得提升。因為倉促加入幫忙，胡小天的身上也沾染了不少的血跡。

維薩走了過來，笑道：「病人應該沒事了。」

胡小天點了點頭，緩步來到門外，那群乞丐又聚攏過來，他們全都牽掛著薛長老的傷勢。看到胡小天出來，身上又有血跡，一個個七嘴八舌地詢問薛振海的狀況。

胡小天微笑道：「大家不用擔心，薛長老的性命應該沒有大礙。」

人群中一名六袋弟子來到胡小天面前，他叫路三番，是薛長老的弟子，也是丐幫庸江分舵的舵主，路三番道：「胡公子，我們可不可以進去探望長老？」

胡小天道：「大家稍安勿躁，還不適合去探望薛長老，等他的傷情平穩之後，自然會讓你們去見他。」

胡小天向維薩小聲交代了一句，維薩點了點頭匆匆去了。

丐幫的這些人對胡小天頗為尊重，胡小天將路三番叫到了一旁，詢問薛長老受傷的原因。

路三番歎了口氣道：「我們也不清楚，聽說幫主來到了東梁郡，所以我們這些人過來拜見，可是在東梁郡城外的沙角鎮遇到了伏擊。」

胡小天皺了皺眉頭，沙角鎮在他的地盤上，有人敢明目張膽的攻擊丐幫，膽子還真是不小：「有沒有看清楚究竟是什麼人做的？」

路三番搖了搖頭道：「沒有，對方武功很高，當時薛長老落了單，我們趕到的時候，他已經遇刺，那刺客刺殺之後馬上就逃，我們也沒有追上。又擔心長老的傷勢，所以先將他送到了城裡救治。」

胡小天道：「也罷，你跟兄弟們好好休息一下，薛長老的事情我會多多關注，等他甦醒之後，一切自然就會水落石出。」

路三番感激不盡道：「多謝胡公子。」

這時候龍曦月聽到消息也趕了過來，這些丐幫弟子聽說是新任幫主駕到，馬上跪倒了一片。

龍曦月道：「各位快快請起，無需如此大禮。」

眾人紛紛起身，龍曦月問過薛長老的傷勢，向眾丐保證道：「大家放心，薛長老的事情，我一定會追查到底，儘快找到兇手，為他討還這個公道。」

眾丐看到龍曦月雖然纖弱，可是說出的話卻非常果決，雖然他們對這位幫主還不瞭解，甚至不能說完全擁有信心，可是幫主的未來夫君卻是胡小天，他名震天下，庸江下游又是他的地盤，丐幫的事情他不會坐視不理。

龍曦月和丐幫弟子召開會議的時候胡小天並未參與，這種事情外人最好還是迴避，方芳此時已經將手術做完，洗手之後走了出來，她有些疲憊地舒了口氣，維薩走過去扶住了她，問候道：「累不累？」

方芳搖了搖頭，她來到胡小天面前行禮道：「多謝主公相助，如果不是主公出手，我自己可應付不來。」

胡小天笑道：「沒什麼，就算我不來，你一樣能夠將他救活。」

此時又有一幫乞丐過來詢問薛長老的傷情，胡小天讓方知堂去解釋，省得方芳過於勞累，他和維薩兩人陪著方芳來到後院休息。

方芳接過師妹遞來的香茗喝了幾口，向胡小天笑了笑道：「方芳學藝不精，讓主公見笑了。」

胡小天道：「秦姑娘走了這麼久沒回來嗎？」

方芳道：「回來了，上個月又有事，去了大雍，說是神農社發生了一些事情，她去看看。」

胡小天點了點頭，他和神農社也關係匪淺，柳長生、柳玉城父子跟他都是朋友，秦雨瞳和神農社關係匪淺，早在自己去大雍的時候，就是秦雨瞳親自寫信讓神農社幫忙照顧。

方芳道：「展鵬沒有跟主公一起回來？」

胡小天笑道：「我這次過來就是向你說明這件事的，展鵬在紅木川受了點傷，我擔心他不適合長途奔波，所以就讓他暫時留在紅木川休養。」

方芳聞言頓時眼圈兒紅了，雖然她想竭力抑制住，可仍然擔心不已，她對展鵬的性情非常瞭解，知道他對胡小天極為忠心，為了胡小天即便是犧牲性命也在所不惜，這次受傷肯定不輕，否則也不會留在紅木川。

胡小天看到她的樣子慌忙道：「你不用擔心，他傷得並不重。」

方芳點了點頭道：「主公只需告訴我，他是不是好好的？」

胡小天道：「有我在當然不會讓他有事，我想他現在應該可以下床活動了，紅木川氣候溫暖，對他的康復有好處，他可能要在那邊待上幾個月，不過那邊美女眾多，他若動了什麼念頭，我可不敢保證。」胡小天故意這樣說。

方芳聽到他的話不禁笑了：「他敢！」

胡小天道：「真放心不下的話，等過兩天我讓夏長明送你過去。」

方芳道：「他要去紅木川嗎？」

胡小天道：「有些事還需他去那裡解決一下，我也不瞞你，展鵬的傷勢沒有半年只怕無法徹底復原，你過去照顧他也好。」

方芳聽胡小天說了實話，雖然心中難過，可終究知道了實情，證明展鵬性命無礙，芳心中暗暗想到，就算展鵬斷手斷腳，我也要跟他一輩子。

胡小天跟方芳說完這件事，留下維薩陪她說話。

來到前院，看到龍曦月和那些丐幫弟子已經開完會出來，走過去道：「我帶你進去看看薛長老。」

兩人走入房內，方知堂和兩名同仁堂的弟子正在一旁守著薛振海，看到他們進來，幾個人慌忙站起身來。胡小天微笑擺了擺手，示意他們不用行禮。

陪著龍曦月來到床邊，看到薛長老面如金紙，仍然貧血，不過氣息已經穩定。龍曦月本不想驚動薛長老，看完他就走，可薛長老卻在此時醒來，緩緩睜開雙目，看到眼前這對陌生男女，喃喃道：「難道我已經……死了？」

胡小天聞言不禁笑了起來：「你看我們兩人像是鬼嗎？」

薛長老努力看了看，看到這對俊男靚女，終於確定自己仍然活著，舒了口氣道：「老頭兒還以為自己死定了……是你們救了我……請恕老頭兒有傷在身……無法……」他忽然看到了龍曦月手中的綠竹杖，這是剛才龍曦月為了向眾丐證明自己的身分特地帶來的。

薛長老掙扎著就要站起身來，被胡小天一把給摁住了：「你做什麼？」

「老夫……老夫要參見幫主……」

胡小天真是有些哭笑不得了，救命恩人都說有傷在身，可看到是幫主來了，連傷都不顧了，這老頭兒也真是搞笑。

龍曦月道：「薛長老，你還是安心養傷吧。」她的話相當頂用，薛振海聽完就老實了，喃喃道：「薛振海參見幫主……」

龍曦月微笑道：「有什麼話以後再說，外面弟兄都很擔心你，一直都守著呢，我出去把你醒了的消息告訴他們。」

薛振海道：「傷我者乃是……劍宮中人……」

胡小天聞言一怔，劍宮的大本營位於雍都，他們居然敢來到自己的領地行刺，這劍宮的膽子還真是不小，有能力行刺丐幫九袋長老的人並不多見，只要稍加排查就能鎖定疑凶。

龍曦月安慰他道：「薛長老不必著急，萬事都有我為你做主，此事你儘量不要聲張，以免節外生枝。」龍曦月考慮事情還是非常周到的，如果門外那些丐幫弟子聽說是劍宮下手，必然會找劍宮復仇，丐幫在實力方面超出劍宮太多，可真正衝突起來，恐怕會造成太多不必要的死傷，這顯然不是龍曦月想要看到的。

胡小天首先想到的就是紅谷的那場刺殺行動，當時並沒有將馮閑林一起的殺手趕盡殺絕，或許正是那個疏忽導致了劍宮的報復，不過這個理由似乎有些牽強，畢竟劍宮最多仇恨自己，沒必要遷怒於丐幫？難道他們深知找自己復仇無望，所以才找上了丐幫？

唐輕璇當晚就在胡小天的府邸中留宿，和龍曦月徹夜長談，兩姐妹這麼久不見有沒完沒了的話，維薩也加入了她們的圈子，維薩雖然是異族，可是她為人聰穎，善於察言觀色，再加上她本身就是一位擅長攝魂術的大師，對人心理揣摩得非常透徹，做事很討別人的喜歡。

胡小天反倒被冷落了，這廝不由得想起昔日看過的一部電影，唐伯虎一眾老婆雖多，可是聊天的聊天，打麻將的打麻將，在一夫多妻的家庭裡，男人反倒沒了地位，這種事情該不會發生在自己的身上。

霍勝男臨近天黑的時候方才回來，看到胡小天居然一個人待在房間內，不由得笑了起來：「怎麼沒人陪你啊？」

胡小天道：「你有沒有聽說過三個和尚的故事？」

霍勝男道：「沒有，說來聽聽。」

胡小天道：「一個和尚挑水吃，兩個和尚抬水吃，三個和尚沒水吃。」

霍勝男聽完不由得笑道：「你這個和尚還真是可憐。」

胡小天伸手將她拉到自己的身邊道：「我不可憐，我家小和尚才可憐，我都這麼渴了，你還不讓我挑水吃？」

霍勝男紅著俏臉道：「那就隨便你！」

胡小天雖然是獨自睡去，可這一夜也沒閑著，挑水吃不算，半夜還偷偷去維薩房內抬水吃，他不是和尚，這些紅顏知己才是和尚，以後想讓她們全都有水吃，自己不但要勤快還得強身健體，好歹這廝的身體還真是健壯，臨近天明的時候才回到自己的房內，滿心滿足地睡了過去。

醒來的時候，看到維薩在自己的房間內整理，他坐起身來向維薩招了招手，維薩滿面紅暈，仍然沉浸在昨晚的旖旎纏綿中，躡手躡腳來到他身邊，小聲道：「公主殿下和霍將軍都在外面呢，她們想讓你多睡一會兒。」

胡小天道：「我又不累，你累不累？」

維薩撅起櫻唇點了點頭，小聲道：「讓你折騰了一夜又怎能不累？」

胡小天笑道：「去歇著吧。」

維薩搖了搖頭，過來伺候他穿了衣服，又蹲下去幫他將靴子穿好，胡小天原本不讓她做這些事，可維薩雖然和自己有了夫妻之實，卻始終以女奴自居。

洗漱之後來到外面，看到龍曦月和霍勝男正在暖玉閣內喝茶，胡小天走了進去，也不客氣，在兩人額頭上都吻了一記，雖然龍曦月和霍勝男都清楚彼此的關係，可胡小天如此堂而皇之的做法還是讓兩人俏臉紅了起來。

胡小天卻毫不在意地坐了下去，笑瞇瞇道：「都這麼早啊？」

霍勝男道：「今天武興郡那邊的將領會過來，所以早了些。」

維薩送上早餐，胡小天邊吃邊道：「維薩，宴會的事情安排得怎麼樣了？」

維薩道：「已經交由李大人準備，定在今天晚上。」

龍曦月道：「我和輕璇約好了明天一起去唐家馬場看看，可能會住上幾天。」

胡小天道：「也好，過了今天就沒什麼事情了，你跟唐姑娘去那邊好好玩玩，等我這邊的事情全都處理完，就去那邊找你。」

龍曦月點頭笑道：「好啊！」

早飯之後，胡小天帶上禮物和龍曦月一起親往常凡奇的家中探望，常老太太聽說胡小天和公主今日要來探望她一早就起來了，就在院子裡等著，聽聞胡小天前來，老太太在楊英瓊的攙扶下走了過來，激動不已道：「主公來了，主公來了，老太太給行禮了……」胡小天和龍曦月上前攙扶住她。

胡小天笑道：「大娘，您這不是折殺我嗎？在我心裡一直可都將您當成親娘看待，您千萬別跟我見外，我也不跟您見外，這不，我今兒帶媳婦兒來看您了。」

龍曦月羞得俏臉通紅，畢竟還沒過門，未婚妻好不好。

老太太抓住龍曦月的纖手，連連道：「好！好！好！老身雖然眼睛看不見，可心裡能感覺到，也只有公主殿下這樣溫柔善良的人才能配得上你這位少年英雄。」

楊英瓊笑道：「您老人家這麼說話，不怕把我給得罪嘍？」她是東梁郡太守李明成的外甥女，性情也開朗爽直，如今已經和常凡奇定下親事，年底就要完婚。

眾人都因她的話笑了起來。

常凡奇看到胡小天對待老娘如此敬重，心中更是激動，日久見人心，剛開始他被迫投奔胡小天並非心甘情願，甚至想過這輩子都不會為胡小天效力，可是隨著和胡小天接觸的時間越來越長，他發現胡小天是一個真正的英雄人物，更難得的是，他看得起自己，顧及自己的感受。

當日下午，武興郡的將領陸續到來，其中有太守顏宣明、庸江水師統領趙武晟、副統領李永福、熊天霸等將領也隨著一起前來。故友相見自然是格外親切，趙武晟其實也剛到不久，聽說胡小天這一路的曲折經歷，也是嚮往不已，恨不能當時隨同胡小天一起從陸路前往，又聽說曾小柔背叛之事，不由得歎道：「當時我就覺得蹊蹺，只是她這苦肉計演得太過真實，究竟是什麼才能讓一個女人做出這樣的犧牲？若非被迫，她的內心必然極為強大。」

胡小天道：「只是可惜了長明，這件事對他來說是一個不小的打擊。」他不由得想起了沙迦國公主蒙婭，不知趙武晟以後和蒙婭的結局如何？不過人的感情就在於折騰，不折騰不深刻。

熊天霸這段時間不見變得黑壯了許多，大踏步來到胡小天面前，朗聲道：「三叔！」雖然周默和蕭天穆已經背叛，可是他仍然習慣性地稱胡小天為三叔。

胡小天笑道：「你小子最近吃了什麼好東西？身材變得那麼魁梧？」

熊天霸道：「也沒吃啥，就是跟大乖二乖小乖吃得差不多。」

胡小天微微一怔，不知大乖二乖小乖是誰？自己的部下裡面好像沒有這個名字的將領，難道是新近才加入的？

看到他一臉迷惘，趙武晟不由得笑道：「就是他養的那三頭熊。」

他這一說胡小天方才想起，當初救下李長安的時候曾經撿到了三隻小熊，後來就將這三隻小熊交給了熊天霸撫養，至此以後就沒有再見過牠們的下落，熊天霸這一提起他方才想了起來：「那三隻小熊還好嗎？」

熊天霸一提起這三隻小熊頓時來了精神，神采飛揚道：「三叔，牠們可不是小熊了，如今長得比我還高，娘的，真有勁啊，每天閑著沒事就跟我摔跤，把我累得可夠嗆。」

胡小天不禁莞爾，腦補這傻小子跟熊摔跤的場景，不過看他如今魁梧的體格，也像極了一頭黑熊，這廝可是一員不折不扣的猛將。

熊天霸道：「三叔，改日我把牠們帶來讓您見見，你若是有興趣，我讓它們陪你摔摔跤。」

趙武晟呵斥道：「胡說八道。」

熊天霸嘿嘿一笑：「你們聊正事兒，我喝酒去了。」

趙武晟望著這廝的背影無奈搖了搖頭，等到熊天霸走後，他向胡小天道：「主公，有件事還需向您稟報，最近在望春江一帶出現了不少的水賊，他們打劫過往船隻，而且下手非常狠辣，殺人越貨，沉船毀舟，而且毫無規律可言。」

胡小天微微一怔，望春江的東岸都在他們的控制範圍內，過去從未聽說過那裡有水賊出沒，怎麼突然會發生這種事情？

趙武晟道：「因為這幫水賊非常狡猾，且行動毫無規律，搶劫之後將證據盡毀，基本上無跡可尋，雖然我們也派出水師巡查，可是收效甚微。畢竟望春江西岸目前在郾陽蘇宇馳的控制之下，如果想要徹底清除這些水寇，必須要雙方聯手。」

胡小天道：「照你看，這件事是偶發還是故意？」

趙武晟道：「這三個月已經發生了八起，應該不是偶然，目前有幾個疑點，一是郾陽方面所為，二是有水賊通過懸雍河進入庸江，然後再從庸江進入望春江。」

胡小天點了點頭，懸雍河也非他們控制的區域，同屬蘇宇馳，看來想要解決這件事必須要和蘇宇馳協商。

趙武晟道：「如果不及時應對，以後這種事情肯定還會發生。」

胡小天道：「這樣吧，你派人去郾陽聯絡，約蘇宇馳這個月跟我見上一面。」

趙武晟點了點頭。

此時顏宣明過來見禮，他的真實身分是蟒蛟島閻天祿的親生兒子，自從投奔胡小天之後，他的內政才華得以施展，胡小天對他也委以重任，讓他擔任武興郡太守，時間雖然不長，卻已經將他卓越的內政才能展露無遺。胡小天笑道：「宣明，這次我途經天狼山，見到你伯父了，他很關心你呢。」

顏宣明雖然知道自己在天狼山有那麼一位伯父，可是卻從未見過，他笑道：「有機會我倒要跟他認識認識。」

胡小天道：「武興郡在你的治理下發展不錯，宣明啊，我果然沒有看錯你。」

顏宣明道：「主公對宣明如此信任，將武興重鎮交給宣明，宣明自然要鞠躬盡瘁，絕不辜負主公對我的重托。」

胡小天點了點頭。

顏宣明道：「主公，武興郡今日之發展，港口已經無法同時承載軍用和民用兩大任務，依宣明所見，應當將武興郡向東擴展，將臨海海偃鎮的碼頭大規模擴建，以緩解武興郡港口的壓力，而且這樣做最大的好處就是以後外來商船不必進入庸江內河，在入海口處就可完成貿易。」

胡小天點了點頭道：「好事，既然你覺得可行就儘快去辦把，無論是物力財力還是人力，我都會給你最大的支援。」

顏宣明笑道：「謝過主公。」

李永福此時也過來相見，趙武晟歸來之後，他的職責已經從庸江水師轉移到雲澤新軍的操練，接著趙武晟剛才的話題又提起望春江水賊的事情，在他看來這件事應該和興州郭光弼有關，今年秋天中原大地絕大部分區域都獲得豐收，可興州方面卻有不同，因為他們不停地燒殺搶掠，無意耕種，已經將周圍百姓逼走，良田荒蕪，四野冷清，終於品嘗到自己種下的惡果，如今之計，興州的那些人想要活下去，就要繼續搶下去，這就造成了惡性循環，最近一段時間，他們到處出擊，不分對象亂搶一通，早已鬧得天怒人怨。

李永福憤然道：「興州郭光弼這種毒瘤必須早日清除，如果任由他們如此猖獗下去，不但為禍百姓，而且會讓四鄰不寧。」

胡小天點了點頭道：「興州的亂賊的確是毫無道義可言，不過咱們目前也沒有確切的證據證明，一定就是他們做的，剛才武晟也跟我說過這件事，我讓他去聯絡蘇宇馳，最近跟他見上一面磋商此事。」

李永福道：「主公，蘇宇馳最近得到大康朝廷的不少增援，據說大康永陽公主還親自召見了他，對他非常信任，如今的實力比起年初已經增強了一倍有餘，我覺得這個人不可小覷，如果任由他發展下去，必將成為主公以後的心腹大患。」在李永福看來，蘇宇馳顯然比興州郭光弼的威脅更大，前者是正規軍，後者是遊兵散勇，兩者的戰鬥力自然不可相提並論。」

胡小天道：「饅頭總要一口一口的吃，咱們不可能樹敵太多。」

李永福點了點頭道：「我總覺得蘇宇馳在清除水寇方面並不積極，我們此前也派人跟他們磋商過，畢竟這望春江目前有一半都在他們的控制範圍內，懸雍河更都在他控制的範圍內，若是雙方聯通蕩寇，縱然不能完全杜絕，也可以將這種事情發生的可能性降低到最小。」

胡小天道：「蘇宇馳過去跟咱們合作是因為他想要確保秋糧豐收，現在他在鄖陽站穩了腳跟，自然不必再看咱們的眼色，更何況他的背後還有大康朝廷的支持，他是忠臣，我們是逆臣，沒跟咱們撕破臉皮勢不兩立都算不錯了。」

李永福又彙報了一下雲澤水軍訓練和碧心山水寨的複建情況，總體一切都在順利進展之中。

當晚胡小天大擺筵席，盛情款待前來東梁郡相會的武將文臣，眾人觥籌交錯，開懷暢飲，胡小天也喝了不少。酒至半酣之時，霍勝男來到他的身邊，低聲耳語道：「興州來人了。」

胡小天微微一怔：「哪裡？」

「興州郭光弼派使臣來了，剛剛才到，說是有急事求見主公。」

胡小天皺皺眉，剛剛才談及到望春江遭遇水賊禍亂的事，興州的使臣就到了。

霍勝男道：「見不見？」

「什麼人？」

「郭光弼手下第一智將謝堅。」

胡小天此前跟謝堅見過面，上次還是在黑沙，這個素有妖星之稱的謝堅陪同郭光弼的兒子郭紹雄前往黑沙共商大事，不過後來不歡而散，懸雍河決堤將他們原本準備的四方和談沖了個七零八落。

謝堅一身半新不舊的灰色儒衫，在李明成的陪同下進入會客廳，他是下午到的，在來見胡小天之前，抽時間在東梁郡轉了轉，他此前曾經來過東梁郡，可今次前來跟過去又有了很大不同，他看到街道整潔，市場繁榮，百姓安居樂業，外來商賈如雲，聽到街頭巷尾議論著的，大都是說胡小天的好處，因為胡小天新近成為天香國的駙馬，整個東梁郡都處在驕傲和興奮之中，如果在民間聽不到埋怨之聲，如果老百姓都因為上位者的喜事而高興，那麼可以說這個人基本上贏得了民心。

謝堅不得不承認胡小天的厲害，短短幾年已經將東梁郡經營到這種地步，當然不止是東梁郡，他還要抽時間去武興郡看看，聽說那邊的發展如今也很不錯，昔日因為饑荒而背井離鄉的百姓開始陸續回來，東梁郡方面回流的百姓更多，這其中有不少都是因為胡小天當初前來統領東梁郡，因為擔心大雍對東梁郡用兵，害怕受到戰火波及，北遷進入大雍境內的百姓。

看到東梁郡不由得想起興州，郭光弼佔據興州的時間顯然要比胡小天要久得多，可是郭光弼對內政實在是一竅不通，早在盤踞興州之初，謝堅就不止一次提醒過他要增強內治，可是郭光弼卻對此並不上心，而不斷前來的義軍，迅速擴張的兵力讓郭光弼有些膨脹，他更習慣於掠奪錢糧財富這種快速有效的方式，對所謂的內政根本不屑一顧，必須要說，搶劫在最初的階段是行之有效的，可是時間越久其弊端就越大，現在的興州就像是一個極度虛弱的病人，失血過多，急於補血，可是在周邊卻再也抓不到可以補血之人。

在黑沙會談之後，其實郭光弼就已經認識到了這個問題，只可惜為時已晚，內政比起戰爭更需要長久的耐性去經營，想要在短時間內改變興州捉襟見肘的狀況已經沒有可能，若是發動戰爭，沒有足夠的財力和物資作為支撐，其結局可想而知。所以對興州來說，他們所面臨的狀況已經非常緊迫，想在短時間內改變窘境的唯一辦法就是外交。

胡小天站在那裡微笑望著謝堅，謝堅快走兩步，恭敬向他行禮道：「小使謝堅參見胡公子！」在胡小天和大康朝廷決裂之前，尚可稱之為胡大人，如今的胡小天已經和大康朝廷劃清界限，還是稱呼他為公子更為恰當。

胡小天笑道：「謝先生，您星夜前來，想必一定有重要的事情。」

謝堅道：「奉我家主公重托而來。」

胡小天點了點頭道：「裡面坐！」

賓主坐定之後，下人送上香茗，謝堅謝過，品了口茶，微笑道：「好茶，季雲山的陽春雪融，雨前茶。」

胡小天道：「謝先生對茶道很有研究啊！」

謝堅道：「談不上什麼研究，只是喝得多了，多少就懂得一些，這陽春雪融最好用季雲山的雪水沖泡，而且需洗茶三遍，水沸之後需擱置片刻，而且最關鍵的是，這種茶葉保存的時間最好不要超過三個月。」

胡小天呵呵笑道：「我飲茶從來沒什麼講究，解渴好喝，紛紛亂世，能夠填飽肚皮都已經是上天的恩賜了。」

謝堅笑道：「小使大膽，唐突之處還望公子不要見怪。」

胡小天道：「怎會，我對謝先生仰慕得很呢。」

謝堅謙恭道：「仰慕二字可不敢當。」他將手中茶盞放下，恭敬道：「不瞞公子，我家主公派我前來，乃是為了和公子磋商一下當今的局勢。」

胡小天道：「願聽謝先生高見。」

謝堅道：「談不上高見，我此次前來，一是要替我主公恭賀胡公子和天香國映月公主訂親，二是恭賀公子收服紅木川。」

胡小天笑道：「談不上收服，現在紅木川仍然是紅夷族自己在治理，我只是幫忙提些建議，跟他們簽了一個盟約罷了。」

謝堅道：「西川李天衡剛剛派出使臣，要和我們聯手攻打鄖陽。」

胡小天微笑不語，這種事情並不意外，早就在他的預料之中。

謝堅道：「其實包夾鄖陽，首選的對象應該是胡公子才對。」

胡小天道：「看來謝先生對我並不瞭解，我這個人天生討厭戰爭，任何事情如果不是被逼無奈，首選就是和平解決，打仗沒什麼好處，屍橫遍野，生靈塗炭，歸根究柢倒楣的還是老百姓啊。」

謝堅點了點頭，心中暗自冷笑，你胡小天只怕口是心非吧，自從你來到東梁郡之後，經由你挑起的戰爭已有多起，不過他卻不得不承認，胡小天每一仗都打得非常漂亮。謝堅道：「西川過去對我們的態度一向強硬，可突然之間轉變了風向，這其中必有原因。」

胡小天道：「沒有永遠的敵人，只有永遠的利益。」

第四章

徐老太太

對徐老太太這個外婆，胡小天始終覺得她過於神秘，
因為金陵徐家的絕情，他對徐老太太乃至整個徐家都很反感，
此次天香國之行，接觸到徐慕白、徐鳳舞、徐鳳眉這些人後，
胡小天懷疑徐家當家做主的早就已經不是徐老太太，
也許徐老太太早已被控制，又或是已經死了也未必可知。

謝堅對這句話自然是認同的，因胡小天的這一句話，他感覺自己此番前來成功的機會又大上了許多。謝堅道：「公子應該能夠看穿李天衡的目的吧？」

胡小天微微一笑，謝堅此來無非是想試探自己的態度，他搖了搖頭道：「我對他人的事情並不關心。」

謝堅看到胡小天輕易不肯暴露心中的想法，繼續試探道：「難道公子看不出這件事和您有關？」

胡小天哈哈笑道：「怎麼凡事都要跟我扯上關係？我跟西川沒什麼仇恨，也沒什麼交情，大家井水不犯河水就好，只要他不來惹我，我當然不會去惹他。」

謝堅道：「公子對鄖陽蘇宇馳又怎麼看呢？」

胡小天道：「還能怎麼看？鄰居唄。」

謝堅道：「聽說最近望春江發生了多起搶劫殺人的事件。」

胡小天看了他一眼，淡然道：「謝先生的消息還真是靈通呢。」

謝堅道：「天下間又哪有不透風的牆？」

胡小天道：「謝先生有什麼可以告訴我的嗎？」

謝堅道：「我雖然不知道是何人所為，可是我卻能夠向公子保證，這件事和我們興州毫無關係。」

胡小天道：「我也沒懷疑這件事跟你們有關係啊？」言外之意就是，你是不是有點此地無銀三百兩呢？

謝堅笑了笑，絲毫不見尷尬，輕聲道：「有可能產生誤會的事情還是提前說清比較好，我們也不想無辜為別人背負黑鍋，謝某也知道自己這樣的作為有畫蛇添足之嫌，以公子的睿智當然不會被表面的偽相所迷惑。」

胡小天並沒有表態，靜靜等待謝堅的下文。

謝堅道：「李天衡提出和我們聯手攻打鄖陽，還給出了相當誘人的條件。」他一邊說一邊觀察著胡小天的表情變化。

胡小天道：「這可是軍機大事，謝先生好像不該向我洩露吧，你不怕我將這件事透露給鄖陽蘇宇馳方面？」

謝堅笑道：「若是有這樣的顧慮，我也就不會來，天下沒有免費的午餐，西川之所以選擇跟我們聯手，其目的無非是想通過攻佔鄖陽而打通東北通路，這對公子好像沒有什麼好處。」

胡小天呵呵笑了起來：「這些事跟我何干？」

謝堅道：「西川已經陷入前所未有的困境中，他們必須要尋求突破，要麼向南打通通道，就必須要經過紅木川，現在那裡是公子所掌控，要麼就要向東北擊破鄖陽，我們若是幫助他夾攻蘇宇馳，等到他們突破之後，下一個目標說不定就是我們。」謝堅在這一點上看得還是非常準確的。其實有句話他還沒有說出來，那就是一旦他們和李天衡聯合，胡小天絕不會坐視不理，因為胡小天的佈局應該就是要將李天衡牢牢困在西川，他要將李天衡最可能的兩條出路紮口袋一樣紮死，所以胡小天絕不會讓他們的聯合影響他的佈局。

胡小天道：「謝先生還真是明智，不過我看不出這件事跟我有多大的關係。」

謝堅笑道：「胡公子乃是明白人，蘇宇馳扼守鄖陽，名為對付我們，可真正的重點卻在公子和李天衡身上。公子也不想自己的背後始終都有這樣一顆釘子吧？」

胡小天道：「謝先生的意思是……」

謝堅道：「我們寧願和公子聯手奪下鄖陽，這樣公子就可以將望春江的水系牢牢控制在自己的手中。」

胡小天道：「平白無故幫我這麼大忙，讓我有些受寵若驚了。」

謝堅道：「我們也不是平白無故幫公子這個忙，若是我們幫助公子拿下鄖陽，希望公子能夠支援我們二十萬石糧食。還需保證，五年之內不可對我們用兵。」

胡小天哈哈大笑起來。

謝堅被他笑得心底有些發虛，其實自己提出的條件已經足夠誘人，胡小天因何發笑？

胡小天道：「謝先生回去幫我轉告你們的郭將軍，我從未有過爭霸之心，更不想介入他人恩怨，你們也不用擔心我會插手介入，你們和西川怎樣合作，是否攻打鄖陽都跟我沒有任何的關係，我也不會將你們的計畫透露出去，只要戰火不波及到我的領地，我就老老實實隔岸觀火。」

謝堅聽他說完這番話，心中這個鬱悶啊，胡小天啊胡小天，你如此年輕怎麼如此腹黑？你沒有爭霸之心？短短幾年你根本就沒有停止過擴張，從最初僅僅擁有一座東梁郡，從大雍占了東洛倉，從大康明搶了武興郡、白泉城，望春江的水系也基本上被你給占了，搶奪雲澤攻下碧心山也就是去年的事情，紅木川也到了你的手中，如果不是你將李天衡南去的通路封死，李天衡也不會放下身分選擇跟我們合作。你不是不介入，而是想看我們打成一團，鷸蚌相爭，漁翁得利，你是想做最終獲利的那個漁翁。

胡小天看到謝堅漸漸暗淡的眼神，心中暗自高興，謝堅是想把自己拖進去，其最終的用意還是想獲得最大的利益，李天衡急於尋求突破打通東北方向的通道，而興州方面也面臨著糧荒的巨大問題，他們誰都拖不起，所以這場戰爭必然要打。至於鄖陽蘇宇馳方面，無論他多有本事，面對兩個孤注一擲尋求突破的對手都不好對付，這一仗不管誰勝誰敗，雙方的實力損耗都是顯而易見的，自己必然會介入，只是要在適當的時機介入。

謝堅道：「公子不怕萬一鄖陽落入李天衡的手中？」

胡小天搖了搖頭道：「不怕，不管落入誰的手中，只要不招惹我，我都不會管他。謝先生，你的意思我都明白，可是勸人打仗這可不是什麼好主意，如無必要我才不會打仗。」

胡小天既然把話說到了這種地步，謝堅也不好再說什麼，人家擺明了要等他們殺一個兩敗俱傷，雖然自己帶著誠意來尋求合作，可胡小天壓根沒有把他們看在眼裡，也許在胡小天的心中，他們只是一幫叫花子。

謝堅起身抱拳道：「公子的意思我明白了，我回去會照實稟報給我家主公。」

胡小天道：「其實以謝先生的才華應該能夠看清局勢，更應該懂得良禽擇木而棲的道理。」這廝做策反工作上了癮，對謝堅也做起了心理工作。

謝堅笑道：「天下之大，未必只有一個明主。」

胡小天點了點頭道：「也對，恕我直言，郭光弼可不是明主。」

謝堅也不多說，抱了抱拳：「告辭了！」

胡小天還是將謝堅送到了門外，目送謝堅遠走，不由得露出一絲嘲諷的笑意。

霍勝男走了過來，好奇道：「怎麼說？」

胡小天道：「還能怎麼說，想跟咱們合作。」

霍勝男道：「沒找你要糧食？」

胡小天道：「你覺得呢？」

霍勝男歎了口氣道：「興州的老百姓這些年被郭光弼害慘了，我真是搞不懂，他也是布衣出身，當初也是因為受不了大康的苛捐雜稅，所以奮起反抗，為何成為領袖之後反倒不顧百姓疾苦，比起昔日的那些上位者更加凶殘呢？」

胡小天道：「一個人不忘初心很難，郭光弼成為領袖的時候已經自覺將自己和別人區分開來，他根本不是要當一個拯救百姓於水火的英雄，他只是想當一個賊，一個四處燒殺搶掠，供給自己享用的賊！」在胡小天所熟知的歷史中，這種人並不少見。

霍勝男道：「如果他們當真和西川聯手，鄖陽所承受的壓力就會增加許多。」

胡小天點了點頭道：「那是自然，李天衡為了打通東北通道必然全力以赴，而興州方面知道我不肯跟他們合作，也只剩下西川這個選擇，以後的事情暫且不說，目前唯有打下鄖陽才能獲得西川方面的援助，兩者各取所需，也不失為絕佳的合作夥伴。」

霍勝男道：「要不要通知鄖陽方面？」

胡小天道：「蘇宇馳那個人絕非普通人物，對此他應該早有所料，也許用不了太久他就會派人尋求聯手了。」

這時候一個驚喜的聲音道：「少爺，我回來了！」

胡小天微微一怔，卻是梁大壯背著行囊風塵僕僕地走了過來，胡小天前往天香國的這段時間，梁大壯也離開了東梁郡，說是返回康都去老家看看，雖然他家鄉已經沒有多少親人，可畢竟離開日久，思鄉情切。

一陣子沒見，梁大壯居然又胖了不少，圓盤臉上露出獻媚的笑容，來到兩人面前：「少爺好，霍將軍好。」

胡小天笑道：「你剛剛回來啊！」

梁大壯點了點頭道：「剛剛回來，少爺，你猜猜，我這次去康都見到誰了？」

胡小天道：「誰啊？」

梁大壯道：「徐老夫人！」

胡小天吃了一驚：「你說什麼？」

梁大壯道：「是這樣的，我想這次回去了一趟總得去夫人墓前上柱香，可我到那裡的時候，正遇到有人掃墓，竟然是徐老夫人！」他口中的徐老夫人就是金陵徐家的大當家徐老太太，胡小天的外婆，連胡小天都沒有見過，只是這徐老太太為何會在康都出現？難道只是為女兒掃墓？難道她終於良心發現了嗎？

對徐老太太這個外婆，胡小天始終都覺得她過於神秘，因為金陵徐家的絕情，他對徐老太太乃至整個徐家都非常的反感，可是在此次天香國之行，接觸到徐慕白、徐鳳舞、徐鳳眉這些人之後，胡小天開始懷疑一件事，也許徐家當家做主的早就已經不是徐老太太，也許徐老太太早已被控制，又或是已經死了也未必可知。

至於梁大壯，胡小天早就對他產生了懷疑，曾經讓維薩使用攝魂術，可是對梁大壯根本沒有任何作用，此人的心性非常的堅定，胡小天甚至認為梁大壯已經知道自己懷疑他，可是表面上仍然沒有流露出任何的慌張和怯意，這廝的心理素質還真是超強。

胡小天道；「大壯，你最近一次見到老太太是什麼時候？」

梁大壯做出一副苦思冥想的樣子，想了好一會兒方才道：「七年前了……不！八年！八年前我還是跟隨夫人返回金陵的時候見到的老太太，那時候老太太的頭髮還未全白，現在已經完全白了。」說到這裡梁大壯歎了一口氣，顯得頗為感慨。

胡小天道：「我都不記得她的樣子。」

梁大壯道：「老太太也就是十幾年前去過一次康都，那時候少爺還是個傻……」說到這裡，他似乎方才意識到自己說錯了話，反手就抽了自己一個嘴巴子：「少爺，我該死，你看我這張破嘴，真是不會說話。」

胡小天道：「你啊，就是張破嘴，不過說得倒是事實，那時候我還是個傻子，又怎能記得那時候發生的事情？」

梁大壯小心翼翼道：「少爺，您不怪我？」

胡小天笑道：「你跟了我這麼多年，沒有功勞也有苦勞，我怎會怪你？對了，老太太都跟你說了什麼？」

梁大壯道：「老太太也沒說什麼，就是問起少爺的事情，我就撿著能說的說了，老太太為少爺很是高興，還說有機會一定來看看少爺。」

胡小天歎了口氣道：「我跟徐家早已沒什麼了。」

梁大壯道：「還有一事兒，那天永陽公主也去給夫人掃墓，只不過她去的時候我沒敢靠近，我猜想她應該和老太太見面了。」

這個消息讓胡小天非常關注，如果梁大壯所說屬實，七七對自己應該是餘情未了，只是她和徐老太太的會面又代表了什麼？難道她們兩人達成了合作？不對，徐老太太應該是幫胡不為的，七七和胡不為都想得到對方手中的頭骨，徐老太太又怎會輕易倒向七七的陣營？這件事還真是撲朔迷離。

梁大壯看到胡小天陷入沉思也不敢打擾他，過了好一會兒不見他說話，終忍不住咳嗽了一聲。

胡小天道：「大壯，你先去休息吧，歇兩天，你幫我送封信去金陵徐家。」

梁大壯點了點頭，剛剛回來又要準備出門了。

嚴冬臨近，東梁郡一天冷似一天，百姓們都開始為過冬積極準備著，龍曦月和唐輕璇一起去了沙洲牧場，胡小天則和霍勝男一起前往白狼堆，和鄖陽守將蘇宇馳進行一次秘密會面。

這次會面是蘇宇馳方面主動提出，他已察覺到自己即將面臨的危機，他和胡小天的合作已經不是第一次，在眼前的形勢下，他不得不考慮第二次和胡小天會面。

胡小天躺在溫暖的船艙內，霍勝男身無寸縷偎依在他的懷中，呼吸的起伏明顯還有些劇烈，顯然未能從剛才的盤腸大戰中完全平復下來。

胡小天道：「你的內力好像越來越厲害了。」

霍勝男紅著俏臉道：「天知道這是一門什麼古怪功夫，我只擔心這射日真經會損害你的身體。」

胡小天道：「不怕，我送給你的內力連十分之一都沒到，如果不是利用這種方法宣洩內力，我整個人恐怕都要憋炸了。」

霍勝男嬌笑道：「我不在你身邊這麼久，你不也一樣好端端的。」

胡小天道：「總有解決辦法。」

霍勝男一雙修長的長腿死死夾住了他：「討厭，就知道你是個花心大蘿蔔。」

胡小天猛一翻身將她壓在身下，又要劍履及地之時，霍勝男嬌噓喘喘道：「不可，天就要亮了。」

胡小天道：「不差這一會兒。」

……

白狼堆就在前方，其實這地方過去叫白浪堆，後來不知是誰傳言在此地看到白狼出沒，於是就改名為白狼堆，因為這個傳說的緣故，漸漸知道的人多了，名字自然而然地改變。

胡小天站在船頭，雄姿英發，健美的身軀在晨光的照耀下蒙上一層金色的光暈，這讓他的背影看起來更加的高大甚至有些神秘，讓人從心底生出敬仰之情。

霍勝男梳洗打扮之後，穿上盔甲英姿颯爽地出現在胡小天身邊，兩人對望了一眼，霍勝男明澈如水的美眸中頓時蕩漾起一絲難以描摹的嫵媚，心頭不禁一陣發熱，在人前素來強勢的霍勝男，也只有在胡小天的面前才會生出一種小鳥依人的感覺，放下自己的堅強和倔強，寧願去做一個在他身下輾轉承歡的小女人。

「看什麼看？還有什麼是你沒見過的？」霍勝男小聲嗔怪道。

胡小天呵呵笑了起來：「還是看不夠呢。」

「騙人！」

胡小天的目光被岸上的佇列吸引了過去，白狼堆碼頭已經有一支約百人的隊伍在那裡迎候，白狼堆位於鄖陽境內，地理上正處於庸江和望春江交接之處，和胡小天的地盤也只是一江之隔，蘇宇馳選擇這裡見面也是經過深思熟慮的，當然這其中還是存在了一定的私心，胡小天並不在意這樣的小節，也沒有堅持蘇宇馳來到自己的地盤上，就在望春江的江畔，已經有六艘戰艦枕戈待旦，那是庸江水師派出的戰船，由李永福親自統領，這是為了確保胡小天此行的安全，雖然不怕蘇宇馳搞鬼，可畢竟還是要做足十二分的準備。

霍勝男道：「蘇宇馳那邊不會有什麼貓膩吧？」

胡小天搖了搖頭：「應該不會，他現在處境不妙，西川李天衡和興州郭光弼要聯手對付他，他若是再得罪我，就會面臨三面夾擊的尷尬處境，他手下那五萬多兵馬到時候會像包餃子一樣被幹掉。」

霍勝男道：「蘇宇馳可不簡單。」

胡小天道：「再厲害的人都有缺點。」此時頭頂傳來一聲孤雁的哀鳴，兩人同時抬起頭來，望著那隻孤零零獨自南飛的孤雁，霍勝男道：「掉隊了！」

胡小天點了點頭，不知為何卻突然想起了展鵬，夏長明已經帶著方芳去了紅木川，自己可以說給展鵬送了一份大禮過去，有方芳在展鵬身邊的貼心照顧，想必他康復得會更快。胡小天道：「方芳應該到紅木川了。」

霍勝男莞爾笑道：「你讓我做的事情我已經交給她了，落櫻宮的箭法要訣我讓方芳記牢了，回頭轉述給展鵬。」

胡小天笑道：「有沒有教給她射日真經？」

霍勝男俏臉一紅，伸出手去在胡小天的手臂上狠擰了一下，小聲嗔道：「要死了你。」其實這射日真經只有胡小天才有資格修煉，換成別人，恐怕早就精盡人亡了，畢竟是一門以損耗男子內力來補充女子的古怪功夫。沒有強大的內功基礎，最終只能死路一條。

胡小天所乘坐的戰船來到了碼頭，士兵們將舷梯放了下去，胡小天緩步走下舷梯。看到蘇宇馳已親自來到碼頭等候，由此也能夠看出蘇宇馳對這次會面的重視。胡小天剛剛踏上白狼堆的土地，蘇宇馳已經微笑著迎了上來，兩人緩步向對方走去，然後同時抱拳，蘇宇馳笑道：「胡公子，別來無恙！」

胡小天哈哈大笑道：「托您蘇大將軍的福，最近過得還算湊合。」

蘇宇馳笑著點了點頭，又向霍勝男打了個招呼。胡小天也向蘇宇馳身後的袁青山笑了笑，袁青山乃是蘇宇馳手下愛將，這次會談，就是他前往東梁郡敲定的。

蘇宇馳邀請胡小天前行。

會談就在白狼堆碼頭的一座穀倉內進行，這裡過去是臨時儲存貨物穀米的地方，如今已經完全騰空，打掃乾淨，擺上了桌椅條案，室內有六個熊熊燃燒的大火爐，進入其中溫暖如春。

胡小天將外氅脫了交給手下，入座之後，蘇宇馳的手下送上香茗，胡小天接過香茗拿起蓋碗，嗅了嗅茶香，品了口香茗。

蘇宇馳道：「胡公子稍稍休息，我已經讓人準備酒菜，中午咱們就好好喝上一場。」

胡小天笑道：「蘇大將軍請我過來總不是為了喝一頓酒吧？在下最近諸事纏身，實在是不敢耽擱太久，這酒宴嘛，就免了，咱們認識也不是一天兩天了，蘇大將軍有什麼事情不妨直說。」

蘇宇馳的目的當然不是請胡小天喝酒，對方既然如此開誠佈公，自己也沒必要拐彎抹角，蘇宇馳點了點頭道：「胡公子的確是痛快人。那好，蘇某也不妨直說了。」他向袁青山使了個眼色。

馬上有四名健壯士兵抬著一個八仙桌大小的沙盤送到他們的面前。

蘇宇馳做了個邀請的手勢，起身道：「胡公子請看！」

胡小天來到沙盤前，別的不說，單從沙盤製作上就能夠看出蘇宇馳的軍事才能，要知道這是一個沒有現代高科技手段的冷兵器時代，缺乏現代化的測繪工具，更談不上什麼衛星雲圖，蘇宇馳能夠將沙盤製作得如此精細，將鄖陽周圍的每一個關隘河谷都標注得清清楚楚。

胡小天讚歎之餘也不禁心生警惕，這樣的人如果不能為自己所用，就會成為自己的心腹大患，這次務必要借著西川和興州夾攻鄖陽的大好機會將事情解決。

蘇宇馳道：「最近西川李天衡一方在西川東北的嫓川兵馬調動頻繁，而興州方面也有異動，不知公子有沒有聽到什麼消息？」

胡小天道：「倒是聽說了一些。」

蘇宇馳道：「李天衡應該是要和郭光弼聯手攻打鄖陽。」

胡小天道：「李天衡好像很久都沒有對外的軍事行動，西川已經夠大，難道已經無法滿足他的野心了？」其實他當然心知肚明，此前謝堅已經將所有的情況說了個一清二楚。

蘇宇馳可不像謝堅那樣喜歡拐彎抹角，他直截了當道：「公子封住了李天衡的南去通道，西川貿易受到極大影響，李天衡如不想被困死，必須尋求通路。」

胡小天道：「如此說來這件事反倒是我惹出來的？」

蘇宇馳微笑道：「換成誰都會這樣做，只是這樣一來，李天衡孤注一擲向東北尋求通路，所以蘇某駐守的鄖陽就首當其衝成為他的目標了。」

胡小天道：「鄖陽雖然是個要塞，可惜並沒有什麼地利可守，如果李天衡和郭光弼合力，蘇將軍這一仗恐怕不好打啊。」

蘇宇馳道：「興州已經接近斷糧，郭光弼四處燒殺搶掠，惡名在外，搞得興州一帶百姓紛紛逃亡，他現在已經搶不到什麼東西。所以他想要走出目前的困境，就必須要謀求合作。」蘇宇馳意味深長望著胡小天道：「其實胡公子應當是他首選的合作對象。」

胡小天呵呵笑了起來：「或許他們有這樣的想法，可我卻沒有這樣的打算。」

蘇宇馳道：「對公子而言，這樣的合作好像並沒有任何壞處吧？」

胡小天道：「我也想不出有什麼好處？不如蘇大將軍幫我分析分析？」

蘇宇馳道：「他們得糧草，你得鄖陽！」

胡小天哈哈大笑：「蘇大將軍可真會開玩笑，我現在要鄖陽做什麼？有你蘇大將軍這堵擋風牆在我前面頂著，我不知有多安心。至於興州的郭光弼，我實在想不出跟他們合作的理由，在我看來，他們只是一幫烏合之眾，一幫搖尾乞憐的叫花子，一支連糧草都無法保障的軍隊又談什麼戰鬥力？蘇大將軍還會擔心他們嗎？」

蘇宇馳道：「百足之蟲死而不僵，狗急跳牆的事情並不少見，鄖陽可能要同時面對兩條瘋狗了。」郭光弼是瘋狗，為了生存他必須亡命一搏，不然他即將面臨斷糧的困境，李天衡同樣是一條瘋狗，他急於尋求一條通路，權衡之下捨棄紅木川選擇鄖陽。

胡小天道：「蘇大將軍是不是對我有什麼顧慮呢？」

蘇宇馳笑道：「我對胡公子的為人一向是信得過的，上次你我在黑沙一聚，若非胡公子相助，蘇某現在恐怕也不可能坐在這裡和你說話了。」

胡小天道：「我畢竟是大康的逆臣，希望咱們之間的合作不要給蘇大將軍造成麻煩才好。」

蘇宇馳道：「蘇某做事向來堂堂正正，敢作敢當，從不怕什麼連累，只求問心無愧。我也不瞞胡大人，我一個人對付這兩方攻擊的確有些吃力，他們若是攻破鄖陽，首先危及的就是你的利益，胡公子縱然想抱著袖手旁觀的念頭，到最後也必然無法獨善其身。」

胡小天笑道：「蘇大將軍想要將我也拉入這場戰爭之中嗎？」

蘇宇馳道：「胡公子能夠和我攜手作戰當然最好不過，可是蘇某不敢奢望，畢竟人各有志，誰也不想輕易就捲入戰爭之中，尤其是戰火還沒有燒到自己身上的時候，更何況戰爭真正爆發起來，對你也沒有什麼壞處，換成我是你，就會在三方拚個你死我活的時候出手，坐享漁人之利不亦快哉？」蘇宇馳其實早已將胡小天的心意揣摩得清清楚楚。

胡小天聽他說完不禁哈哈大笑起來，正所謂司馬昭之心路人皆知，自己的那點算盤誰也瞞不過。這廝的臉皮也夠厚，就算被人戳穿想法，也依然淡定自若，居然還能厚顏無恥地說道：「原來蘇大將軍真正擔心的人是我啊！」

蘇宇馳點了點頭道：「沒錯！」

胡小天道：「那蘇大將軍只管放心了，這件事我不會介入。」

蘇宇馳道：「胡公子以為我會放棄鄖陽嗎？」

胡小天眨了眨眼睛，不知蘇宇馳為何突然會有此問？

蘇宇馳道：「如果鄖陽在公子的手裡，就等於扼住了西川的咽喉，李天衡縱有通天之能也無法完成向外的突破，任何國家和領地，如果失去了和外界交流的能力，那麼他們必然只能面臨漸漸衰落的命運。」

胡小天道：「蘇大將軍把事情看的如此明白，為何不與我攜手共同開創一番繼往開來的恢弘大業呢？」

蘇宇馳微笑道：「我們蘇家滿門忠烈，生為大康人，死為大康鬼，公子的一番好意我心領了。」

胡小天道：「蘇大將軍難道不記得我曾經告訴過你的事情了？」胡小天早在上次黑沙之會上就已經告訴蘇宇馳，真正的皇帝龍宣恩已經死了，現在當政的就是七七，記得當時蘇宇馳的態度似乎有所鬆動，可沒想到今次回來，蘇宇馳卻又變得如此堅定，看來他前往康都這一趟，七七一定做足了功夫，否則蘇宇馳不會表現出這樣的堅定，其實從最近鄖陽增兵就能夠看出，朝廷給予蘇宇馳相當大的支持，七七這妮子的手段，胡小天瞭解頗深，她不但心狠手辣，而且善於籠絡人心，連洪北漠、權德安、任天擎這樣的人物都能被她整治得服服貼貼，更何況蘇宇馳這個武將。對將領來說沒有比信任更大的恩寵，士為知己者死，原本胡小天還希望蘇宇馳看清形勢轉投自己的陣營，現在來看似乎可能性不大。

蘇宇馳道：「只要大康在一天，蘇某就會為大康盡忠。」話已經說得相當明白，縱然老皇帝死了，可大康還在，他效忠的不是龍宣恩，而是大康。

胡小天道：「蘇大將軍忠肝義膽真是讓人佩服，在下只能祝福你了。」

蘇宇馳道：「胡公子如果只是祝福，那麼蘇某還真是慶幸了。」他認準了胡小天要借著這場戰爭做文章。

胡小天笑道：「以後的事情誰知道呢？縱然你我成不了朋友，可蘇大將軍始終是我敬重的人，他日若有什麼難處，我這裡永遠向蘇大將軍敞開大門。」

蘇宇馳笑道：「胡公子以為我會敗給他們嗎？」

胡小天不置可否地笑了笑道：「我沒有未卜先知的本事，鹿死誰手，誰又知道呢？」

蘇宇馳道：「只要蘇某有一口氣在，任何人都無法從我的手上拿走鄖陽。」他這句話說得斬釘截鐵，分明是說給胡小天聽。

胡小天心中暗笑，並不是話說得強硬就可以做到，任何人在大勢的面前都無能為力，他此時已經堅定了念頭，今次一定要抓住這個機會將蘇宇馳這顆釘子拔去，此人的存在對自己始終都是一個威脅。

胡小天道：「對了，望春江水賊的事情還望蘇大將軍多多關注。」

蘇宇馳道：「此事我已經派人加強西岸巡防，我可以向胡公子保證，此事與我方無關。」

胡小天點了點頭，心中暗自奇怪，蘇宇馳說跟他無關，此前謝堅也說與興州無關，還真是怪了，難不成這水賊只是流寇？這一帶又有哪個流寇敢如此大膽？

這次白狼堆會談顯然沒有達到預想的目的，如果胡小天不是對蘇宇馳有所期望，他根本不會親自跑這一趟。回程途中，霍勝男也看出胡小天心中不爽，輕聲勸慰他道：「人各有志，何必勉強？」

胡小天道：「我只是有些奇怪，蘇宇馳好像充滿信心，似乎有了致勝把握。」

霍勝男道：「他目前只有不到六萬兵馬，鄖陽又無險可守，西川和興州若是同時夾擊他，恐怕他很難擋住啊。」

胡小天道：「你有沒有覺得，他似乎有恃無恐，今天跟我見面跟我結盟的願望並不強烈，反而隱隱透露出一種威脅我的味道。」

霍勝男笑了起來：「怎麼可能，你多想了吧？」

胡小天搖了搖頭道：「但願是我的錯覺。」

霍勝男擁住他柔聲道：「你不要把自己搞得太匆忙，自從返回之後，就片刻不停地忙於公事，應該適當放鬆一下了。」

胡小天點點頭道：「也好，途經沙洲牧場時我們下去看看，剛好放鬆放鬆。」

霍勝男溫婉笑道：「你去吧，我可得回去，還有許多軍務等著處理呢。」

沙洲牧場其實就是庸江旁邊的一塊草場，這裡距離大雍南陽水寨不遠，不過現在胡小天和大雍方面簽訂了停戰協定，雖然大雍政權更迭，可是雙邊仍然嚴格恪守約定，彼此之間並沒有發生相互侵犯邊界之事，其實也和大雍現在深陷戰爭泥潭有關，跟黑胡人的這場戰鬥已經讓大雍無暇兼顧其他的事情，薛道洪也不是傻子，他不可能在對付黑胡人的同時再開闢一片戰場。

走上這片水草肥美的平原，頓時讓人有種心曠神怡的開闊感覺。自從唐家父子投奔胡小天以來，胡小天就將馴養軍馬的任務交給了他們，這片地方是由唐文正親自選定的，胡小天通過各種途徑引進的馬匹首先要送到這裡，由唐家父子馴養，然後才會送往軍中分派給騎兵使用，唐家父子在相馬馴馬上的本領的確是當世一流。在外界看來胡小天麾下最有戰鬥力的隊伍是庸江水師，而這兩年，胡小天的騎兵力量也得以迅速提升，這其中和唐家父子的賣力相助有著相當大的關係。

胡小天在沙洲碼頭登陸的時候，唐文正帶著三兒子唐鐵鑫前來迎接。看到胡小天前來，父子二人很是恭敬。胡小天笑道：「唐伯父，您可千萬別跟我客氣，我和鐵漢他們全都情同手足，您要是太客氣了就是把我當外人看。」

唐文正笑了笑，可心中卻明白，今時不同往日，昔日戶部尚書家裡的紈絝公子如今已經成了名震天下的一方霸主，更是唐家侍奉的主公，自己可不敢把他當成子侄看待，望著意氣風發的胡小天，唐文正不由得想起當年因女兒產生的那場衝突，想不到兩家的恩怨居然可以化解，胡小天也不計前嫌，不但沒有報復他們，而且還收容了他們一家，這已經是天大的恩德了。

胡小天接過唐鐵鑫遞來的馬韁，翻身上了一匹白馬，這匹馬也是最近馬場中最為神駿的照夜獅子驄，體型俊美，通體毛色雪白，渾身上下找不到一根雜毛。

胡小天翻身上馬，在唐家父子的陪同下向馬場而去，他向唐鐵鑫道：「沒見你兩位哥哥？」

唐鐵鑫笑道：「主公，我大哥二哥都去武興郡了，最近有不少馬匹經由海運抵達那裡，他們前去接貨。」

胡小天點了點頭，心中正想問龍曦月的下落。

唐文正猜到了他心中所想，微笑道：「公主殿下和小女一起去了叮咚泉遊玩，距離這裡大概有十多里路，主公現在要去嗎？」

胡小天搖了搖頭道：「不必，咱們去看看你們馬場的情況。」

因為已臨近嚴冬，沙洲馬場也到了枯草季節，唐文正父子帶著胡小天先去看了現場放馬的情況，又去馬場圍欄觀摩馴馬，最後來到草料場查看草料的儲備情況。

沙洲馬場現在一共有一千匹駿馬，巔峰時期可以容納兩千匹，這個數字隨著季節和軍需的不同而不斷變更。唐文正道：「其實最好的駿馬來自域藍國，域藍國境內最大的綠洲郎木雖然面積不到其國土的十分之一，但是郎木卻擁有著血統最為純正的域藍馬，這一品種吃苦耐勞，機警靈活，無論是負重牽拉，還是長途奔馳都超出尋常馬匹太多，我們目前引進的馬匹大都輾轉來自黑胡，一方水土養出一方特製，這種馬雖然高大，負重能力也很強，但是在速度方面遠遠遜色於域藍馬。」

胡小天道：「為何不考慮從域藍國直接引進？」

唐文正笑道：「主公忘了，西行商路被興州的那幫亂賊切斷，他們做事毫無原則，燒殺搶掠無惡不做，哪還有商人敢從這條路上經過？」

胡小天點了點頭，興州郭光弼這些人的確已經成為西行通道上的一顆毒瘤，如果不及時除去，肯定會對自己的發展造成影響，想起即將到來的這場戰爭，胡小天心中就有了幾分期冀，希望他們三方打個兩敗俱傷，到那時候自己就可以出手坐收漁人之利。

幾人正在聊天的時候，遠處兩騎馬一前一後而來，前面的是龍曦月，她騎著小灰，猶如一道灰色閃電，將後方騎乘棗紅色駿馬的唐輕璇已經甩出很長一段距離，等她走近方才發現是胡小天來了，她驚喜萬分地勒住馬韁。

胡小天走了過去，伸出手去，把她從馬上扶了下來，笑道：「玩得很開心啊，看來就要把我給忘了。」

龍曦月嫣然一笑，柔聲道：「怎麼可能。」

小灰見到主人也是非常親熱，把兩隻大耳朵來回搖晃，胡小天拍了拍牠的腦袋，此時唐輕璇也已經追了上來，看到胡小天俏臉緋紅，不知是因為趕得太緊還是因為害羞的緣故，小聲道：「主公來了！」

胡小天笑道：「唐姑娘跟我見外了。」

唐輕璇顯得越發不好意思了，此時唐鐵鑫來到幾人身邊，卻是丐幫來人了，胡小天認得是路三番，這幾名丐幫弟子前兩日都在東梁郡，陪著九袋長老薛振海療傷，胡小天跟他們都打過交道，他們今次前來卻是向幫主龍曦月稟報情況的。

路三番的臉色並不好看，見禮之後，他向龍曦月道：「幫主，我們去沙角鎮一帶並沒有打聽到什麼線索，只是今天聽說邵遠分舵和靖邊分舵的同門先後遇襲，已經有三名同門遇害，其中有兩名八袋長老。」

龍曦月聞言也是心頭一沉，胡小天在一旁聽著，並不便發表自己的意見，畢竟他只是一個外人。

龍曦月道：「有沒有查出是什麼人做的？」

路三番道：「死者受傷的狀況不同，有兩人被暗箭射殺，一人被一刀斷頭，根據我們目前掌握的情況，可能會有落櫻宮的人參與暗殺。」

龍曦月道：「我們和落櫻宮方面有何過節呢？」

路三番道：「過去從未有過，只是這件事目前還不能確定，如果查清此事跟他們有關，我們必然將落櫻宮蕩平。」

龍曦月道：「讓大家提高警惕，儘快查清證據。」

路三番道：「秦長老已經到了沙角鎮，他讓我稟報幫主一聲，希望幫主今天未時能抽時間去沙角鎮跟他一晤。」他口中的秦長老叫秦陽明，是丐幫九袋長老，也是丐幫江北總舵主，秦陽明在丐幫的地位很高，丐幫身為天下第一大幫會，根據庸江劃分為南北兩大部分，這兩部分都由幫主統一管理，但是又各自擁有很大的獨立權，秦陽明正是江北總舵主，等於擁有副幫主的地位。

不過無論秦陽明資格多老，權力多大，明知龍曦月已經成為丐幫的新幫主，他沒有前來主動拜會，反而讓人提出要龍曦月去沙角鎮見他，本身就失了禮數，路三番明白這個道理，所以說出這件事的時候表情多少有些尷尬。

胡小天心中有些不爽，可他也沒說話，他並不想讓這些丐幫弟子感覺到自己對丐幫事務插手太多。

龍曦月斟酌後道：「你幫我去回稟秦長老，就說我未時之前會前往沙角鎮。」

路三番道：「那屬下這就去通報秦長老這件事。」

等到路三番離去之後，胡小天忍不住道：「曦月，你不該答應去沙角鎮，那秦陽明分明在故意刁難你。」

龍曦月笑了笑道：「秦長老乃是幫中前輩，我去見他也是理所應當，而且這個地方是沙洲馬場，秦長老未必肯來，沙角鎮距離這裡不遠，又是薛長老遇襲的地方，我也很好奇到底當日發生了什麼情況。」

胡小天道：「你若當真想去，我就陪著你去。」

龍曦月點了點頭，可隨即又搖了搖頭：「你去不好吧，他們會不會覺得你對丐幫的事情干涉太多？」

胡小天道：「我就裝成你的護衛，反正無論發生什麼事情我都不吭聲就是。」

龍曦月想了想，終於還是答應下來。

午飯之後，龍曦月在六名武士的護衛下前往沙角鎮，這其中就包括喬裝打扮的胡小天，唐輕璇負責為他們引路，沙角鎮和沙洲馬場相鄰，距離馬場的居住區大概有二十里的距離。

龍曦月如約趕到了沙角鎮，一進入鎮子，路三番就過來相迎，帶著他們來到沙角鎮的賈記豆腐坊內，丐幫江北舵主秦陽明正悠然自得地坐在長條凳上，懶洋洋曬著太陽，手中拖著一桿煙袋，眯縫著眼睛，時不時冒出一口濃重的白煙。

看到這廝的模樣，胡小天就明白他今日十有八九是要刁難龍曦月了。

看到眾人前來，秦陽明將煙鍋子在鞋底上磕了磕，然後站起身來，一步三搖地走向龍曦月，向她抱拳道：「秦陽明參見幫主！」龍曦月擁有打狗棒和鐵飯碗已經是丐幫皆知的事實。就算秦陽明心中再不服氣，也不得不承認她現在的地位。

龍曦月溫婉笑道：「秦長老客氣了。」

秦陽明銳利的目光向龍曦月身後眾人掃了一眼道：「老夫有幾句話想單獨跟幫主說，其他人最好還是退下吧。」

龍曦月也覺得此人太過無禮，在幫主的面前說出這種話，實在有些放肆了。不過她向來耐得住性子，向幾人道：「你們都去外面等我。」

胡小天抱了抱拳，和唐輕璇幾人退出院子，唐輕璇忍不住道：「你信得過那老乞丐？我怎麼看他都不像好人。」

胡小天笑道：「在這裡他不敢作亂，唐姑娘的眼光也未必每次都能看準。」他之所以這樣說是有原因的，沙角鎮在他的管轄範圍內，而且距離東梁郡不遠，沒有人會蠢到在自己的地盤上動手。

一句話說得唐輕璇俏臉通紅，雖然胡小天的這句話頗不入耳，可她卻不得不承認這話說得很對，自己若是能夠從一開始就看準，當初也不會那樣任性對待胡小天，或許他們之間就有可能走到一起，唐輕璇突然意識到自己已經徹底中了胡小天的毒，滿腦子想的都是他，因為自己昔日所犯下的錯誤而後悔不已，甚至昔日和胡小天每一次單獨相處的情景都讓她回味無窮。

她小聲道：「你仍然在記著當年的事情，我知道，我錯了……」說這番話的時候，素來刁蠻任性的唐輕璇甚至都不敢看胡小天。

胡小天笑道：「怎麼會？都過去了那麼久，唐姑娘不說我都忘了。」

唐輕璇心中一陣難過，她寧願胡小天記得，哪怕是關於自己的不好，至少證明自己在他心中仍然擁有位置，人生就是這樣，一旦錯過就再也追不回來，也許自己這輩子只能默默看著他，在心中祝他幸福就好。

其他人全都退去之後，秦陽明道：「幫主應該聽說了新近發生的事情？」

龍曦月點了點頭道：「聽說了，也正在讓人去查。」

秦陽明道：「從薛長老遇刺開始，我們幫中接連有人遇害，老夫目前已經掌握了一些線索。」

龍曦月眨了眨美眸：「秦長老已經查出是什麼人做的？」

秦陽明道：「劍宮和落櫻宮都有人參與其中，我們丐幫歷來和這兩大門派並無仇隙。」

龍曦月有些迷惘道：「既然沒有仇隙，為何他們會出手對付丐幫？」

秦陽明道：「那公主殿下就應該去問問您的未婚夫胡小天胡公子了！」

龍曦月馬上就意識到秦陽明沒有稱呼自己為幫主，而是叫她公主殿下，更為無禮的是，他竟然對胡小天直呼其名，顯然對自己欠缺尊重，龍曦月道：「我不明白秦長老是什麼意思，胡公子不是丐幫中人，丐幫發生的事情又怎會牽涉到他？」

秦陽明呵呵笑道：「公主殿下，劍宮和落櫻宮與我們丐幫雖然沒有仇，可他們和胡公子卻是勢不兩立，您和胡公子的關係天下皆知，有些人或許會通過打擊丐幫而達到報復的目的。」

龍曦月的表情轉冷，秦陽明這番話說得夠明白，也夠無禮：「秦長老還是不要聽信那些江湖傳言，沒證據的事情最好不要亂說。」

秦陽明道：「按照丐幫的規矩，誰擁有綠竹杖和鐵飯碗，誰就理所當然地成為丐幫幫主，這是幫中過去定下的規矩，老夫自然不敢有什麼異議，可是江北分舵並無一人參加紅海大會，選拔幫主這麼重要的事情都沒有通知我等列席，此事是不是於理不合？誰又將我們江北分舵看在眼裡？也許在公主心中自然不屑於通知我等，可別忘了，我江北丐幫弟子超過五萬人，同為丐幫弟子難道沒有資格參與丐幫事務的權利？公主的做法讓許多的弟兄非常失望。」

龍曦月輕聲道：「秦長老看來對我很有看法呢。」

秦陽明道：「不敢，只是將弟兄們的一些抱怨說給公主聽，忠言逆耳，公主若是不喜歡聽，只當老夫從未說過。」

龍曦月道：「秦長老，我不怕聽你們的怨言，更不介意你們在我面前發牢騷，可有一點我必須要告訴你，沒證據的事情最好不要亂說，無論你心中高興與否，我都是你們的幫主，在你的面前沒有公主只有幫主，你是否明白？」

秦陽明並沒有想到這個美麗柔弱的公主卻有著如此強硬的一面，他頗感詫異，唇角顯出一絲不屑的笑意道：「幫主明白自己需要承擔的責任嗎？」

龍曦月反問道：「秦長老在教訓我嗎？」

秦陽明道：「不敢，只是丐幫新近發生了太多的事情，若是無法解決，只怕幫中兄弟會人心惶惶，甚至會產生背離之心。」

龍曦月道：「背離和背叛完全不同，如果僅僅是背離，還可以勸他們回心轉意，可如果是背叛，就是丐幫的罪人，為丐幫所不容，我第一個不會放過他！」她表現出前所未有的強勢和果斷，即便是秦陽明的內心也為之一凜，真正見到龍曦月之後，他方才認識到這位公主並非傳說中那樣柔弱，也不僅僅是依靠未婚夫胡小天的支持，這番話已經飽含了威脅的意味。

秦陽明道：「幫主不要誤會，老夫所說所做的一切也是為了丐幫考慮。」他對龍曦月的稱呼終於從公主又改成了幫主。

龍曦月淡然笑道：「秦長老乃是丐幫元老，我當然不會懷疑你對丐幫的忠誠，越是多事之秋，越是需要丐幫上下團結一致，彼此信任，相信秦長老應該明白我的意思。」

秦陽明點了點頭：「幫主遠見卓識讓人佩服！」這番話說得卻是言不由衷。

龍曦月當然不會相信他的話，一個對自己連起碼尊敬都沒有的人，又談什麼佩服？她輕聲道：「薛長老就是在這鎮子上遭到伏擊的吧？」

秦陽明道：「就是這裡。」

龍曦月環視周圍道：「這裡是一間豆腐坊啊！」

秦陽明道：「殺人是不需要選擇場合的。」

龍曦月聽到這句話從心底感到一凜，總覺得秦陽明這句話意有所指，輕聲歎了口氣道：「還是儘快查清這件事，避免造成不必要的傷亡。」

秦陽明道：「我們江北分舵數萬兄弟隨時聽候幫主的調遣。」他這麼說等於直接將包袱甩給了龍曦月，你不是幫主嗎？你來安排。

龍曦月點了點頭，看出秦陽明對自己不服，自己即便是發號施令，他也未必遵從，心中暗忖，還是等問過小天之後再說，這個秦陽明很是怪異，此人應該不會搞什麼陰謀吧？

龍曦月也不再多說，轉身出了遠門，胡小天幾人都在外面等她，看到龍曦月出來，胡小天迎上去問道：「聊得怎樣？」

龍曦月挽住他的手臂，將他拉到一旁，小聲道：「那位秦長老有些古怪，我總覺得有些不對，咱們還是儘快離開沙角鎮再說。」

胡小天看了看周圍，這裡畢竟是他的領地，他不相信秦陽明有那麼大的膽子敢對他們不利。可是他發現秦陽明居然沒有出門相送，心中不禁有些奇怪了，這秦陽明果然狂妄，就算你是江北舵主，丐幫九袋長老，也不能以老賣老，龍曦月乃是紅海大會公選出來的幫主，現在幫主離去，他居然送都不送。

胡小天皺了皺眉頭，緩步向豆腐坊的院門走了過去，推開院門，卻見裡面已經空無一人。

龍曦月也跟了過來，看到眼前一幕不由得吃了一驚：「他剛剛明明在裡面的！」

胡小天道：「要麼有後門，要麼有密道。」此時他已經開始相信，秦陽明或許真敢作怪。他也沒有繼續在這院子裡搜查下去，而今之計還是提前離去為妙，畢竟此番前來並沒有帶來太多的人馬，萬一發生什麼變故，自己還要分心照顧龍曦月和唐輕璇。

幾人離開豆腐坊，剛剛來到門外，卻見他們的坐騎已經不見了蹤影，有數百名乞丐從四面八方包圍而來。

胡小天看到此情此境已經明白，秦陽明狼子野心，他讓路三番將他們引到沙角鎮，真正的目的是要將他們除去。

唐輕璇看到那麼多乞丐同時向他們包圍而來，不禁花容失色，驚聲道：「他們這是要做什麼？」

胡小天淡然道：「謀反！」

他心中已然明白，今日的這場聚會只不過是圈套罷了。

龍曦月抽出綠竹杖，指向眾丐道：「你們可認得這是什麼？」

眾丐看到綠竹杖並沒有停下腳步的意思，仍然緩步向前，齊齊抽出打狗棒，他們要用打狗陣，來將胡小天幾人幹掉，丐幫的鎮幫之寶打狗棒對他們竟然沒有任何的威懾作用，龍曦月的美眸中也流露出一絲慌亂。

胡小天道：「不用怕，他們不仁，我們不義，記住，對付他們不可留有半分情面，一旦出手就要全力以赴！」

那群乞丐在距離他們十丈左右的地方停下，並未急於進攻，而是蓄勢待發。

胡小天緩緩將破風刀抽出，示意其他人全都躲在自己的身後，他已經不止一次面對以寡敵眾的場面，對方不過百多名乞丐，他並不認為這些人可以構成太大的威脅。

第五章

謀反弒主

在沙角鎮剷除龍曦月乃是秦陽明反覆斟酌之後的決定，
既然決定出手，他就不會放過包括龍曦月在內的所有人，
綠竹杖只是對忠於丐幫之人擁有震懾力，
秦陽明既然敢謀反弒主，又怎會在乎區區的一根綠竹杖。

龍曦月輕聲道：「打狗陣法，最少十八人可以啟動，咱們周圍一共一百四十四人，已經是大陣，大家千萬小心。」

唐輕璇抽出軟鞭，冷哼道：「什麼打狗陣法，他們才是狗呢！」

胡小天道：「你們相互幫助保障自身安全，我破了他們的陣法。」

龍曦月道：「打狗陣法又稱犬字陣，排列組合都以犬字為基礎，真正的中樞就在那一點上。」

胡小天得她提醒，舉目望去，發現他們乃是處在大字兩撇之間，被對方形成夾擊之勢，至於對方的中樞又藏在眾丐之後。

眾丐手中的打狗棒同時彎曲起來，伴隨著一聲呼喝，彎曲如弓的打狗棒向胡小天等人彈射而去，一百多條打狗棒猶如勁弩強弓激發，紛紛呼嘯向正中射去。

胡小天手中長刀一抖，幻化出一團光霧，所到之處將射來的打狗棒盡數絞碎。龍曦月也在同時出手，手中綠竹杖綠影飄忽，出手之後瞬間化成十餘道杖影，以迅雷不及掩耳之勢點擊在飛向她的打狗棒上，只聽到托托托聲音不絕於耳，那些貫注力量的打狗棒被她以四兩撥千斤的辦法巧妙擊落。

唐輕璇揮舞軟鞭，其餘幾名武士也是同時出刀，擋住這輪飛棍彈射，發動首輪攻擊的乞丐迅速散開，從他們散開的縫隙中，三十六名乞丐手持丈許長度的打狗棒，一個個有如蛟龍出海衝向對手。

胡小天冷哼一聲，內息凝聚於長刀之上，向前跨出一大步，一個斜向斬劈，一道無形刀氣向對方陣營飛去。

首當其衝的那三十六名乞丐將打狗棒同時舞動，棍棒彼此相貼，舞動中彼此填補對方的空隙，形成一道巨大屏障，胡小天揮出的這道刀氣遭遇對方的屏障，竟然如同石沉大海，毫無聲息。

胡小天暗叫詭異，這種現象只有他在面對劍宮劍陣的時候才有過，陣法的強大之處在於彼此配合，可以產生一加一大於二的力量，利用陣法，對方可以在戰鬥的過程中形成合力，互為補充。

這三十六名乞丐又是眼前這個打狗大陣的攻擊力量所在，合力擋住胡小天的刀氣之後，三十六人聚集在一起，棍棒朝外，遠遠望去如同一隻巨大的刺蝟，這隻刺蝟以摧枯拉朽之勢衝向胡小天。

胡小天舉刀迎上，他最大的欠缺就是對刀氣的控制，始終無法達到隨心所欲的境界，雖然一直都在致力於完成突破，卻始終都差上那麼一步。

其實所謂劍氣刀氣的外放也沒什麼稀奇，無非是在短時間內將丹田氣海中的內息調動起來，然後迅速通過自體經脈輸送到兵器之上，在一瞬間將之全都爆發出去，說起來容易，可做起來卻很難，這需要擁有強大的內力，堅韌的經脈，還需要對內力精確的把控能力，三者之間任何一個環節出現問題都無法達到收放自如。

在胡小天這次的刀氣發揮出去之前，對方的打狗棒已經向他的頭頂揮落，確切地說，應該是一陣棍棒雨，三十六根打狗棒宛如落雨一般劈哩啪啦地向胡小天攻來，或劈或戳，胡小天將出刀的速度達到了極致，他現在算是充分體會到了什麼叫人多力量大，對方一棍強似一棍，力量明顯在不同增強，更為可怕的是，他們的攻擊力竟然在遞增，三十六人配合默契，攻防兼備，攻擊力最強的時候，竟然有十八根打狗棒同時向胡小天的身上撞擊而來。

胡小天護住身後幾人不斷後退，沉聲道：「退到院子裡再說。」

他們剛剛從豆腐坊內出來，記得裡面空無一人，目前那裡也是他們唯一的退路。一百四十四名乞丐擺出的打狗大陣已經將他們三面包圍，胡小天做出的決定就是讓龍曦月幾人暫時退回豆腐坊，暫時躲過對方圍攻，而自己剛好可以心無旁騖破去對方的打狗陣。

龍曦月和唐輕璇幾人退回了豆腐坊，剛才還空無一人的豆腐坊內，此時卻又出現了一個身影，秦陽明宛如天神般佇立於院落之中，手中鐵杖長約丈二，杖頭之上鑄有一顆成人拳頭大小的骷髏，鐵杖兒臂粗細，距離末端一尺處開始收窄，尖銳如矛，平時矛頭都是收起，除非一心要致對方於死地，很少將之展露出來。

龍曦月看到眼前情景已經完全明白，秦陽明確定公然謀反無疑，她臨危不懼，揚起手中綠竹杖道：「秦陽明你想犯上作亂嗎？」

秦陽明怪眼一翻，臉上的表情充滿了鄙夷，陰沉沉道：「丐幫素來都分為南北，上官天火都不敢約束我，就憑你何德何能？這綠竹杖雖然不假，可是落在你的手裡，丐幫歷代幫主只會蒙羞，識相的話，將綠竹杖和鐵飯碗交給我，老夫或許還可以給你留個全屍。」

在沙角鎮剷除龍曦月乃是秦陽明反覆斟酌之後的決定，既然決定出手，他就不會放過包括龍曦月在內的所有人，綠竹杖只是對忠於丐幫之人擁有震懾力，秦陽明既然敢謀反弒主，又怎會在乎區區的一根綠竹杖。

唐輕璇看到這秦陽明兇神惡煞的樣子，就知道他才是今天最難對付的一個，決定先下手為強，隨手打出一支袖箭，然後揚起軟鞭向秦陽明的頸部抽去。

在唐輕璇出手的同時，負責保護她們的四名武士已經如四條猛虎出閘，分從不同的角度向秦陽明包抄而去。

秦陽明左手揮出一把抓住射來的袖箭，就勢揚起左臂，擋住唐輕璇的軟鞭，軟鞭有若靈蛇纏繞在秦陽明的左臂之上，唐輕璇用力牽拉，卻根本移動不了分毫。

秦陽明望著四名逼近自己的武士，身軀陡然旋轉，手中袖箭直接插入其中一人的咽喉，沉重的鐵杖在他手中變得無比輕盈，有若閃電般接連擊出三次，準確無誤撞擊在三名武士的面門之上，只聽到連續不斷的骨骼碎裂聲，轉瞬之間四名武士已經被他盡數屠戮。

唐輕璇拚命拉扯軟鞭以為可以阻止他的動作，可惜卻徒勞無功，根本沒有影響到秦陽明分毫。

那四名武士的攻擊也有擊中了秦陽明，但只是撕裂了秦陽明的衣服，對他的身體毫無損傷，秦陽明冷笑了一聲，上身破爛的衣袍寸寸撕裂，露出宛如精鋼鑄造的軀體，他這樣的年齡擁有這樣的體魄實屬罕見，讓人恐懼的不僅僅是這一點，兩條通體漆黑的怪蛇正從他的腰間爬上鐵杖，兩條怪蛇纏繞在鐵杖之上，昂首吐信，乃是秦陽明豢養的愛寵。

唐輕璇仍然在牽拉軟鞭，秦陽明左臂一抖，唐輕璇發出一聲驚呼，只覺得一股巨力拖拽著自己離地而起，有若騰雲駕霧一般向秦陽明飛去。

她用來攻擊秦陽明的軟鞭扯得筆直，現在反倒成為了她的束縛。

危急關頭，龍曦月手中綠竹杖揮了出去，搭在軟鞭之上，一個巧妙的纏繞，正是打狗棒法的纏字訣，若是論到內功她和秦陽明相差何止萬千，但是打狗棒法的精巧就在於以小博大，以柔克剛，即便是只有四兩之力也可以搏千斤之重。

龍曦月的出擊並不是為了和對方硬碰硬的抗衡，而是意在改變對方力量的方向，繃緊的軟鞭其實早已接近自身負載的極限，龍曦月的巧妙出擊恰到好處，軟鞭崩斷。龍曦月手中打狗棒變化奇快，改纏為掃，橫掃在唐輕璇的腰間，如果她不出手，唐輕璇必然繼續飛向秦陽明，這一擊極其關鍵，唐輕璇被她擊中之後，嬌軀斜斜落下，改變了飛行的方向。

秦陽明並未急於出擊，冷冷望著龍曦月的出手，雙目中流露出些許的錯愕之色，他並沒有想到龍曦月居然掌握了打狗棒法，而且從出手的兩招來看，居然已經到了變幻自如的境界。

其實丐幫歷來不缺乏武功高強的幫主，可真正將三十六路打狗棒法參悟透頂之人卻並不多見，這都是因為這些人成為幫主之前全都修煉了武功，而且多半成為了高手，通常武功之道在於研究如何發力，而打狗棒法卻另闢蹊徑，其奧秘在於如何卸力。龍曦月性情溫柔，不喜殺戮，這打狗棒法正符合她的性情，而且她此前對武功並無什麼深刻的概念，只是跟隨胡小天學了一套天羅步法，她天資聰穎，對打狗棒法的理解竟然在短時間內就已經達到了此前許多丐幫幫主無法企及的境界。

秦陽明點了點頭道：「不壞，不壞，喬方正那老兒居然將打狗棒法傳授給了你。」新任幫主掌握三十六路打狗棒法的消息早已傳遍丐幫，對秦陽明來說也不是秘密。

龍曦月道：「你也是幫中元老，現在迷途知返還來得及，我會給你一個補救的機會。」

秦陽明道：「來不及了，你們必死無疑！」單手舉起鐵杖，鐵杖之上纏繞的兩條怪蛇昂首吐信，蓄勢待發。

龍曦月靜靜站在那裡，決戰來臨之際她反倒完全平靜了下來，胡小天被打狗大陣所困，她和唐輕璇想要博得一線生機只能依靠自己。

秦陽明緩緩向前踏出一步，強大的殺氣鋪天蓋地向龍曦月壓迫而去，連摔倒在地上尚未來得及爬起的唐輕璇都感覺到呼吸為之一窒，豆腐坊的小小院落如果是一個小世界，那麼秦陽明就是這個世界的主宰，他掌控著生殺予奪的大權，只要他願意，隨時都可以奪去兩人的性命。

唐輕璇在這種強大的壓力下已經完全失去了反抗的能力，她甚至無力從地上爬起，秦陽明望著龍曦月，雙目之中殺意漸濃。

龍曦月首當其衝，自然能夠感受到來自秦陽明的這種壓力，秦陽明的武功應該遠遠超過丐幫幫主上官天火。龍曦月想起喬方正所說的一句話，越是面對武功強大的對手，越是需要冷靜，在對方出手的時候，把握住他的力量所在，打狗棒法的秘訣在於卸力，在於順水推舟，而不是和對方硬抗。

秦陽明終於出手，雙手擎起手中鐵杖向龍曦月的頭頂擊落，他並沒有使出十成力道，即便是想剷除龍曦月，即便是處在對立的立場，秦陽明也不得不承認龍曦月的美麗，也不得不承認親手殺死這樣一個美麗的生命是一件無比殘忍和罪惡的事情，可他仍然要做，因為他的存在就是為了罪惡而生。

骷髏頭直奔龍曦月的面門，兩條毒蛇半截身體分別甩向左右，遠遠望去，有如鐵杖生出了一對小翅膀，又像變成了一根托天叉。一次出手，三種攻擊，杖頭足以將龍曦月美麗的頭顱擊碎，而這兩條毒蛇只要咬中她的任何部位，她就必死無疑。

綠竹杖閃過一道光影，準確抽打在鐵杖的骷髏頭上，順勢而為，雖力量不強，卻成功引導了鐵杖的力量，秦陽明的攻擊偏出了原有的角度，而龍曦月腳步移動，天羅步法倏然將兩人之間的距離拉遠了一丈，兩條毒蛇的攻擊也同時宣告落空。

秦陽明皺了皺眉頭，接連跨出兩大步，鐵杖向龍曦月橫掃而去，這位看似弱不禁風的公主居然將打狗棒修習得如此熟練。

托！這次龍曦月擊打的方向是傾斜向下，秦陽明感覺到雙臂的肌肉突然一緊，彷彿有人想要從他的手上搶奪這跟鐵杖，他知道完全都是自己力量的緣故，龍曦月只是借力卸力，如果他發力太猛，反而會中了她的圈套。

龍曦月每次迎擊過後，馬上利用步法向外飄走，遠離秦陽明。

秦陽明看出她的步法和棒法都是舉世無雙的奧妙武功，想要殺掉龍曦月絕沒有那麼容易，外面不時傳來慘叫之聲，顯然激戰正酣，秦陽明必須要在最短的時間內殺掉龍曦月，萬一外面的那位高手趕回，恐怕自己今天精心佈置的這個殺局就會功虧一簣，雖然他相信打狗大陣不會失敗，可凡事都有萬一。

心念及此，秦陽明忽然放棄龍曦月向唐輕璇衝去，鐵杖直奔唐輕璇的天靈蓋砸去。

龍曦月知道秦陽明是在聲東擊西，就是要逼迫自己去救唐輕璇，這樣就不得不和他正面決戰。龍曦月揚起打狗棒，擋在唐輕璇身前，利用打狗棒的纏字決，綠竹杖纏上鐵杖，翻腕一個巧妙地下壓，鐵杖一沉，秦陽明冷哼一聲將鐵杖從下向上挑起，直刺龍曦月的小腹，他攻擊的花樣繁多，剛才以杖頭作為主力，現在卻是利用杖尾尖銳的鋒端，如果說剛才是杖法，現在更像是槍法。

龍曦月閃電般抽打在鐵杖之上，每次打擊都巧妙之極，讓秦陽明感覺鐵杖突然變得沉重，險些失去控制，唐輕璇也意識到情況危急，頂著壓力，掙扎爬起。

秦陽明豈能讓唐輕璇離開戰圈，鐵杖一抖，鐵杖上的一條毒蛇竟然脫離鐵杖飛了出去，借著秦陽明一抖之力，又如離弦之箭射向唐輕璇，龍曦月面對鐵杖只能勉強招架，哪還能抽出手去營救唐輕璇，眼睜睜看著那條毒蛇咬在唐輕璇肩頭，唐輕璇尖叫一聲一把扯住毒蛇的尾巴，那毒蛇咬了她一口之後，馬上又轉過頭來咬在她的手腕之上。

托！綠竹杖和鐵杖又撞擊了一次，秦陽明老奸巨猾，已經發現了龍曦月打狗棒法的門道，自己用力越大，越是容易被對方控制，所以他改為七成力道，饒是如此，已經足以碾壓對方，留三分力量控制，反倒威脅更大。

唐輕璇被毒蛇連咬兩口，竭力甩開那條毒蛇，看到手腕被咬的地方已經如墨水浸染一般黑氣瀰漫，芳心中黯然，心中明白這次十有八九都是要死了，目光落在地上從一名死去武士的身上撿起弩機，瞄準秦陽明咻咻咻接連不停地射去，就算是死也希望能夠拖住秦陽明，幫助龍曦月緩解壓力。

秦陽明手中鐵杖紛飛，連續將弩箭擊落。

龍曦月看準機會，綠竹杖插入秦陽明雙腿之間，正是打狗棒法的絆字訣，想要將這老賊絆一個跟頭，秦陽明手中鐵杖向下一沉，尖端深深插入地面之中，猶如腳下生根，擋住龍曦月的鐵杖，然後棄杖揮拳，一拳直奔龍曦月的胸口打去。

龍曦月竟然不閃不避，綠竹杖貼著鐵杖向上滑行，將昂首吐信的毒蛇挑落，手腕一抖，將毒蛇投向秦陽明的面門。秦陽明冷哼一聲，不得不放棄攻擊，回手一抄將毒蛇抓在手中，那毒蛇極其聽話，根本不向他發動攻擊，秦陽明一手拔出鐵杖，一手將毒蛇擲出，龍曦月嬌呼一聲，肩頭也被毒蛇咬中。

秦陽明也沒有料到這次會輕易得手，他哈哈大笑，揚起鐵杖向龍曦月攻去。

唐輕璇看到龍曦月遇險，抓起地上的長刀不顧一切地向秦陽明身後衝去，一刀刺向他的後心，此時她的毒性已經開始發作，心中只有一個念頭，我死便死了，可不能讓姐姐也跟我一樣的下場，如果她出了事情，胡小天該會如何傷心？

凜冽霸道的刀氣劈斬在地面之上，激起一片沙塵，塵土如同巨浪一般向三十六人組成的攻擊陣列撲去，眾丐視線被阻，而胡小天緊接著就橫削出了一刀，通過幾次交手他已經意識到，對方的陣列可以阻擋住自己的刀氣，而豆腐坊內激烈的打鬥聲和嬌呼聲證明，龍曦月和唐輕璇已經遇險，他必須儘快衝出對方的包圍，趕到豆腐坊內。

利用塵土掩護的一刀收到了奇效，三十六人組成的刺蝟般的攻擊陣型被刀氣橫削成為兩半，多半人的身體被從中斬斷，鮮血四濺，腥氣四溢，有人尚未斷氣，拖著半截身體拚命爬行，似乎想要逃離這個被他們激發殺氣的煞星，然而一切已經為之太晚。

胡小天並未乘勝追擊衝向敵陣，而是反手一刀，豆腐坊的院牆在他的身後轟然倒塌。

秦陽明一把抓住刺向自己的刀鋒，他的手絲毫無損，長刀在他的手中扭曲變形，鏘的一聲斷為兩截，他並未將刀鋒送入唐輕璇的胸膛，而是棄去刀身，一拳擊打在唐輕璇的身體上，唐輕璇猶如斷了線的紙鳶一般向胡小天飛了過去，秦陽明並非在最後一刻慈悲心腸，而是要利用唐輕璇的身體阻擋胡小天蓄勢待發的刀氣。

右手的綠竹杖擋住龍曦月的進攻，這次硬碰硬的格擋，將龍曦月手中的綠竹杖震得脫手飛出，秦陽明冷冷望著龍曦月，這位公主明顯腳步渙散，剛才毒蛇咬中了她的肩頭，她應該毒發了。秦陽明揚起鐵杖，尖端在陽光下閃爍著寒光，機會到來，他不會有半點猶豫，他要刺穿龍曦月的咽喉，剷除這個心腹大患。

「住手！」胡小天發出一聲震徹天地的悲吼，雖然已經趕來，卻來不及了，他距離秦陽明太遠，縱然此時發刀，也救不了龍曦月，更何況他們之間還隔著唐輕璇，秦陽明陰險狠毒，幾乎將每一個步驟都計算得清清楚楚。

然而秦陽明卻發現龍曦月乾淨明澈的雙眸中沒有恐懼，沒有驚慌，一個將死之人怎會擁有如此的鎮定？該是怎樣強大的心態？秦陽明甚至有些佩服這個小姑娘了，可心中又總覺得哪裡不對。

一個人無論如何強大，都不可能在重大變故面前很好地控制自己的情緒，強大如胡小天看到眼前的一幕，都因為無力回天而發出悲吼，而龍曦月面對死亡卻如此鎮定，甚至連瞳孔都沒有發生任何的變化，平靜無波，平靜的可怕。秦陽明料定其中必然有鬼，可是又有什麼分別呢？反正她逃脫不了被自己擊殺的命運。

秦陽明聽到嘶嘶破空之時，終於證實了自己的猜測，出於本能反應，他閉上了雙目，手中的鐵杖也是一縮，然後感覺密集的鋼針射到了自己的身上。

暴雨梨花針，龍曦月雖然溫柔善良，可並不代表她沒有心機，毒蛇的確咬在了她的身上，可是她裡面穿著烏蠶寶甲，毒蛇的獠牙無法穿透寶甲，自然對她構不成傷害，面對秦陽明這樣實力強大的敵人，唯有險中求勝，先裝出中毒，讓秦陽明放鬆警惕，然後射出暴雨梨花針。

秦陽明本以為勝券在握，卻想不到形勢陡然逆轉，暴雨梨花針乃是天機局威力最為強大的暗器之一，在三丈以內的範圍內目標很難逃脫，現在他和龍曦月的距離連一丈都不到，秦陽明縱然反應過來也已經來不及了。

龍曦月連續按下暴雨梨花針的機括，連續三次，將千餘根鋼針全都射在了秦陽明的身上。

胡小天一把接住唐輕璇將她放在地上，然後又如一頭猛虎般撲向秦陽明，雙手擎起長刀照著他的後心一刀劈落。

秦陽明雖然被暴雨梨花針射中，可仍然屹立不倒，聽到身後風聲颯然，知道胡小天已經增援而至，揚起鐵杖向上格擋，胡小天雖然沒有發出刀氣，這一刀卻將鐵杖一分為二，刀鋒繼續向秦陽明的頭頂劈落，噗！一分為二，秦陽明先是臉部開始錯位，然後兩截身體分別倒向兩旁。

胡小天連續出刀，將地上蜿蜒行進的那兩條毒蛇斬成數段。

蓬！伴隨著一聲驚天動地的巨響，豆腐坊四周的院牆全部倒塌，一百零八名乞丐重新集結大陣，將院落中的三人包圍在中心。

胡小天冷冷望著那群乞丐，將長刀緩緩舉起。

龍曦月撿起染血的綠竹杖輕聲道：「你們都是丐幫弟子，今日之事完全是受人蠱惑，如今元兇授首，如果爾等迷途知返，我不會再追究今日之事，如果執迷不悟，那麼等待你們的就是和秦陽明一樣的下場。」

那群丐幫弟子此時方才留意到秦陽明已經被一刀劈成了兩半，首領被殺，剛才又目睹胡小天一刀斬殺三十六人的驚人場面，這些人不禁開始猶豫了起來，對方武力之強大實在超乎想像，而龍曦月手中的綠竹杖證明她的確是幫主的身分。

龍曦月從這些人猶豫的表情已經知道他們有所心動，輕聲道：「你們不必擔心我會追究今日的責任，以後你們若是願意繼續留在丐幫，我會既往不咎平等對待，如果你們選擇離開，我也絕不強留。」

此時其中有一人叫道：「不要聽這妖女妖言惑眾，長老被殺，我們已經無路可退，橫豎都是一死，跟他們拚了，只有奪下綠竹杖我們才有活命的機會。」

說話之人正是路三番，他也是今天這場這場刺殺的組織者。

原本已經有人打起了退堂鼓，可聽到路三番的這句話頓時又堅定了起來。

殺機再度瀰漫，胡小天心中暗歎，看來還要花費一番功夫，低聲向龍曦月道：「你不必插手！」

就在胡小天準備出擊之時，卻感覺到地面似乎震動了起來，遠處一支千人的騎兵隊伍向豆腐坊的位置全速衝來，為首一人正是唐鐵鑫，他聽到這邊的動靜之後即刻集結人馬前來救援。

沙洲馬場乃是胡小天騎兵的根本之所在，是胡小天戰略佈局中的重要一環，所以在防守上也配備了不小的力量，否則也不可能在短時間內就集結起千人的隊伍。

那幫乞丐進入射程之後，唐鐵鑫就下令放箭，密集的箭雨射向那群乞丐。乞丐的打狗大陣雖然厲害，可是面對十倍於他們的騎兵仍然無能為力，剛才他們想要亡命一搏的原因是在人數上占優，現在連僅有的這點優勢也已經消失殆盡，自然無心戀戰，一個個倉皇逃竄。

胡小天也沒有追趕，而是來到唐輕璇身邊將她抱了起來，龍曦月也趕了過來，看到唐輕璇一張俏臉黑氣瀰漫，知道她被毒蛇咬傷，中毒非常嚴重。想起唐輕璇剛才亡命相救的情景，芳心一酸，美眸已然濕潤。

胡小天來到秦陽明的屍體前，仔細搜索了一下他的隨身物品，在他身上找到了一本江北丐幫分舵的骨幹名冊，讓他失望的是並沒有找到解藥。

唐鐵鑫驅散丐幫弟子之後也來到妹妹身邊，看到妹妹已經因中毒而神志不清大驚失色，趕緊讓人去請醫生。

雖然閻怒嬌在分手之時給了他一些解毒藥丸，可是胡小天卻並沒有隨身攜帶，唐輕璇氣息奄奄，蛇毒讓她的意識錯亂甚至開始說起了胡話，唐輕璇道：「你別恨我……我好後悔當初那樣對你……我好後悔……」

胡小天看著唐輕璇心中一陣難過，他又不是傻子，當然知道唐輕璇對自己的情意，龍曦月淚光盈盈地望著胡小天，她也清楚唐輕璇一直都喜歡胡小天，卻始終不敢表露，如果不是中毒，可能這些話她永遠都不會在人前說出來。

龍曦月抓起唐輕璇的手，另外一隻手拉起胡小天的大手，將唐輕璇的手放在他的掌心。

或許是感受到胡小天掌心的熱力，唐輕璇居然短暫清醒了一些，睜開美眸，目光已經開始渙散，輕聲道：「我要走了……你恨不恨我？」

胡小天搖了搖頭，向她報以一個溫暖的微笑。

唐鐵鑫看到妹妹如此，一時間悲從心來，捂著嘴巴轉過身去。

龍曦月也不禁啜泣起來。

唐輕璇道：「主公……我喜歡你……」自知生命即將離去，她方才勇敢說出這句話，即便是死了她也無憾。

胡小天點了點頭。

唐輕璇道：「你什麼都不用說，我明白的……好好對待公主……姐姐你別哭……」她的聲音越發微弱。

龍曦月的淚水宛如決堤的江河一般滾滾流下，在她心中，唐輕璇是她最好的姐妹，可如今卻要眼睜睜看著她中毒死去而無能為力。

唐鐵鑫大吼道：「郎中！快去請郎中！」

胡小天卻忽然想起了一件事，他抽出匕首，眾人都不知道他拔刀做什麼？難道他看不過唐輕璇遭受折磨，所以要幫她結束痛苦？胡小天一刀將自己的左腕割破，殷紅色的鮮血流淌出來，他將流血的手腕湊到唐輕璇的唇邊，掰開她的牙關，將熱血向唐輕璇的口中流入。危急關頭胡小天忽然想起自己曾經吞下過五彩蛛王的內丹，他既然可以百毒不侵，就證明他的血擁有抗毒成分，死馬當成活馬醫，在缺少解毒方法的當下，也只能嘗試一下這個辦法。

唐輕璇被灌了不少的鮮血，不過飲下胡小天的熱血之後，她居然又悠然醒轉，看到眼前情景，她慌忙閉上了嘴唇，搖了搖頭道：「不可以……」

眾人也不明白胡小天的用意，可是看到唐輕璇居然再度醒來，全都看出他的血應該有解毒的效果。

胡小天道：「你不要讓我的血白白流掉，喝，全都喝下去。」

唐輕璇芳心中感動之極，淚水不停流下，又飲了幾口，搖了搖頭道：「我實在喝不下去了。」此時她臉上的黑氣已經開始消褪，原本手腕上漆黑如墨的傷口也開始逐漸褪色，證明胡小天的血的確開始發生作用。

龍曦月趕緊取出金創藥幫助胡小天敷上止血，又用自己的手帕幫他將傷口包紮起來。

唐輕璇歇了一會兒，居然感覺身體有了力氣，本以為自己必死無疑，卻想不到胡小天幫助自己化險為夷。

這時候找來的郎中方才慌慌張張趕了過來，已經派不上什麼用場，其實就算他及時趕到也沒什麼用，唐輕璇所中的蛇毒絕非是這種鄉村郎中能夠醫治的。

胡小天摸了摸唐輕璇的脈門，察覺到她的脈相漸趨平穩，估計不會有什麼大事，他決定即刻返程，雖然唐輕璇情況暫時穩定，可也難保她的狀況不會有反覆，儘快趕回東梁郡，給她服下解毒藥再說。

此時唐文正也聞訊趕來，本來聽說女兒不行了，哭得是老淚縱橫，可來到一看女兒居然又被救了回來，實在是喜出望外。聽聞胡小天要帶唐輕璇回東梁郡觀察，唐文正自然是滿口答應。

胡小天也不敢耽擱，讓唐鐵鑫繼續率領騎兵在這一帶搜查圍攻他們的乞丐，他則和龍曦月、唐輕璇一起返回東梁郡。

胡小天和龍曦月在沙角鎮遭遇襲擊之事引起了極大震動，他們剛剛回來就有不少部下過來探望，得知胡小天無恙，這才放下心來。胡小天看到唐輕璇情況穩定，也沒有急於給她服下解毒丸，畢竟她現在的身體已經達到了平衡狀態，如果再用藥，或許會破壞這種平衡，反而弄巧成拙，只是交代龍曦月和維薩注意觀察她的情況，如有反覆，再考慮給她服藥也不遲。

安頓停當之後，胡小天獨自一人來到了同仁堂，之所以沒有首選將唐輕璇送到這裡，主要是因為秦雨瞳不在，而醫術最高的方芳也去了紅木川，剩下的那些人加起來也比不上自己，根本沒必要勞動他們。

方知堂看到胡小天登門，滿臉笑容的迎了上來，笑道：「主公是來找秦姑娘的？」

胡小天聞言一怔，聽方知堂的口氣好像是秦雨瞳回來了？他輕聲道：「秦姑娘從雍都回來了？」

方知堂點了點頭道：「回來了，中午方才回來的，這會兒出診去了，現在也該回來了。」

胡小天心中暗喜，秦雨瞳回來當然是最好不過，證明唐輕璇應該不會再有危險了，就算病情再有反覆，秦雨瞳也可以救她，心頭的一塊石頭終於落地。他今次前來同仁堂的目的卻不是為了來找秦雨瞳的，胡小天道：「薛長老在不在？」

方知堂點了點頭道：「在呢，已經可以下地了，正說明日就離開呢。」

胡小天走了進去，來到薛振海所住的房間，一進門就聞到酒香四溢，薛長老正捧著一隻雞大吃大嚼，一旁還擺著酒罈子，傷勢尚未痊癒，他就忍不住酒癮了。

看到胡小天進來，薛振海呵呵笑道：「恩公來了，快請坐，咱們喝上幾杯。」

胡小天淡然一笑，來到薛振海對面坐下，意味深長道：「你不要命了？酒是穿腸毒藥！」

薛振海道：「活這麼大年紀，就算死了也算賺到了，如果不吃不喝，那麼人生還有什麼樂趣？」

胡小天道：「你在這裡酒足飯飽，知不知道你們幫主剛剛死裡逃生？」

薛振海聞言一怔，手中端起的酒碗慌忙放了下去，怒道：「什麼人這麼大膽子？竟敢對幫主無禮？我這就讓人去查，來人，把路三番給我找來！」

門外負責照顧他飲食起居的小乞丐慌慌張張跑了進來。

胡小天卻擺了擺手道：「不必了，路三番也有份參與！」

薛振海眨了眨眼睛，臉上的表情震駭莫名，他對路三番極為信任，現在聽說路三番背叛，只感覺脊背一股冷氣上竄。這下什麼心情都沒了，薛振海將手中的半隻雞扔在盤子裡，滿是油污的雙手在身上擦了擦，低聲道：「恩公不是懷疑我吧？」

胡小天並沒有正面回答他的問題：「丐幫江北分舵總舵主秦陽明，率領一百多名弟子在沙角鎮擺下打狗陣，意圖將你們幫主和我全都誅殺。」

薛振海如墜冰窟，感覺手腳冰冷，如果秦陽明等人成功，那麼剛剛穩定下來的丐幫必然陷入內亂之中。他望著胡小天的雙目道：「恩公，我薛振海對天發誓，我和這件事毫無關係。」

胡小天道：「我並不瞭解你，我沒證據表明你和這件事有關，也不相信什麼所謂的誓言，清白是需要證明的，你是丐幫的執法長老，江北舵主秦陽明之死必然會引起內部變亂，應該怎樣做你心裡明白吧？」

薛振海重重點了點頭道：「恩公放心，老夫必然將此事妥善解決。」

胡小天道：「丐幫的事情我不干涉，可曦月的事情我卻不能不管，若是依著我的性子，寧可錯殺一千絕不放過一個。」虎目之中陡然迸射出冷酷的殺機。

薛振海內心不禁為之一顫，他知道胡小天的這番話絕非恐嚇，丐幫江北分舵的人在東梁郡想要刺殺龍曦月無異於在太歲頭上動土。胡小天若是出手解決這件事，必然出動軍隊，一旦發生那種狀況，事情的性質必然改變，說不定天香國曾經發生過的驅逐丐幫弟子事件會再度重演。

胡小天正是因為顧及到龍曦月這位幫主，所以才沒有將事情鬧大。他將從秦陽明身上搜出的那本名冊遞給了薛振海，憑藉這份江北分舵的名冊，可以將整個江北分舵的骨幹一網打盡，胡小天也不是為了要將這些人全都清除掉，畢竟不是每個人都參與了秦陽明的計畫。

薛振海恭敬接過，低聲道：「恩公放心，老夫一定儘快平息此事，給幫主，給您一個滿意的交代。」

胡小天點了點頭，轉身離開了薛振海的房間，來到前面，正看到秦雨瞳背著藥箱走了進來，看到風姿綽約的秦雨瞳，胡小天不禁目光一亮。

秦雨瞳和他交匯的目光卻一如古井不波，興不起半點的波瀾，她的沉穩乃是胡小天生平僅見。

胡小天主動招呼道：「秦姑娘果然悲天憫人，剛剛回來就去出診，此等風骨實在令人佩服。」

秦雨瞳道：「朱先生的夫人突然腹痛，所以我去探望了一下。」她口中的朱先生其實是諸葛觀棋。

胡小天聽聞洪凌雪腹痛，頓時緊張了起來，諸葛觀棋兩口子結婚多年未育，好不容易才懷上了，可千萬不要出什麼麻煩，秦雨瞳似乎猜到了他心中的想法，輕聲道：「你不用擔心，她沒什麼事情。」

胡小天點了點頭道：「多謝你了。」

秦雨瞳道：「用不著你謝我，這事兒跟你也沒什麼關係。」說完她自己都有些想笑。

因為秦雨瞳習慣輕紗敷面，所以胡小天只能看到她的眼睛，即便是能夠摘下她的面紗，看到的也仍然是一張面具，胡小天認定秦雨瞳故意用刀疤臉來嚇人，其實也是一種自我保護的手段。

胡小天正準備和秦雨瞳好好聊聊，卻見維薩驚慌失措地跑了進來，驚呼道：「主人，主人！唐姑娘就快不行了。」

胡小天聞言一驚，他和秦雨瞳對望了一眼，根本不用語言的交流，秦雨瞳已經明白他想要說什麼，輕聲道：「走！我跟你去看看。」

唐輕璇果然再度陷入昏迷之中，維薩前去同仁堂求救的時候，她還清醒著，這會兒的情況再度轉重。秦雨瞳先為她檢查了傷口，又詢問了一下具體的情況。

胡小天將唐輕璇受傷的詳細情況說了一遍，又將自己利用鮮血給她解毒的事情說了。

龍曦月道：「剛才你離開後，本來我們聊得好好的，可是她突然就感覺胸口鬱悶喘不過氣來，然後狀況就變得越發嚴重，我讓維薩去找你，看到情況危急，於是就給她服用了一顆解毒丸，沒想到情況非但不見好轉，反而變得越發嚴重了。」

秦雨瞳點了點頭道：「她現在的狀況並非中毒引起，而是自身體質的緣故。」

胡小天低聲道：「何解？」

秦雨瞳道：「解毒的過程也是一種毒性相克相殺的過程，你的血液中含有五彩蛛王的成分，可以克制怪蛇的毒性，如同兩支軍隊交戰，肯定會對周圍的環境造成影響，戰爭過後，田園荒蕪，城池倒塌，人體也是一樣，唐姑娘的內力太淺，根本無法承受這兩種毒性相互交戰而引發的後果，現在她並非是因為中毒，而是解毒引起的一系列併發症狀，如果她的內功根基雄厚，就不會發生這樣的狀況。」

胡小天需要聽到的並不是這些，他關切道：「你一定有辦法救她的對不對？」

秦雨瞳道：「你摸摸她的脈門。」

胡小天摸了摸唐輕璇的脈門，感覺到唐輕璇脈象紊亂，已是油盡燈枯的症狀。

秦雨瞳幽然歎了口氣道：「她的內力已經接近消耗殆盡，我看最多也就是支撐一個時辰，除非這一個時辰內我們能夠找到一位高手，而且這位高手懂得傳功之法，又甘心奉獻，將自身內力傳一部分給她，不然的話……」她沒有把話說完，可是臉上的表情卻已經表明唐輕璇必死無疑。

眾人聽到這裡全都沉默了下去，龍曦月黯然道：「一個時辰，讓我們到哪裡去找？」

秦雨瞳道：「天下間懂得傳功之術的人並不多。」

胡小天一言不發地來到院落之中，維薩悄悄跟了出來，來到胡小天身邊，小聲道：「主人，你不是可以嗎？」她跟胡小天修煉過射日真經，當然知道胡小天有這個本事。

胡小天的表情頗為古怪，哭笑不得道：「我那種辦法如何上得了檯面，也就是對你們。」

維薩看了看周圍，小聲道：「救人要緊，相信唐姑娘能夠體諒你的苦衷。」

胡小天苦笑道：「維薩啊維薩，這種事情若是讓別人知道，會怎樣看我？」

維薩道：「只要你不說，唐姑娘不說，其他人又怎會知道？」

第六章

傳功與死亡

其實胡小天也不願意在這種情況下做這種事情，
不否認唐輕璇長得不錯，身材也火辣，對自己也是癡心一片，
可在這樣的條件下發生這種事情，總覺得有些不自在，
可如果自己不幫忙，唐輕璇豈不是就要死去？
如果讓她在死亡和自己之間做出選擇，
估計傻子都會選擇後者，更何況自己還那麼優秀。

胡小天心想你說得輕巧，這種事得你情我願，我要是趁著這種時候把唐輕璇給那啥了，真要是傳出去，我這張臉也沒辦法見人了。

這老天爺還真會給老子開玩笑，剛開始的時候為了救唐輕璇自己把血給她喝，現在看來單單是血還不夠，還得要精！我上輩子欠唐輕璇的嗎？居然成了她的藥引子，整個把自己給折了進去。

此時秦雨瞳也走了出來，維薩悄然走開，讓他們兩人好好談談。

秦雨瞳道：「對不起，這件事我恐怕無能為力了，其實人的命運並非是自己能夠掌控的，你也已經盡力，既然天命不可違，還是接受現實的好。」她向來都是那種不以物喜不以己悲的平淡模樣。

胡小天卻突然來了一句：「我其實能救她。」

秦雨瞳眨了眨美眸，有些詫異道：「你懂得傳功之法？」

胡小天點了點頭。

秦雨瞳秀眉微顰，不無嗔怪道：「也不早說，害得我們這麼多人擔心一場。」

胡小天苦笑道：「可是我的傳功之法跟你想像中不同，必須要跟她行房才能把內力傳過去。」這貨的臉皮也夠厚，居然當著秦雨瞳這個雲英未嫁的女孩子的面直截了當地說了出來。

秦雨瞳俏臉一熱，目光垂落下去，迴避著胡小天的目光，小聲道：「天下間哪有那麼邪門的武功。」

胡小天道：「這門功夫叫《射日真經》，是我偶然從落櫻宮傳人那裡得到，我雖然能救唐姑娘，可是我又擔心她好了之後說我趁人之危。」

秦雨瞳道：「這件事跟我又有什麼關係？你何必跟我說？」

胡小天看到她羞澀的樣子，心中卻沒來由生出一種快感，他發現秦雨瞳越是侷促不安，自己就越是高興，看來自己骨子裡就抗拒秦雨瞳的驕傲，只要抓到可以碾壓她驕傲清高的機會，絕對不會輕易放過，這種心理很不正常啊，胡小天此時居然在腦海中幻想出秦雨瞳在自己身下逢迎承歡的場面，若是能征服這個冰山美人，那該是一種怎樣的滿足感。

秦雨瞳鼓起勇氣重新望著胡小天的雙眼，卻從中看到了一種極具侵略性的狂熱，秦雨瞳芳心一震，俏臉越發熱了起來，她甚至能夠猜到胡小天此時的心思，剪水雙眸在瞬間的慌亂之後重新變得平靜如水，冷冷道：「你想怎麼做？」

胡小天看到秦雨瞳突然就冷靜了下來，這才意識到現在這種時候，最重要的是救人，而不該胡思亂想。他深吸了一口氣道：「我是什麼人你應該清楚。」

秦雨瞳意味深長道：「當然清楚。」

胡小天道：「我雖然不是什麼君子，可我也不會做趁人之危強人所難的事情，不如你將唐姑娘喚醒，你把這件事跟她說清楚，她若是同意，我不妨犧牲一下自己，如果她不願意，這事兒就當我沒說過。」

秦雨瞳也有些為難了，這胡小天為何要讓自己去說？這種事情讓她一個女孩子如何啟齒？胡小天當真是個混蛋，根本就是借著機會故意刁難自己。沒來由一陣心煩意亂，冷哼了一聲道：「你要救人，你自己不會去說？找我作甚？」

胡小天道：「你也知道的，唐輕璇向來對我有些成見，我擔心被她誤會。」

秦雨瞳道：「你是擔心會承擔責任吧？」

胡小天道：「而且這件事需要一個人來證明，我思來想去，你才是最好的人選，她若是同意，我出手救人，最後功勞記在你的身上。」說這番話的時候也不禁有些不好意思了，出手救人？出動的是什麼？大家都心裡明白。

秦雨瞳居然沒有回答他，轉身向房內走去。

可沒過多久時間，就看到秦雨瞳出來，跟她一起出來的還有其他人，秦雨瞳道：「唐姑娘醒了，她說要單獨見見你。」

胡小天向龍曦月望去，龍曦月向他點了點頭，胡小天心中暗歎，這裡面除了維薩和秦雨瞳之外，別人應該不知道究竟會發生什麼吧。

其實胡小天也不願意在這種情況下做這種事情，雖然他也不否認唐輕璇長得不錯，身材也很火辣，對自己也是癡心一片，可在這樣的條件下發生這種事情，總覺得有些不自在，有點被逼無奈的意味，可如果自己不幫忙，唐輕璇豈不是就要死去？如果讓她在死亡和自己之間做出選擇，估計傻子都會選擇後者，更何況自己還那麼優秀。

胡小天在多半時間內都是非常自信的，然而他卻沒有想到唐輕璇居然會拒絕，清醒過來的唐輕璇很快就弄明白胡小天會以怎樣的方式給自己傳功，俏臉緋紅，呼吸都變得急促了，她咬了咬嘴唇，目光都不敢看胡小天，過了好一會兒方才低聲道：「不行！我還是死吧！」

胡小天以為自己聽錯，竟然會有女人寧願死也不願意自己救她？這唐輕璇雖然漂亮，可腦子實在不夠靈光，胡小天以為她是少女的矜持，低聲道：「其實這件事我也不想……」

唐輕璇聽到他這樣說，心中不免有些失望，頭垂得更低，小聲道：「胡公子，你為我做的已經夠多了，輕璇心中早已感激涕零，無以為報，來生願做犬馬回報您的恩德，你也不必勉強自己。」

胡小天這才意識到自己無意中的一句話又傷害到了她的自尊心，苦笑道：「我不是這個意思，其實我也想，可絕不是想趁人之危。」

唐輕璇聽他說我也想這三個字的時候，更是羞赧難當，鼓足勇氣抬起頭來，一雙美眸望著他道：「你……你是說……你心中……也有我的位置？」

胡小天點了點頭。

唐輕璇卻因為他的這個動作而淚流滿面，啜泣道：「雖然我知道你是騙我，可能夠活著聽到也算心中滿足了。」

胡小天心想我還什麼都沒說，什麼都沒做，你居然就滿足了！其實要說唐輕璇的轉變也夠大，初次相識的時候何其刁蠻，那時候她恨不能把自己挫骨揚灰，可現在卻突然變得癡情一片，究竟是自己太有魅力，還是這世界變化得實在太快？胡小天也搞不清楚。

唐輕璇道：「我不可以對不起姐姐。」

胡小天道：「她其實也想你好好活著，她在世上只有你這個最好的朋友，若是你死了，她肯定會很傷心。」

唐輕璇內心之中似乎有所鬆動，咬了咬櫻唇道：「可是她若是知道我們……那我以後該如何去面對她？」

胡小天道：「我們可以先瞞著，等到機會合適的時候再告訴她。」

唐輕璇搖了搖頭道：「我不可以欺騙姐姐。」

胡小天道：「你若是不想，我可以將一切都跟她先說明白。」

「不要！」唐輕璇又拉住胡小天的手臂。

胡小天轉身望著她。

唐輕璇根本不敢看他，好不容易方才下定決心道：「你須得答應我，這件事永遠都不要讓其他人知道。」

胡小天道：「瞞得過別人瞞不過秦雨瞳，不過她應該不會告訴其他人，只說是她救了你就是。」

唐輕璇不再說話，其實心中已經認同了胡小天的提議，其實即便是胡小天不是為了救她的性命，她也甘心將自己交給他，只是總覺得這樣的行為有對不起龍曦月之嫌，她過不去心中的這道坎兒。

胡小天道：「有件事我還是先說明白，我絕沒有趁火打劫的意思。」

唐輕璇道：「我知道，你不是那種人，你也放心，我……我不會纏著你……」

說到這裡感覺自己簡直是放下了所有的矜持，在胡小天面前又如被扒光了一樣。

胡小天道：「那咱們就開始。」

唐輕璇嗯了一聲，聲如蚊蚋，自己都幾乎聽不清楚了。

胡小天道：「我這門功夫叫做《射日真經》，我將修煉的方法教給你，你千萬要記住，一定不可胡思亂想。」

唐輕璇道：「會不會很疼？」

胡小天瞪大了雙眼，這問題對他而言有些突然。唐輕璇垂下頭去，小聲道：「我聽人說過，第一次會很疼的……」

胡小天看到她嬌羞難耐的樣子，感覺小腹內一股熱潮湧起：「其實有種疼痛也可以很快樂的……」

秦雨瞳站在院落之中，抬頭仰望天空，不知何時陽光被陰雲遮蓋，抬頭看得到天空，低頭卻看不到自己的身影。連她自己都不知道究竟扮演了怎樣的角色，對所有人都說在裡面為唐輕璇療傷，可事實的情況呢？的確是在療傷，可為唐輕璇療傷的人卻不是自己，房間內隱約傳來了些許聲息，雖然壓抑但是仍然傳到了秦雨瞳的耳中，她向前走了幾步，想要遠離房間，可聲音卻充滿了魔性，無孔不入地鑽入了她的雙耳之中。

秦雨瞳俏臉發熱，她可以猜到他們正在幹什麼？想要逃離，可現在如果走出了院子，別人豈不是會產生疑心？胡小天啊胡小天，你這混蛋，為什麼要找我幫你掩飾？你給人傳功為何會是這種無恥下流的方式？

大康皇宮籠罩在一片陰雲之下，七七面無表情地望著洪北漠：「西川李天衡的兵馬正在向鄖陽集結，據可靠消息，興州郭光弼已經和李天衡達成協議，不日就會夾攻鄖陽。」

洪北漠微笑道：「蘇宇馳將軍用兵如神，殿下新近又給他調撥了不少兵馬，實力大增，鄖陽沒那麼容易被攻破。」

七七道：「你倒是很有信心，李天衡急於尋求突破口，這次來勢洶洶，郭光弼也是窮凶極惡，蘇宇馳同時應付兩個強大的對手，恐怕沒那麼容易。」

洪北漠道：「公主殿下真正擔心的恐怕是胡小天吧？」

七七沒有說話，黑長而蜷曲的睫毛垂落下去，顯然默認了洪北漠的這句話。

洪北漠道：「這場仗若是打起來，最怕的就是有人想要漁翁得利，依我看，胡小天不會在第一時間出手，他會等到雙方拚一個兩敗俱傷的時候，再出兵將鄖陽拿下，搞不好趁機拿下興州。」

七七道：「若非紅木川落在他的手中，他封死了李天衡的南進通道，李天衡也不會那麼急於從東北尋求突破。」

洪北漠道：「如果讓他控制了鄖陽，那麼李天衡就等於被紮口袋一樣困在了西川。」他停頓了一下道：「其實這些事對公主來說並不重要。」

七七冷冷反問道：「什麼重要？在你眼中難道只有那座皇陵才重要？」

洪北漠謙恭道：「微臣不是這個意思。」

七七道：「鄖陽絕不可以失去，本宮剛剛給蘇宇馳增援了兩萬兵馬，叫你來也不是聽這些話的。」

洪北漠道：「公主殿下，其實這場仗並不難打，臣剛剛研製出了兩種武器，已經生產不少，只要將這些武器調撥給蘇宇馳，必然所向披靡，別說西川和興州聯手，即便是加上胡小天也不足為慮。」

七七將信將疑地望著洪北漠，洪北漠道：「震天弩和龜甲戰車，我會派出手下即刻將這些武器送往鄖陽，只要給蘇宇馳軍中配備，就可立於不敗之地。」

七七道：「有這麼厲害？」

洪北漠恭敬道：「得自於《乾坤開物》，這其中厲害的武器還有很多，只要微臣一一研製出來，憑藉這些武器橫掃六合，一統天下也非難事。」

七七道：「此事最好還是你親自走一趟，別人我不放心。」

「是！」洪北漠說完，抬起頭來望著七七道：「不知公主殿下進展如何？」

七七一雙美眸倏然轉冷：「你是在催我嗎？」咄咄逼人的氣勢有若嚴霜般將洪北漠籠罩。

洪北漠內心中莫名顫抖了一下，這已經不是他第一次在七七的面前生出這種感覺，天威難測，即便是老皇帝龍宣恩生前，也從未給過自己如此強大的壓力，七七果然不是凡人。他也明白，之所以自己會對她如此敬畏，都是因為自身的命運掌控在她的手中，也只有她才可能幫助自己實現目標。

「不敢！」洪北漠低聲道。

七七唇角浮現出一絲鄙夷的笑意：「鄖陽的事情你務必辦好，本宮決不允許出現任何的差錯。」

洪北漠點了點頭，悄然告退。

洪北漠剛走，權德安就引著楊令奇走了進來。

看到楊令奇，七七的表情緩和了許多，輕聲道：「楊大人這兩天身體可曾康復了？」楊令奇此前受了風寒，在家中休養多日，所以七七才會有此一問。

楊令奇充滿感激道：「多謝公主殿下掛懷，微臣早已康復了。」

七七點點頭道：「那就好，你是大康棟樑之才，一定要懂得愛惜自己身體。」

楊令奇心中一陣感動。

七七道：「你對鄖陽的局勢如何看？」

楊令奇道：「臣認為，鄖陽這一戰已經無可避免了。李天衡必須要在最短的時間內打通一條道路，不然西川將會成為死水一潭，西有沙迦，東有大康，南方是紅木川，東北是鄖陽，任何人權衡這四個地方都會主動放棄前兩個，紅木川地勢複雜，氣候多變，胡小天不知用了什麼方法收復了紅夷族的人心，這些紅夷族驍勇善戰，更長於叢林偷襲，李天衡想要拿下紅木川絕非易事，而且此前他意圖拿下紅木川，出師未捷已先折兩將，所以他剩下的選擇只有鄖陽。」

七七冷冷道：「他以為大康是軟柿子嗎？」

楊令奇道：「大康不是軟柿子，可他認為鄖陽卻是最可能也最有必要摘下的柿子，如果他能夠攻佔鄖陽，那麼西川就重新得到了一條對外的通路，有郭光弼作為後援，他們對鄖陽的勝算又增加了幾分。」

楊令奇停頓了一下，小心看了看七七的臉色，方才道：「其實李天衡和興州方面都不足為慮，真正的威脅還是胡小天。」

七七心中何嘗不明白，她最為擔心的其實就是這件事，胡小天拿下紅木川之後，等於扼住了西川南進的咽喉，只要鄖陽戰事發生，他就會抓住時機，博得最大的利益，以胡小天的性情他當然會這樣做。

七七道：「你有什麼辦法消除這個隱患嗎？」

楊令奇道：「有！與大雍合作！」

七七微微一怔，秀眉顰起道：「你難道忘了，大雍正在和黑胡交戰？」

楊令奇道：「最新的戰況乃是大雍失去擁藍關，雙方已經陷入僵持之中，而今正逢嚴冬，北疆已經停戰，再度開戰應該要到來年春日了。」

七七道：「胡小天是一頭猛虎，大雍就是一隻惡狼，誰又能保證，我們和他們合作，他們不會趁機咬我們一口？」

楊令奇微笑道：「跟大雍合作，未必一定要大雍發兵，只需大雍放出風聲，讓胡小天以為，他只要敢插手鄖陽的事情，大雍和大康就會合力將他滅掉，那麼他必然不敢輕舉妄動。機不可失，失不再來。」

七七道：「虛張聲勢！」說完之後她沉吟了一會兒點了點頭道：「也好！就依

你的方法行事。」

秦雨瞳為唐輕璇複診之後離開房間，看到胡小天迎面走了過來，居然對他示弱不見，準備來一個擦肩而過。胡小天嬉皮笑臉地攔住她的去路：「秦姑娘！別來無恙啊？」

秦雨瞳抬頭看了看他：「有事嗎？」

胡小天道：「沒什麼要緊事，唐姑娘的狀況如何？」

秦雨瞳道：「她怎麼樣你還能不知道？」

一句話把胡小天給噎得無言以對。

秦雨瞳道：「勞煩讓讓路，我今日還要出診，你該不是想我去公主那裡借她的綠竹杖一用吧？」

胡小天當然能夠聽出人家罵自己是狗啊！不過秦雨瞳畢竟是才女，罵人不吐髒字兒，佩服！佩服！他也沒有當成一回事，嘿嘿笑道：「不知我什麼地方得罪了你？若是有得罪之處，我這裡向你賠罪了。」

秦雨瞳道：「不敢當，您是何等身分，我區區一個民女又如何擔得起？」

胡小天讓開了道路，秦雨瞳擦身而過，胡小天卻舉步跟了上來，秦雨瞳道：「讓別人看到你這樣跟在我身後，好像不好吧？」

胡小天道：「我心中坦坦蕩蕩，不怕別人說。」

秦雨瞳嗤之以鼻，心中暗忖，你也敢說坦坦蕩蕩？簡直無恥之尤。其實連她自己也搞不清楚，為何胡小天會在她眼中變得如此可惡？也許是因為唐輕璇的緣故，雖然她也明白胡小天若是不出手相救，唐輕璇必死無疑，可總覺得這件事如鯁在喉，偏偏又無法吐出。

胡小天道：「你對玄天館瞭解嗎？」

秦雨瞳微微一怔，不知胡小天為何突然有此一問，停下腳步道：「你問玄天館做什麼？」

胡小天這才將自己前往康都發生的事情如實說了一遍，秦雨瞳聽完卻並沒有表現出太多的驚奇，淡然道：「為了詆毀我師父，你也算得上是煞費苦心了。」

胡小天道：「我因何要詆毀他？我跟他無怨無仇，是他害我在先！」看到秦雨瞳的表情，胡小天恍然大悟道：「原來你一直都知道蒙自在就是任天擎！」

秦雨瞳道：「在你眼中我始終都不是好人，始終都在害你對不對？」

胡小天道：「難道你不覺得你的師父很奇怪？」

秦雨瞳道：「他願意怎樣去做是他自己的選擇，身為弟子我無權過問，你也休想從我這裡得到玄天館的任何消息。」她這番話說得斬釘截鐵，斷無迴旋的餘地，說完這番話她快步離去。

胡小天望著她的背影唯有無奈搖頭，看起來自己和唐輕璇的這件事破壞了自己在秦雨瞳心中好不容易才經營起來的良好形象，秦雨瞳不但很介意而且很生氣，可她的這種反應不恰恰說明她對自己很在乎？難道這個冰山美人已經喜歡上了自己？想到這一層，胡小天頓時又自我感覺良好了。

霍勝男從一旁走來，她剛巧看到了胡小天和秦雨瞳不歡而散的場面，輕聲道：「怎麼？惹秦姑娘生氣了？」

胡小天笑道：「為什麼一定是我惹她？不能是她招惹我？」

霍勝男並沒有心情跟他開玩笑，低聲道：「剛剛收到消息，大雍南陽水寨最近密集增兵，似乎想要有所動作。」

胡小天道：「什麼？」心中不覺有些奇怪，現在大雍深陷北疆和黑胡人的戰事泥潭，哪還有時間招惹自己？難道他們想要同時兩面作戰？沉吟了一下道：「鄖陽大戰在即，也許他們調兵遣將並不是針對咱們？」

霍勝男道：「因為進入冬季的緣故，北疆已經進入了休戰期，自從跟我們和談之後，大雍並沒有在南部以及庸江沿線進行大規模兵力調動的舉措，他們應該明白這樣的做法相當敏感，在這種時候做出這樣的調遣絕不會那麼簡單。」

胡小天點了點頭道：「余天星呢？」

霍勝男道：「去了白泉城。」

胡小天道：「我要出去一趟。」

霍勝男猜到他十有八九要去諸葛觀棋那裡，點了點頭道：「你去吧，我讓人繼續關注南陽水寨那邊的情況。」

胡小天帶了些水果，來到諸葛觀棋家裡，沒想到龍曦月和維薩都在，洪凌雪也是才貌雙全，尤擅女紅，龍曦月和她頗為投緣，今日過來就是彼此探討。

看到胡小天也來了，龍曦月等人都笑著迎了出來。

胡小天笑道：「我可不是故意跟著過來的，你們聊你們的，我找觀棋兄說幾句話。」他將水果放下。

洪凌雪道：「主公實在是太客氣，每次過來都要帶禮物。」

胡小天道：「聽說嫂子這兩天身體不適，一直就想過來看看，可始終抽不出時間。」

洪凌雪笑道：「主公日理萬機，哪有時間兼顧這種小事，我身體也沒什麼問題，秦姑娘已經幫我檢查過，現在也完全好了，公主殿下和維薩妹子沒事就來陪著我，也給我帶來了不少的禮物呢。」

龍曦月道：「你快去找朱先生吧，別耽擱我們姐妹說話。」

其實諸葛觀棋就在一旁，他笑道：「我和主公出門走走。」洪凌雪聽說他要出門，站起身來，她大腹便便行動不便，仍然去給諸葛觀棋拿了大氅，親手為他披在身上，柔聲道：「外面冷，多穿一些。」

夫妻兩人目光交匯，這種相濡以沫的幸福感讓人心中羨慕。

胡小天和諸葛觀棋一前一後出門，諸葛觀棋指了指前方道：「咱們去青雲山轉轉。」

胡小天點了點頭，青雲山並不遠，就在城西，上面有一座兵聖廟，廟裡供著的是諸葛觀棋的先祖諸葛運春。平日裡兵聖廟的香火不旺，他們來到兵聖廟上香之後，繼續來到山頂，青雲山雖然不高，可是站在青雲山上也可以看到滾滾庸江，胡小天舉目遠望，目光循著江水一路向西，雖然他目力極強，也不可能看到南陽水寨。

山風很大，將遠方庸江濕冷的空氣送來，無孔不入地鑽入自己的衣服內，諸葛觀棋下意識地緊了緊大氅，當他適應了這刺骨的寒風方才道：「發生了什麼事情？」

胡小天道：「大雍最近在南陽水寨不斷增兵，似乎要有所動作。」

諸葛觀棋道：「北疆戰事進入冬歇僵持期，大雍難道又要掀起一場戰事？」他皺了皺眉頭道：「大雍皇帝難道如此好戰？同時掀起兩場戰爭，即便是大雍國力強盛，也不是什麼明智之舉。」

胡小天道：「西川李天衡和興州郭光弼聯合準備進攻鄖陽，也許大雍這次集結大軍的目的並不在我們身上。」

諸葛觀棋道：「主公認為，他們也想染指鄖陽嗎？」

胡小天道：「不好說，總之他們不想鄖陽落在我的手中。」

諸葛觀棋道：「也許是虛張聲勢，真正的用意是要主公投鼠忌器，不敢輕易對鄖陽下手。」

胡小天道：「很有可能。」

諸葛觀棋轉向胡小天道：「假設最壞的一步，大雍也想坐收漁人之利，主公會怎麼辦？」

胡小天毫不猶豫道：「鄖陽絕不可失！」鄖陽乃是他戰略佈局中極其重要的一環，只有拿下鄖陽，他才能完成對西川的封堵，才能順利進行下一步的發展。

諸葛觀棋道：「主公或許要儘快搞清大雍的想法。」

胡小天道：「我馬上派人徹查這件事。」

諸葛觀棋道：「其實未必要我們主動，鄖陽這把火必然要燒起來，大雍既然想湊這個熱鬧，主公不妨再多放一把火，轉移大雍的注意力，讓他們摸不清主公的真正想法。」

胡小天道：「觀棋兄指教！」

諸葛觀棋道：「他們在南陽水寨增兵製造緊張氣氛，主公可以彼之道還施彼身，在東洛倉增兵。」

胡小天心中一怔，東洛倉是他從大雍手中奪得，美其名曰是借用五年，如今已經過去了一半，自從達成協議以來，彼此之間一直相安無事，他在東洛倉也沒有駐紮重兵，畢竟若是在東洛倉布下重兵，就會引起大雍過度敏感，旁邊就是邵遠城，乃是大雍的北部要塞。

邵遠城現在的守將仍然是秦陽明，此人和丐幫江北分舵舵主秦陽明重名，此前曾經被胡小天利用常凡奇將之擒獲，後來經過大雍長公主薛靈君從中斡旋方才得以重返大雍，不過秦陽明並沒有因為那場敗仗而得到懲罰，薛道洪繼續對他委以重任，仍然將守衛邵遠的重任交給他。

諸葛觀棋的這個建議讓胡小天豁然開朗，不錯，你做初一，我就做十五，你大雍敢給我施加壓力，那麼我可以用同樣的辦法來對付你們。老子剛剛幹掉了一個秦陽明，也不差再多一個。

諸葛觀棋道：「如果單單是大雍方面的意思倒不算什麼大事，最怕就是大康和大雍聯手。」

胡小天道：「聯手對付我嗎？如果沒有我為大康守住庸江防線，那麼大雍的大軍早已渡過庸江。」

諸葛觀棋搖了搖頭道：「此一時，彼一時，當初主公並無角逐天下的能力，雖然坐擁三城之地，也只能自保，這兩年，主公得雲澤，控制望春江，現在又新得紅木川，明眼人都能夠看出主公的下一目標就是西川，若是讓主公得到西川，主公就擁有了和大康、大雍抗衡的實力，取代李天衡形成三足鼎立的局面，鄖陽也變得前所未有的重要。」

胡小天點了點頭。

諸葛觀棋道：「其實對大雍來說，目前主公並不是他們最主要的敵人，因為你沒有向北擴張的心思，即便是拿下了鄖陽，你首先威脅到的是西川，然後是大康，大雍在現在調兵遣將很可能是在虛張聲勢。」

胡小天道：「是不是虛張聲勢，一試即知。」

諸葛觀棋道：「主公的實力雖然有所增強，可並沒有同時得罪兩大強鄰的底氣，對大雍只需展示實力，切不可跟他們當真發生摩擦，只需拿出態度，讓大雍知難而退，保持中立，作壁上觀最好。主公若是得到了鄖陽，無論李天衡還是大康都不會容忍這件事的發生，他們必然會竭盡全力奪回鄖陽。」

胡小天道：「聽觀棋兄那麼一說，我心中已經完全明白了，看來漁翁之利也沒那麼容易得到。」

諸葛觀棋道：「如何能夠在付出最小代價的情況下得到鄖陽，的確是個難題，目前連我也沒有想到太好的辦法。」戰場之上瞬息萬變，諸葛觀棋並不瞭解雙方真正的戰鬥力，也許只有這場鄖陽之戰真正打響，才能夠看出端倪，那時候才能想出最好的辦法。

胡小天歎了一口氣道：「我本以為可以說服蘇宇馳歸順於我，而且上次黑沙會談之時，他的態度似乎有所鬆動，卻想不到此次回來，他的態度又完全改變了。」

諸葛觀棋道：「永陽公主在用人方面的確很有一套，懂得收服人心，自從她主政之後，大康國內的情況也改善了許多。」說到這裡他停頓了一下，低聲道：「主公是不是下定決心要滅了大康？」

胡小天抬起頭看了看陰沉沉的天空，過了好一會兒方才道：「並不是滅了大康那麼簡單，你還記不記得我跟你講過皇陵的事情？」

諸葛觀棋點了點頭。

胡小天道：「不知為何，我總感覺心緒不寧，我擔心洪北漠他們還有後招。」

諸葛觀棋道：「主公是擔心他們還有光劍一樣威力的武器？」

胡小天道：「他們的目的不在天下，我們的首要目的卻是要保障一方安寧，在自己的土地上平平安安地生活下去。」

秦雨瞳來到諸葛觀棋家中為洪凌雪複診，聽聞胡小天剛剛出去的消息，也沒有什麼特別反應，為洪凌雪檢查之後，也沒有停留的意思，起身告辭離開。

龍曦月循著她的腳步追了出來，輕聲道：「雨瞳！」

秦雨瞳停下腳步，平靜望著她道：「公主殿下有什麼吩咐？」

龍曦月歎了口氣道：「雨瞳，我感覺這次回來之後，我們之間生分了許多，難道你已經不記得咱們昔日的友情了？」

秦雨瞳靜靜望著龍曦月道：「我一直以為你已經死了！」

龍曦月上前一步，握住她的手道：「難道你至今仍然不相信發生在我身上的事情？難道你懷疑我的身分？」

秦雨瞳搖了搖頭道：「其實天下人都知道安平公主已死，現在的只是天香國映月公主，公主殿下為何不徹徹底底地將過去全都忘記，好好珍惜眼前的幸福呢？」

龍曦月有些傷感地望著秦雨瞳，不明白為何她們之間竟出現了這樣的隔閡。

秦雨瞳的眼簾垂落了下去，輕聲道：「胡小天的性情桀驁不馴，是時候有人該好好管管他了，殿下為何不與他成親？」

提到成親這件事，龍曦月的俏臉頓時紅了起來，其實她何嘗沒有想過，只是她曾經在天香國公開向太后龍宣嬌說過，自己要為父皇守孝三年。

秦雨瞳道：「天下間任何人都是自私的，公主殿下的善良和柔弱或許會成為別人放縱的理由。」

龍曦月搖了搖頭道：「不會，小天不會，他不會對不起我。」

秦雨瞳歎了口氣道：「算了，有些話輪不到我說，有些事也輪不到我過問。」

龍曦月眨了眨美眸，望著秦雨瞳小聲道：「為何我們不能回到過去？」

秦雨瞳道：「因為我們都不是過去那個人！」

胡小天感到的壓力卻開始越來越大了，不但大雍在南陽水寨不停增兵，大康方面也開始有所動作，他們在雲澤周邊七城增強防禦力量的同時，還調撥了一支萬人的軍隊前往陽泉，陽泉乃是和白泉城距離最近的城池，民間關於大康和大雍已經達成聯盟，聯手剿滅胡小天的消息也如同雨後春筍般蔓延開來。

胡小天一面派人積極關注對手的情況，一邊發號施令讓各方將士提高警惕，相互之間做到守望相助，另一方面，他按照諸葛觀棋的建議，開始屯兵東洛倉。

對胡小天而言也不單是壞消息，薛振海按照他給出的名冊以雷厲風行之勢整頓丐幫江北分舵，將其中涉及叛亂者一網打盡，路三番也被他活捉，其中參與沙角鎮襲擊的六名骨幹全都被押到了東梁郡。

以龍曦月善良溫柔的性情原不忍心對這些人狠下殺手，胡小天讓她將事情全都交給薛振海去處理。

薛振海閱盡滄桑，對這次叛亂的事情看得非常清楚也非常明白，針對有關人員的處理專程向胡小天請教。

胡小天聽他說完這陰謀的前後經過，低聲道：「你是說秦陽明乃是受了大雍方面的蠱惑？」

薛振海點了點頭道：「根據路三番等人交代，秦陽明和大雍水軍提督李沉舟過從甚密，李沉舟答應，以後會在暗中扶植丐幫，幫助秦陽明的江北分舵和丐幫劃清界限，獨立之後，秦陽明就是丐幫幫主。」

胡小天皺了皺眉頭，李沉舟這廝還真是不簡單，當初在渤海國他就策劃陰謀想要將長公主薛靈君和燕王薛勝景兩人一網打盡，當時就聯絡了不少的江湖門派，劍宮、落櫻宮跟他都有著千絲萬縷的關係，想不到他現在又將觸手伸向了丐幫。

薛振海道：「老夫已經初步查明，當初策劃刺殺老夫和其他幾名丐幫長老也是他們的主意，劍宮和落櫻宮應該插手其中，背後的主謀就是李沉舟。」

胡小天道：「辛苦薛長老了。」

薛振海道：「談不上辛苦，丐幫的事情老夫自當鞠躬盡瘁死而後已，不過這江北分舵的多半兄弟都是忠於丐幫的，只是被秦陽明那奸賊蒙蔽，這些天我已經將涉嫌參與謀反的骨幹全都抓起，基本肅清了叛逆，重新指定了一批頭領，我可確保不會再出現此前的問題。」

胡小天點了點頭。

薛振海道：「老夫有一件事想要請教公子，那些參與謀反的幾人應當如何處理？」

胡小天淡然道：「這是你們丐幫自己的事情，我若是插手反倒不好吧？」

薛振海苦笑道：「其實這些事我也知道不該問您，可是請示公主，公主卻說要饒他們不死，請恕我直言，這些人雖然過去曾經有功於丐幫，可這次畢竟犯下大錯，按照幫規當梟首示眾。」

胡小天心中暗忖，這薛振海顯然不敢擅自做主，龍曦月心慈手軟，自然不肯下令將這些叛賊格殺勿論，薛振海請教自己，並不只是尊重，其背後還有不敢擔當殺害同門的責任，依著胡小天的意思，必然要將所有參與叛亂之人全都斬殺免除後患，可真要是下了這樣的命令，外界就會解讀為他過於干涉丐幫的內政。

胡小天斟酌了一下方才對薛振海道：「廢了他們的武功，將他們暫時下獄，給他們一個改過自新的機會。」心中卻已經拿定了主意，等這件事風頭過去之後，再將這些人一一處死。

薛振海點了點頭，他告辭離去，胡小天送他出門，等到薛振海離去之後，他豁然轉過身去，卻見遠處的角落站著一個高大的身影，赫然正是昔日丐幫的傳功長老，龍曦月的授業恩師喬方正。

喬方正低聲讚道：「胡公子的洞察力真是驚人。」

胡小天啞然失笑，自己的住處防守嚴密，可是在喬方正這樣的高手面前仍然形同虛設，他可以出入自由。不過喬方正的出現還是帶給了胡小天不少的喜悅，江北分舵的事情雖然已經平息，可是隱患很難說通過這次行動全部清除，對丐幫方面必須要一個強有力的人物來坐鎮，喬方正無疑是絕佳人選。

胡小天道：「我本以為前輩已經走了。」

喬方正歎了口氣道：「我倒是想走，可又不放心我的徒弟，生怕你欺負她，所以我又回來了。」

胡小天呵呵笑了起來。

喬方正道：「上官天火父子不會善罷甘休，或許很快就會捲土重來。」

胡小天道：「我把曦月叫來。」

喬方正卻搖了搖頭道：「為什麼？」

胡小天道：「什麼為什麼？」

喬方正道：「為什麼要留下那些人的性命？」

胡小天這才知道他所說的是這件事，輕聲歎了口氣道：「曦月心地善良，她不想多造殺戮。」

喬方正道：「當斷不斷必受其亂，那些人既然敢隨同秦陽明一起反叛，早已拿定必死之心，犯了這麼大的過錯都不剷除他們，只會讓江北分舵的一些人更加猖狂，這種人必須發現一個，剷除一個，不可婦人之仁，否則只會遺患無窮。」

胡小天並沒有將自己的真正想法告訴喬方正，其實喬方正的態度他也認同，只不過因為身分所限，不方便這樣做罷了。

喬方正歎了口氣道：「既然都不願當這個惡人，只能由我來擔當了。」

胡小天道：「前輩現在的身分好像並不方便出面呢。」在紅海大會之上，上官天火公開爆出喬方正和上任幫主夫人有姦情並生下一子的秘密，當時喬方正供認不諱，雖然上官父子因為篡權之事成為丐幫公敵，喬方正的情況卻也好不到哪裡去，別的不說，單單是勾引義嫂這個罪名就讓喬方正終生抬不起頭來。

喬方正道：「老夫在幫中那麼多年，多少也有幾個朋友，根本不需要出面。」

胡小天聞言心中一喜，不錯，喬方正在丐幫的影響力仍在，他昔日曾經是丐幫傳功長老，親傳弟子遍及丐幫，得到他好處的幫眾無數，只要喬方正想幫忙，解決這些事情並不困難。

胡小天道：「喬前輩當真打算留下來？」

喬方正空洞的眼眶轉向胡小天，冷冷道：「你敢不敢收留我？」

胡小天微笑道：「我回頭讓夏長明給您老挑一條好狗！」

夏長明將方芳送往紅木川已平安返回，回來後第一時間找到胡小天，他在途中巧遇大康向郿陽調配軍資的隊伍，從目前的狀況來看，一場大戰在所難免了。

胡小天聽夏長明說完這一路所見的情況，不由得眉頭緊鎖。

夏長明道：「主公，我這一路之上都聽到不少的傳言，據說大雍和大康已經確定聯手。」

胡小天道：「傳言未必可信，就算他們真正聯手，我也不怕。」心中卻始終認為，這一傳言恐嚇自己的成分更大。大康方面雖然不想自己得到郿陽，可他們也不想大雍方面得到郿陽，真正的用意或許就在給自己造成壓力，擾亂自己的判斷。

夏長明道：「空穴來風未必無因。」

胡小天道：「西川那邊有什麼動靜？」

夏長明道：「西川的大軍正向郿陽方面集結，不過行軍推進速度很慢。」他對此頗為不解，雖然夏長明不是一個兵法大家，可是他也明白兵貴神速的道理，西川既然決定攻打郿陽，那麼就應當在郿陽沒有完全準備好之前迅速展開攻堅戰，而不是像現在這樣慢吞吞行軍，等到郿陽的軍資補給全都到位再說。

胡小天沉思了一會兒，低聲道：「他們應該是在興州方面的動作。」

夏長明道：「您是說，西川和興州尚未達成默契？」

胡小天道：「興州缺糧，西川李氏雖然有糧但是送不出去，只有拿下郿陽雙方才能互通有無，在此之前，興州郭光弼只能依靠他們自己。」

夏長明道：「如此說來，他們攻打鄖陽這場仗並不樂觀。」

胡小天點了點頭道：「表面上雖然是前後夾擊，可是興州方面卻是有心無力，他們沒有足夠的軍糧作為支持，一旦這場戰事開打，後勤補給就會出現天大的問題，除非……」

「除非什麼？」

胡小天目光一亮：「除非有人在暗中幫助興州！」

第七章

一顆驕傲的心

謝堅憂慮地望著郭光弼，他瞭解自己的主公，
在郭光弼殘忍嗜血的表像下隱藏著一顆驕傲的心，
讓他放低自己的驕傲，向大雍俯首稱臣，
實在是一件極其困難的事情。

興州主帥郭光弼坐在點將台上，五官輪廓有如刀削斧鑿沒有絲毫的表情，眼前的一切實在讓他高興不起來，非但操練隊伍不整，而且將士盔歪甲斜透著疲態，甚至連戰鼓都有氣無力，這樣的狀態還談什麼打仗？郭光弼心中雖然失望，可是他卻並沒有生氣，不怪這些手下，只能怪自己，缺衣少食，連肚子都填不飽又談什麼戰鬥力？

郭光弼已經看不下去這幫手下的表演，他緩緩站起身來，慢慢走下點將台，兒子郭紹雄看到父親突然離去，還以為發生了什麼大事，趕緊跟了過去，低聲道：「父帥！」

郭光弼抬起手來，示意他不要跟著自己。

操練仍然在繼續，郭光弼卻已經離開了校場，出了校場，手下將他的黃驃馬牽來，郭光弼翻身上馬，正準備出城去透透氣，迎面卻看到一名武士縱馬奔來，來到近前翻身下馬單膝跪地道：「啟稟大帥，謝先生回來了。」

郭光弼聽到這個消息，緊皺的眉頭瞬間舒展開來，他揚起馬鞭在馬臀上抽了一記，坐騎發出一聲嘶鳴向帥府的方向奔去。

謝堅從東梁郡離開之後，直接就去了雍都，這段時間他披星戴月不辭辛苦輾轉各地，明顯黑瘦了許多，郭光弼回來的時候，他正在吃飯，聽到郭光弼的腳步聲，慌忙站起身來，恭敬行禮。

郭光弼上前握住他的手臂道：「先生不必多禮，快快用餐，有什麼事情，等吃飽飯再說。」

謝堅點了點頭，心中一陣溫暖，郭光弼雖然殘忍嗜殺，可是對自己卻真是不錯，自從追隨他以來，深受他的重用，從未有過任何疑心，以國士之禮相待，士為知己者死，雖然謝堅並不看好興州的未來，但是為了回報郭光弼的這份信任，他將鞠躬盡瘁死而後已。

謝堅喝完碗裡的稀粥，接過郭光弼親手遞來的毛巾擦淨唇角。

郭光弼迫不及待問道：「怎樣？」

謝堅微笑道：「屬下此去雍都不但見到了李沉舟將軍，還蒙他引見得到了大雍皇帝的接見。」

郭光弼聽他這樣說，心中不由得增添了幾分期待，低聲道：「近日南陽水寨不斷增兵，卻是因為這個緣故？」

謝堅搖了搖頭道：「南陽水寨增兵和此事無關。」

郭光弼聞言一怔：「什麼？」

謝堅道：「胡小天拒絕我們聯手的要求，其真實用意卻是要坐收漁人之利，他不但想拿下鄖陽，還想一併奪走興州。」

郭光弼冷哼一聲：「簡直是癡心妄想！」其實他對此早有心理準備，換成自己也會這樣幹。

謝堅道：「在他眼中我們已經毫無價值，不過大雍方面並不那麼認為，他們已經同意給我們調撥糧草軍資，給予我們一切可能的支持。」

郭光弼道：「怎麼會這麼好心？」天下沒有白得的午餐，郭光弼深諳這個道理，大雍也不會無緣無故地幫助他們，此番援助的背後必然有他們的目的。

謝堅道：「大雍方面提出兩個條件，一是將鄖陽攻下，把鄖陽城獻給他們作為投名狀，二是大帥必須答應攜帶所有兄弟接受招安，從此興州併入大雍版圖。」

郭光弼聞言不由得倒吸了一口冷氣，緩緩閉上雙目，這就是說要讓他向大雍俯首稱臣，雖然他也曾經預料到這件事，可真正聽到謝堅說出的時候，仍然有種被人打了一個耳光的感覺，這些年他雖然辛苦，可畢竟是一方霸主，也曾經有過振臂一呼，萬眾回應的大好局面，可惜這局面並不長久，迅速增加的兵力讓他在軍需供應上很快就變得捉襟見肘，如果繼續堅持下去，這些兄弟很快就會面臨揭不開鍋的局面，可是歸順大雍，豈不是意味著自己今生再無稱霸天下的機會。

謝堅充滿憂慮地望著郭光弼，他還是瞭解自己的主公的，在郭光弼殘忍嗜血的表像下同樣隱藏著一顆驕傲的心，讓他放低自己的驕傲，向大雍俯首稱臣實在是一件極其困難的事情。謝堅擔心郭光弼會拒絕，拒絕這唯一的機會，並不是所有人都認為他們還擁有價值。

郭光弼低聲道：「想讓我們流血流汗奪下鄖陽送給他們做投名狀？如果我們拿不下鄖陽呢？」

謝堅沒說話，若是拿不下鄖陽，他們的犧牲完全白費，他們在大雍的眼中也自然不再有任何的價值。

郭光弼緩緩走了幾步：「螳螂捕蟬黃雀在後，胡小天是一頭猛虎，大雍卻是一頭餓狼，他們全都不是什麼好東西，恨不能將我們連皮帶骨頭一起吞下去。」

謝堅道：「大雍最近在南陽水寨增兵，而大康也在陽泉增兵，明顯是彼此呼應，而且最近有不少的消息傳出，說大康和大雍已經決定聯手對付胡小天。」

郭光弼冷哼一聲道：「胡小天只怕沒那麼容易對付吧。」

謝堅道：「鄖陽才是所有人的目標所在，之所以會有這個風聲傳出，我看聯手夾攻是假，想要通過這種方式給胡小天壓力是真，讓他不敢輕舉妄動。鄖陽雖然是一塊肥肉，可並不是誰都隨便能上去咬一口。」

郭光弼道：「大雍方面答應咱們的糧草何時能夠送來？」

謝堅道：「已經開始準備，七天內首批糧草就可到位，以後還會陸續送來。」

郭光弼道：「不管以後如何，先打下鄖陽再說，誰給咱們糧食，咱們就把鄖陽城送給誰。」停頓了一下又道：「西川李天衡方面已經派人送來消息，他們會在半個月內掀起戰事，希望我方全力配合。」

謝堅道：「蘇宇馳也不是什麼簡單人物，這場仗或許要比預想中艱難得多。」

一支五千人的兵馬進駐了東洛倉，東洛倉的城牆已經修葺一新，有如一個巨大的碉堡聳立於邵遠城的東南，常凡奇再次登上東洛倉的城牆，心中感到難以名狀的激動，他過去就是這座城池的守將。胡小天能將這裡重新交給他，足以證明對他的信任。今次前來的主要任務卻是要製造危機，給大雍方面造成一種他們要攻打邵遠的假像。

如今的東洛倉已經不是糧草重鎮，胡小天曾經與大雍約定，借用東洛倉五年，一晃時間已經過去了一半，常凡奇也不知胡小天是否真要將這裡歸還大雍，東洛倉乃是扼守大雍南進之咽喉要道，可以說胡小天之所以能夠在庸江下游紮穩腳跟，其根本原因就是因為控制了東洛倉，若是將東洛倉歸還，那麼胡小天就會面臨無險可守的境地，重新將東梁郡暴露於大雍面前。

常凡奇剛剛抵達東洛倉，就有故友過來求見，此人乃是他昔日的副將黃信誠，也是常凡奇此前的至交好友，黃信誠自從東洛倉一戰之後，也被削職為民，不過僥倖保住了一條性命，現在一家生活在邵遠，至今未得任用。

此番前來也是以老友的身分過來拜會。

常凡奇將黃信誠請入府中，老友相見免不了要開懷暢飲一番，酒過三巡，兩人都有了些微醺醉意。黃信誠將酒杯緩緩落下道：「凡奇兄，本以為東洛倉一戰之後你我今生再無相見之機，卻想不到還能坐在一起喝酒，真是造化弄人啊！」

常凡奇道：「的確是造化弄人，現在我們雖然是朋友，卻已經是各為其主了。」他心中對黃信誠此行的目的充滿警惕，並不相信黃信誠此時出現在東洛倉純屬偶然。

黃信誠呵呵笑道：「凡奇兄不用多想，我現在只是一介草民，沒有任何的任務在身，今次前來，主要是來見見你這位老朋友，續聊舊日情義。」

常凡奇舉起酒杯又跟他碰了一杯道：「我當初的選擇連累了不少的朋友和兄弟，可自古忠孝不能兩全，為了我娘親的性命，凡奇也只能那樣做。」

黃信誠道：「秦陽明仍然做他的大將軍，受到牽累的也只是咱們這幫兄弟罷了，我也不瞞你，今次過來見你是秦陽明逼我過來的。」

常凡奇唇角露出一絲苦澀的笑意，其實從黃信誠過來他就已經猜到了。

黃信誠道：「你我兄弟一場，我也不跟你拐彎抹角，秦陽明以我家人的性命作為威脅，讓我來這裡一趟，這裡有一封信是他讓我交給你的。」

常凡奇接過那封信看都不看就湊在燭火上燒了。

黃信誠愕然道：「你因何不看看其中寫的是什麼？」

常凡奇搖了搖頭道：「沒必要看，這封信的內容也不重要。」

黃信誠歎了口氣道：「也是，無非是一些想要勸降你的話。」

常凡奇道：「若是我沒有猜錯，此時已經有人將你來到東洛倉的消息傳到我主公的耳朵裡了。」

黃信誠眨了眨眼睛不解道：「難道胡小天派人監視你？」

常凡奇道：「主公光明磊落，又怎會做這種宵小的行為，秦陽明讓你給我送信是假，真正的用意是要借著這件事製造疑雲，我看他已經讓人將你我見面的消息傳到東梁郡。」

黃信誠後悔不迭道：「都是我的錯，是我害了你，我原不該來的。」

常凡奇道：「你是無心之失，秦陽明害不了我，連我都能識破他的這種拙劣伎倆，又怎能瞞得過我家主公？」

霍勝男將最新得到的消息稟報給胡小天，其中就包括黃信誠前往東洛倉拜會常凡奇之事，她輕聲道：「據聽說黃信誠此番的主要目的，就是為了勸降。」

胡小天微微一笑。

霍勝男道：「你不擔心啊？」

胡小天反問道：「我為什麼要擔心？」

霍勝男道：「常凡奇畢竟是大雍降將，而且他和黃信誠的關係一向很好。」

胡小天道：「用人不疑，疑人不用，你也是大雍降將，我有沒有懷疑過你？」

霍勝男笑了起來，她真心欣賞胡小天的大氣，難怪這些將領對胡小天如此死心塌地，輕聲道：「還是你的胸襟夠廣闊。」

胡小天向她胸前瞄了一眼笑道：「你的也不小。」

霍勝男瞪了他一眼，這廝就是這個毛病，別人說正事時，他總會出其不意地跑偏。霍勝男小聲道：「你我不同，你是內在。」這句話分明承認自己的確不小。

胡小天望著越來越有情趣的霍大將軍心中不由得一熱，目光也變得灼熱起來。

霍勝男笑道：「真是受不了你的這雙眼睛，越來越賊，越來越色。」她低聲道：「有件事我始終都沒有問你，唐姑娘的傷你幫忙了沒有？」問得非常巧妙，目的性卻非常明確。

胡小天呵呵笑道：「我可不敢貪功，全都是秦雨瞳的功勞。」說這番話的時候不禁有些心虛，秦雨瞳的確有功，可真正起到關鍵作用的是自己，自己才是唐輕璇的那付良藥。

霍勝男微微一笑，看似漫不經心道：「唐輕璇最近武功好像提升了不少。」女人的心思畢竟細膩，從蛛絲馬跡中已經發現一些異乎尋常的事情。

胡小天終於意識到紙包不住火，而且霍勝男是最早陪自己修煉射日真經的那個，很難瞞得過她的眼睛，不過這事兒既然沒有被抓到現形，就不能輕易承認。

就在這時，龍曦月和唐輕璇一起回來了，霍勝男跟兩人打了聲招呼，出門安排事情去了。

唐輕璇見到胡小天，俏臉不由自主紅了起來，她本來做好了裝出一切都未發生的打算，可面對胡小天仍然顯得不自然。

胡小天要比她坦蕩得多，確切地說應該是心理素質更好，臉皮更厚，笑瞇瞇道：「唐姑娘身體恢復得很快啊！秦雨瞳的醫術果然高超。」其實他心知肚明，這跟秦雨瞳的醫術沒關係，全都仰仗著射日真經，這門功夫雖然上不得檯面，可威力卻是不小，拋開這次救了唐輕璇性命的事情不說，如果沒有射日真經，自己因虛空大法而吸入的內力得不到宣洩，或許早已經脈爆裂而死。

唐輕璇道：「我今次前來是向主公道別的，我爹過來接我回去休養了，這次多虧公子相救……」

龍曦月道：「妹子又何須客氣，他幫你也是應該的，不就是吸了他幾口血，補補就回來了。」

唐輕璇俏臉越發紅了，心中暗忖，可不是吸血那麼簡單，那件事發生之後，她總覺得愧對龍曦月，她自問做不到胡小天這樣，彷彿什麼事情都沒有發生過一樣，還是儘早返回馬場為好。

胡小天道：「曦月說得對，都是自己人又何必客氣呢。」

唐輕璇道：「我不耽誤你們了，我爹就在外面等著。」

胡小天點了點頭道：「我送送你。」

唐輕璇搖了搖頭道：「不用，真不用，你和公主說話。」她匆匆逃離。

龍曦月再想叫她，她已經出門了，不無嗔怪地看了胡小天一眼道：「都是你把人家給嚇著了。」

胡小天哭笑不得道：「我什麼都沒說啊！」心中暗歎，就唐輕璇這表現，恐怕誰都能看出不對頭了。還好龍曦月並沒有刨根問底，她挽著胡小天的手臂道：「我師父找你。」

喬方正自從來到東梁郡之後，一直深居簡出，雖然也和薛振海等人見過面，可是他並沒有公開露面，只是在背後操縱對丐幫江北分舵的重整，他的到來為龍曦月分擔了不少的壓力。

還沒有走入喬方正所住的小院，就聽到陣陣犬吠之聲。胡小天已經猜到是喬方正的那條導盲犬，那條導盲犬還是夏長明剛剛給喬方正送過來的，目前喬方正也是在熟悉之中，正在和這條導盲犬建立感情。

夏長明也在這裡，正教喬方正和導盲犬的溝通辦法，這次喬方正並沒有表現出當初在火樹城的抗拒。看到胡小天和龍曦月過來，夏長明笑了笑，拍了拍那條黑犬，黑犬停止了吠叫，乖乖趴在了地上。

喬方正道：「長明，你帶小黑出去溜溜。」小黑指的就是這條狗，老叫花子也想不起什麼超凡脫俗的雅致名字，聽說是條黑狗，直接就起了個小黑的名字。

夏長明知道他是要支開自己，當下向胡小天使個眼色，牽著狗離開了院子。

喬方正拄著打狗棒站起身來，恭敬道：「老夫不能視物，失禮之處還望幫主不要見怪。」他對龍曦月要比胡小天客氣得多。

龍曦月道：「師父千萬別這樣說，我應當給您見禮才對。」

胡小天道：「前輩找我過來有什麼要緊事？」

喬方正道：「聽說要打仗了？」

胡小天笑道：「跟咱們無關，是鄖陽那邊可能會打仗。」

喬方正道：「丐幫在每座城池之中都有勢力分佈，或許上陣殺敵不如你的那些士兵訓練有素，可是若是論到刺探軍情，暗殺策應，卻有著相當大的優勢，公子若是有需要，只管開口，丐幫必然會不遺餘力全力以赴。」

胡小天微笑道：「多謝前輩厚意。」喬方正既然敢這麼說，就證明他已經基本肅清了丐幫江北分舵內部，重新控制住了局面。

喬方正道：「你不必謝我，為了幫主，丐幫必與公子共同進退，同氣連枝。」

胡小天看了龍曦月一眼，龍曦月溫柔一笑，抓住他的大手，龍曦月小聲道：

「幫中的事務，我也不懂什麼，如果不是師父過來幫我，我只怕根本無法處理這麼多的事情。」

喬方正道：「秦陽明死後，丐幫江北分舵舵主至今懸空，須得儘快選出一個新的舵主才行。」

胡小天道：「您老不就是合適的人選嗎？」

喬方正搖了搖頭道：「我可不成，我在丐幫根本不能公開露面，再說我連眼睛都沒有了，哪還能管得了那麼多的事情？」

龍曦月道：「薛振海薛長老呢？」

喬方正道：「他也不成，他是丐幫執法長老，而且他並非出身於丐幫江北分舵，若是讓他出來，一來於幫規不合，二來江北分舵的人也未必心服。」

龍曦月道：「師父，我雖然是丐幫幫主，可是您應該清楚我也就是個掛名，我對丐幫的內部結構並不瞭解，究竟什麼人才適合出任這個分舵主我根本不清楚，還是您老決定吧。」

胡小天微微一笑道：「前輩看來心中早已有了合適的人選，不妨說來聽聽。」

喬方正道：「你小子果然精明透頂，當真是什麼事情都瞞不過你，這丐幫江北分舵之中有一個四袋弟子，他叫安翟，此人無論武功還是智慧在丐幫年青一代中都可以稱得上出類拔萃。」

胡小天道：「好啊，既然前輩推薦的人選應該沒錯，就讓他擔任丐幫江北分舵舵主。」

喬方正道：「可他只是一個四袋弟子，通常擔任如此重要位置的人至少要七袋弟子，我擔心直接任命恐怕會有許多人不服。」

胡小天心中暗忖，江北分舵如今剛剛經過盤整，喬方正在背後主持，薛振海出面嚴懲了一大批幫內叛逆，現在應該無人再敢出來說三道四，喬方正這番話應該都是說給他們兩人聽的，這安翟跟喬方正究竟是什麼關係？他為何會如此推崇？胡小天道：「選賢任能又不是看誰年齡大，誰資歷深，我相信前輩的眼光。」

無意中的一句話卻觸及了喬方正的避諱，喬方正冷冷道：「老夫連眼睛都沒有，哪還有什麼眼光。」

龍曦月不無嗔怪地看了胡小天一眼，顯然責怪他口不擇言。

胡小天笑道：「前輩勿怪，我可沒有那個意思，有句話我斗膽一問，安翟和前輩是什麼關係？」

喬方正道：「他是我另一個徒弟！」

胡小天心想果然如此，老叫花子倒是舉賢不避親，其實這也正常，無緣無故地誰也不會保薦一個毫無瓜葛之人。

喬方正道：「他雖然是我的徒弟，可當初我卻誤會過他，一直都不知他的下落，也是這次過來，方才知道他委身於江北分舵，至今還只是一個四袋弟子，以他的能力，早就應當成為七袋弟子了。」

胡小天道：「這個安翟的武功比之上官雲冲如何？」其實胡小天也知道自己是多此一問，上官雲冲乃是丐幫百年來難得一遇的天才，又得到了三位傳功長老的內力，這樣的際遇不是每個人都有。

喬方正將手中的打狗棒向地上重重頓了一下，神情黯然道：「如果不是當初老夫耽擱了他，以他的天賦未必會在上官雲冲之下。」

胡小天聽喬方正對安翟如此推崇，心中也不禁對此人產生了興趣。目前的丐幫的確需要扶植一些強有力的助手，龍曦月雖然已經成為丐幫幫主，在明面上條件符合，丐幫弟子也認同了這個事實，可是在背地裡仍然有不少人對龍曦月並不心服，更何況暗地裡還有以上官天火父子為首的反對勢力在策劃顛覆。

喬方正無法在丐幫公開露面，薛振海、趙申雄、穆樹生這樣的老人在丐幫內地位尊崇，而且大都老邁，很少過問幫內具體事務，所以丐幫急於發展朱八、孟廣雄、謝天穹這樣的中堅力量。也只有迅速清除異己，發展自身力量，才能有效將丐幫這個大幫派牢牢控制在自己的手中。

只是像安翟這些人普遍都面臨著一個共同的問題，太過年輕，並沒有顯赫的功績來證明自身的能力，就算馬上委以重任，也很難讓丐幫心服。

胡小天一方積極盤整，調兵遣將的同時，鄖陽的增援部隊也在源源不斷地到來，這其中天機局洪北漠的親自前來讓蘇宇馳欣慰不已。

洪北漠的到來充分彰顯出朝廷對鄖陽的重視，不過洪北漠此行極其低調，除了蘇宇馳之外，並未向他人透露半點的消息。

蘇宇馳在自己的府邸密會了這位大康最有權勢，最為神秘的重臣之一，洪北漠一身便服，看起來就像個普普通通的教書先生，這次若非七七要求，他是不會親自前來鄖陽的。

蘇宇馳抱拳鞠躬道：「學生見過先生！」

蘇宇馳雖然並非洪北漠的親傳弟子，可是洪北漠曾經幫助他訓練過重甲騎兵，也在戰陣上對他進行過指導，所以兩人也算有過師生之誼。

洪北漠微笑道：「蘇大將軍客氣了，我今次乃是奉了公主殿下的命令前來增援。」

蘇宇馳道：「有洪先生到來，宇馳終於可以放心了。」

洪北漠呵呵笑了一聲道：「老夫又不懂得行軍打仗，這方面原本就是你的強項，我這次來，也沒想過要待太久的時間，只是給你送來一些守城的利器。」他的這番話明白地告訴蘇宇馳，自己過來並非是為了要取代他的領軍地位，也沒有監軍的任務，很快就會離開。

天機局素以製造各種精巧的機關著稱，蘇宇馳此前就見識過不少威力巨大的武器，他也知道洪北漠此次前來又帶來了一些最新製造的東西。

洪北漠道：「咱們去校場看看。」

校場之上已經有兩樣東西擺在那裡，一件東西應該是弩箭，只不過比起尋常弩箭要大上數十倍，洪北漠指了指那台弩機道：「這叫震天弩。」

四名手下將弩機打開，取出其中的弩箭，弩箭卻是一個大腿粗細的鐵筒，一經催發，這鐵筒就會被射向空中，飛行到最高點方才解體，裡面隱藏的毒液，就會噴射而出，向下方輻射，但凡波及範圍內，沾染到毒液的敵人，必然肌膚潰爛，痛不欲生。

蘇宇馳聽洪北漠講解之後，心中暗暗稱奇，過去雖然見過利用弩機迎敵，不過弩機射出的無非是弩箭，這台弩機射出的卻是毒液，一旦催發，豈不是等於天空下起了毒雨，殺傷力可想而知。

洪北漠帶來的另外一樣武器乃是一輛有如烏龜的戰車，從外表來看，這戰車無非是全都用鐵鑄成，和尋常兩個輪子的馬車不同，這輛車共有四個輪子。

洪北漠指著這台龜殼一樣的戰車道：「這叫龜甲戰車，每台戰車配備十名戰士，進攻之時，可以利用鐵甲戰馬牽拉，迅速抵達敵陣，戰士藏身於戰車之中，利用戰車的厚重外甲可以抵禦對方攻擊。」

他揮了揮手，戰車發出鏘琅琅不停的聲音，從戰車的周圍孔洞之中伸出十根鋒利長刀。

此時六匹鐵甲戰馬拖著另外一輛龜甲戰車健步行來，原本停在那裡的龜甲戰車居然自動行進起來。蘇宇馳眨了眨雙目，幾乎不能相信自己的眼睛，這台龜甲戰車根本沒有外力牽拉，如何能夠自動行進？

洪北漠道：「龜甲戰車內部有機關，通過人力轉動，戰車可以實現緩慢行進，也就是說，即便是戰馬被敵人所傷，戰車仍然擁有移動的能力。這些龜甲戰車，不但可以單獨作戰，而且可以彼此聯合。」

兩輛戰車來到一處，通過首位的機關鎖聯繫在一起。

洪北漠道：「這次我一共給你帶來了一百輛龜甲戰車，二百台震天弩，三千名負責操作這些殺器的武士，我相信即便是西川、興州聯手也不可能是你的對手，就算加上一個胡小天也奈何你不得。」

蘇宇馳瞭解這兩件殺器的威力之後當真是驚喜非常，洪北漠此次前來帶給他的驚喜遠不止於此，還有不少的糧草和其他武器。

洪北漠道：「我會讓傅羽弘留下幫你。」傅羽弘是天機局翼組的統領，也是洪北漠的親信之一。

蘇宇馳連連稱謝：「多謝洪先生厚意，有先生相助，宇馳有信心打贏這一仗守住鄖陽。」

袁青山將最新收集到的軍情通報給了蘇宇馳，蘇宇馳聽完眉頭緊鎖，他一言不發地走到地形圖前方，靜靜默立了一會兒，方才道：「西川集結了十萬大軍？」

袁青山重重點了點頭道：「確認無誤，西川此番主將李琰，乃是李天衡之堂弟，先鋒燕虎成，一共統軍十萬，目前已抵達鄖陽西南八十里安營紮寨。」

蘇宇馳道：「李琰這個人沒什麼多大的本事，過去雖然打過幾次勝仗，可都是以多勝少，並未表現出過人之處，那個燕虎成我倒是聽說過。」

袁青山道：「燕虎成乃是西川張子謙的義子，此人從小跟在張子謙的身邊長大，張子謙悉心栽培，據說已經得到了張子謙的真傳。」

蘇宇馳歎了口氣道：「西川真正當得起大才的也只有張子謙一個人罷了，張子謙如今都死了，李天衡等於缺少了一條臂膀，李天衡當真以為我們這麼好欺負嗎？選擇鄖陽作為突破口，這次必然要讓他有來無回。」停頓了一下又道：「興州方面有什麼消息？」

袁青山道：「興州厲兵秣馬，也準備出兵，近日有不少運糧船源源不斷地從懸雍河進入興州，根據我們的情報，胡小天一方並未有船隻通過庸江，也就是說……」

蘇宇馳道：「他們的糧草來自於大雍！」

袁青山點了點頭。

蘇宇馳冷哼一聲道：「螳螂捕蟬黃雀在後，誰都想撿這個便宜，大雍故意放出風聲，說要和我們聯手對付胡小天，可背地裡卻有他們自己的盤算。」

袁青山道：「大雍方面一直反覆無常，這些年來沒少做背信棄義的事情。」

蘇宇馳道：「沒想到他們居然會支持興州，郭光弼這隻喪家之犬可不講究什麼信義，難道他們不擔心郭光弼會反咬一口？」

袁青山道：「從目前的情況來看，我以為郭光弼或許已經投靠了大雍。」

蘇宇馳點了點頭，緩緩走了兩步：「胡小天拒絕了他，西川方面雖然跟他聯手，可是我們封鎖了他們之間的通路，西川的糧草根本運不到興州，餓著肚子如何打仗？郭光弼唯有投靠大雍這一條路可選。我看他們應該是以鄖陽作為條件，也只有如此，才能獲取大雍對他們的支持。」

袁青山怒道：「這郭光弼當真小人，居然可以背叛家國。」

蘇宇馳淡淡笑道：「從他謀反開始，就已經不把大康當成是自己的家國了，以此人的脾性，投靠大雍也只不過是權宜之計，只是想騙得一些糧草罷了。」

袁青山聞言一怔：「將軍的意思是，郭光弼或許不會對咱們發動進攻？」

蘇宇馳搖了搖頭：「他沒有選擇的餘地。」

袁青山道：「聽說胡小天最近增兵東洛倉，而且還傳出不少他要攻打邵遠城的消息，不知是真是假？」

蘇宇馳呵呵笑道：「必然是假像，他現在根本不可能向大雍發起進攻，只是要製造風聲給大雍壓力罷了，胡小天這個人頭腦非常的清醒。輕易不打無把握之仗，更何況他最想得到的是鄖陽。」

胡小天和夏長明兩人分別騎乘飛梟和雪雕，翱翔於鄖陽城的上方，下方方圓百里的狀況一覽無遺，這樣的角度可以清晰看到幾方調兵遣將的情形。

西川方面一共集結了十萬大軍，此番氣勢洶洶而來，大有一舉拿下鄖陽之勢，而興州方面也有五萬兵馬，雙方聯軍計十五萬之多，分別從西南和正北向鄖陽推進，鄖陽方面兵馬六萬人，除了老舊的城牆，鄖陽並無地利可守，這場戰爭人數懸殊，至少在目前看來，蘇宇馳一方完全處在被動的局面下。

雪雕發出一聲長鳴，在夏長明的操縱下飛到飛梟的身側，夏長明道：「主公，看來三天內就會列陣完畢。」

胡小天點了點頭，大戰一觸即發，無論結果如何，這場戰爭都將是這幾年來中原規模最大的一場，已經可以預見幾日以後血流成河屍橫遍野的慘烈場面。

這場戰爭並不是胡小天所希望見到的，雖然他很想得到鄖陽，可是他並不想通過戰爭的方式。離開東梁郡的這段時間，七七利用其非凡的政治手腕讓蘇宇馳對大康朝廷重新燃起信心，而郥陽也成為了真正意義上的一顆釘子，一顆楔在胡小天背後的釘子，讓他坐臥不寧。

胡小天歎了一口氣，心中暗忖，當初若是自己早一步勸服蘇宇馳，或許就可以避免一場戰爭，現在說什麼都晚了，這場大戰在所難免，周圍的百姓剛剛才贏得了一個豐收的季節，還沒有來得及慶祝這份快樂，享受片刻的安寧，轉眼之間又要陷入戰火之中。

胡小天留意到一支逶迤行進的隊伍正在渡過望春江，朝著正東方向進發，那是離開郥陽前往避難的百姓。

夏長明道：「主公，最近郥陽有不少難民逃往咱們那裡。」

胡小天點了點頭道：「我已經讓倉木縣熊安民在西側劃出一片區域進行這些難民的安置。」

夏長明不無憂慮道：「這種狀況會變得不可收拾？」

胡小天搖了搖頭道：「不會！」今非昔比，隨著他領地的增加，連年的豐收和海上貿易的繁榮，他的實力也在不斷增加，單單是郥陽的難民並不至於將他的經濟拖垮，其實胡小天完全可以封閉邊境，留出一條通道讓郥陽的百姓逃往大康。可是胡小天越來越認識到民心所向的重要性，寧願犧牲一些經濟利益換來百姓的擁戴。任何一場戰爭不僅僅限於表面上的攻城奪寨，在看不到的背後，更是民心向背的爭奪，很多優秀的戰將，可以百戰百勝，可他們卻永遠無法成為一個優秀的領袖，其根本原因就是沒有看到這一重點。

百姓的要求並不算高，吃飽穿暖，安居樂業足矣，以鄖陽為例，之所以百姓會選擇背井離鄉無非是因為他們不想被這場戰火波及，而他們選擇前往自己的領地正是因為他們認為自己有能力給他們庇護，可以幫他們重新安定下來，胡小天並不擔心這種方式而導致的人口爆發性增長，有增長才有擴張。

返回東梁郡，胡小天第一時間前往諸葛觀棋那裡，諸葛觀棋陪著妻子剛剛散步回來，洪凌雪微微一笑算是跟胡小天打了個招呼，悄然走入房內。

胡小天將自己今日之所見簡單說了一遍，諸葛觀棋道：「看來蘇宇馳已經完全做好了決戰的準備。」

胡小天道：「算上大康新近增援的兵馬，蘇宇馳的手中不過擁有區區六萬人馬，西川和興州此次共計出動了十五萬之多，雙方實力懸殊，不知蘇宇馳究竟有何底氣打這一仗？」

諸葛觀棋道：「這也正是我百思而不得其解的地方，鄖陽城牆老舊，雖然經過加固修葺，可是城牆仍然稱不上高大，護城河也算不上寬闊，這場守城之戰並不樂觀，本來我以為大康方面會迅速增援，可根據目前得到的消息，也沒有大軍增援的跡象。」

胡小天道：「根據鄖陽城內的消息，新近大康倒是有一批增援物資抵達，具體是什麼東西還不清楚，不過有一點能夠斷定，應該是武器。」

諸葛觀棋道：「或許關鍵就在這裡。」

西川李琰揮軍十萬已經緩慢推進到鄖陽城外，於二十里外紮營，根據他們最新得到的消息，興州方面由郭光弼為主帥，謝堅為軍師，共計五萬兵馬也已經抵達了鄖陽城北二十里，隨時準備配合他們發動攻擊，看來興州方面還算信守承諾。

西川主帥李琰坐鎮中軍大帳，在剛剛開完了一場戰前動員會議之後，他將燕虎成單獨留了下來，李琰這個人雖然沒打過多少敗仗，可他也沒打過什麼重大的戰役，因為此前楊道遠和張子謙先後遇刺，讓西川內部產生了一些恐慌情緒，只有李琰主動請纓前來，所以李天衡就用他為帥。

燕虎成這次被派來擔任先鋒官，也有戴罪立功的成分在內。

李琰道：「虎成，你對咱們的作戰計畫有何想法？」他之所以這樣問，是因為燕虎成在會議上根本沒有發表什麼實質性的意見。自從張子謙去世之後，燕虎成就變得謹慎了不少。

燕虎成道：「大帥，末將仔細研究過蘇宇馳過往戰績，此人勝少負多，善用奇兵。」

李琰不屑笑道：「他智勇雙全不假，可是在絕對的實力面前，任何戰術都起不到作用。」

燕虎成對李琰這個人還是非常瞭解的，知道他向來自我感覺良好，一直以常勝將軍自居，此人的確過去沒什麼敗績，可那是因為他打的都是不重要的小戰役，並沒有禁受過真正的戰火考驗，聽到李琰這麼說，他心中暗叫不妙，婉轉提醒李琰道：「大帥千萬不可輕視此人，鄖陽城內也有近六萬駐軍，若是強攻，咱們也討不到什麼好處。」

李琰道：「鄖陽的情況我非常清楚，他們的城牆根本抵擋不住我們的衝擊。」

燕虎成道：「攻城乃是最後一步，不到迫不得已最好不要採用。」

李琰道：「我也不想攻城，可是那蘇宇馳必然不肯正面迎戰，他們只有六萬人，又怎敢和咱們正面交鋒？」

燕虎成真是有些哭笑不得，剛剛才來到鄖陽，你李琰因何斷定蘇宇馳不敢正面迎戰？他剛才的話並未說完就被李琰打斷，繼續剛才的話道：「大帥，蘇宇馳很少採用守城戰，我研究過他這些年以少勝多的戰役，也沒有一味死守……」

李琰呵呵笑了起來：「知己知彼，百戰不殆，虎成你的確是個用心的將領，可是也不要一味長他人志氣滅自己威風，你不妨設身處地的想想，假如你是蘇宇馳，你會不會冒險出城迎擊？在兵力懸殊的情況下，守城戰才是最為穩妥的選擇，不止是你一個人打過仗，更不是只有你一個人懂得兵法，我可斷定，蘇宇馳這次必然龜縮在城內不出，這場攻城戰已經難以避免，既然如此，我們還需早作準備，明日即可組織攻城。興州方面已經和我們約定，會配合我們同時攻城，我們必須要速戰速決，力求一舉將鄖陽城攻破，以免夜長夢多。」

燕虎成道：「大帥對興州郭光弼不可抱有太大期望，他們雖然有五萬多人，可未必肯真心出力。」

李琰道：「郭光弼現在已經無可選擇了，除了配合我們攻下鄖陽，他們才能從我們手中換取糧食，不愁他們不出力。」

燕虎成道：「大帥，這場仗看似容易，其實並不好打，興州郭光弼跟我們絕不可能是一條心，對他們不可過度倚重。」

李琰傲然道：「就算沒有他們幫忙，我們十萬兵馬還拿不下區區一座鄖陽城？」

燕虎成看到李琰說話如此信心滿滿，知道自己再說也是沒用，心中暗自歎息，西川這些年過於安逸，李天衡固步自封，做事優柔寡斷，雖然兵力連年增加，這些將士卻少有上陣殺敵的機會，其真實的戰鬥力並不樂觀。

燕虎成並不認為強攻鄖陽乃是一個高妙的計策，此次出征之前，他也曾經試圖向李天衡提出建議，可是李天衡根本不給他見面的機會，現在並不是打仗的最好時機，興州郭光弼已經撐不下去了，就算沒有他們進攻鄖陽的事情，郭光弼也會孤注一擲攻打鄖陽，西川是為了打通貿易通道，而郭光弼卻是為了搶糧保命。西川不應該成為攻打鄖陽的主力軍，應該等興州方面率先發動。

蘇宇馳站在西門箭樓之上，遠遠眺望著天邊星星點點的篝火，那裡就是西川大營之所在。來勢洶洶，李天衡此次居然集結了十萬大軍，看來是憋住了勁兒想要拿下鄖陽。

袁青山道：「大將軍，看來他們明日就要展開攻城戰了。」

蘇宇馳唇角泛起一絲淡淡的笑意：「攻城？為何非要等到明天呢？」

袁青山道：「應該是雙方已經約定好，要同時進攻我們的西門和北門。」

蘇宇馳道：「興州不足為慮，郭光弼的性情我瞭解，此人不會輕易冒險的，今次前來應該是出工不出力。」

袁青山道：「西川十萬兵馬可不好對付。」

蘇宇馳道：「今晚咱們就突擊他們的大營。」

袁青山道：「他們應該有所準備！」

蘇宇馳呵呵笑道：「一鼓作氣，再而衰，三而竭！他們想睡好覺，可沒那麼容易！」他轉向袁青山道：「咱們的兄弟這兩日都休息好了嗎？」

袁青山重重點了點頭道：「隨時都可作戰！」

第八章

挑燈夜戰

蘇宇馳靜靜站在西箭樓之上，宛如一尊青銅雕塑，
不斷增強的寒風扯起他已經洗得褪色的紅褐色斗篷，
讓他看起來就像是一面飄揚的旗，飄揚在鄖陽城上的大旗。

「報！啟稟大帥，敵方一支隊伍正在向我方大營靠近！」

這已經是今晚第三次稟報，李琰聽到這一消息氣得臉色鐵青，一邊打著哈欠一邊大步走出營帳，其實不用手下人稟報，他也聽到了遠方震徹夜空的擂鼓聲和號角聲，蘇宇馳一方真正的用意是在干擾他們的休息，根本不是要襲營，否則又怎會大張旗鼓地鬧出動靜，一旦己方有所動作，馬上就退回郥陽城。

西川大軍剛來到郥陽城外，本想讓將士們蓄精養銳，好好睡上一覺，明日上午發動攻擊，可現在看來對方根本不給他們休整的機會，整個夜晚滋擾就未曾停歇。

副將梁金成快步來到李琰面前，躬身抱拳道：「大帥不必擔心，郥陽那邊出動的隊伍最多也就是兩千人，我們先鋒營稍有動作，他們馬上就退回城內，他們的目的不是襲擊我方大營，根本就是想利用鼓聲和號角聲來干擾我方休息。」

李琰忍不住罵了一句：「卑鄙無恥，只會用這種宵小手段，這蘇宇馳也是欺世盜名，敢不敢堂堂正正地跟我一戰。」

梁金成正想說話，卻聽到夜空中響起了一片鳥鳴之聲，眾人都被空中的鳥鳴聲吸引了注意力，同時舉目望去，因為夜色的緣故他們看不太清楚，只能看到天空中一大片陰雲正向大營上方移動。

李琰指了指空中道：「那是什麼？」

身邊一員將領道：「好像是鳥群……」他的話音未落，卻見空中鳥群形成的烏雲直墜而下，向他們的頭頂壓了下來。

燕虎成已經不是第一次見到這種驅馭鳥群發起的攻擊，此前他們在紅谷縣糧草被焚，就是因為有人驅馭鳥群將糧草營點燃，當他聽到空中鳥鳴之聲，已經料到發生了什麼。

燕虎成朗聲道：「熄滅營地篝火，弓箭手準備，射！」

一排排羽箭密集如雨向空中射去，飛撲而下的鳥群中無數鳥兒中箭，哀鳴聲此起彼伏。

可並非所有行營都有燕虎成的經驗和果斷，部分行營因為沒有及時將篝火熄滅，鳥兒撲向篝火，點燃自身，然後撲向行營，已經有不少的行營燃燒了起來。

營地內開始騷亂了起來，有人忙著射殺飛鳥，有人忙著救火，還有一些士兵身上被火點燃，慘叫著在地上打滾。

飛鳥的數量並不算太多，西川方面很快就控制住了局勢，燃燒的營帳也已經被撲滅，火勢並沒有擴大，弓箭手射殺著殘存的飛鳥。李琰這位主帥也加入了戰鬥之中，揚起手中佩劍狠狠將撲向自己的一隻烏鴉劈成兩段，惡狠狠道：「雕蟲小技，豈能登上大雅之堂。」

遠方的號角聲又開始向他們接近。

梁金成小心翼翼向李琰道：「大帥，他們又來滋擾了？」

李琰怒道：「知道是滋擾還管他們做什麼？穩守陣營，等到天亮，集結隊伍，一舉攻破鄖陽城，不必理會他們這些下三濫的動作。」

此時先鋒營燕虎成也前來求見，看到李琰的臉色已經知道他的心情不好，可燕虎成仍然硬著頭皮道：「大帥，我看今晚的事情必有蹊蹺。」

李琰沒好氣道：「還用你說？」

燕虎成當著眾人的面被他呵斥，臉上的表情難免尷尬，他忍氣吞聲道：「蘇宇馳讓人滋擾我們的目的就是干擾我們休息，想讓我方將士疲憊，其背後必然蘊藏大招，依末將之見，我們不該急於進攻鄖陽城，先將大部隊後撤，留下部分隊伍和他們周旋，探明蘇宇馳的計畫，再發動全面進攻。」

李琰心中極其不屑，瞥了燕虎成一眼道：「戰事還未打響，就先行撤退，豈不是傷了士氣？此乃用兵之大忌，燕虎成，你有沒有讀過兵書？」

燕虎成被他問得滿臉通紅。

李琰朗聲道：「蘇宇馳根本沒有什麼戰勝我們的可能，他之所以採用這些見不得光的手段干擾我軍休息，正是因為他心中害怕，明日辰時，我們集結十萬大軍攻城，興州方面五萬大軍從其背後，攻其北門，一舉將鄖陽攻破！兵貴神速，我們在這裡耽擱的時間越久，受到敵人的干擾也就越多，趁著兄弟們氣勢如虹，我們儘快將鄖陽拿下，兄弟們有沒有信心？」

「有！」眾人齊聲答道。

燕虎成心中暗歎，這李琰自視甚高，以為擁有了數倍於對方的兵力就擁有了碾壓對方的實力，可是在很多時候，決定勝負的並非是兵力人數，經過這一夜干擾，己方將士都已被折騰得不輕，絕非最佳狀態，在這樣的狀況下，應當以退為進，先調整軍隊的狀態，派出一部分軍隊來試探鄖陽的真正實力才對，等到蘇宇馳把花招出完，方才是出手對付他的絕佳時機，李琰卻說什麼兵貴神速，想要直接率領十萬大軍碾壓對方，一舉攻破鄖陽城，明顯有些操之過急。

蘇宇馳靜靜站在西箭樓之上，宛如一尊青銅雕塑，不斷增強的寒風扯起他已洗得褪色的紅褐色斗篷，讓他看起來就像是一面飄揚的旗，飄揚在鄖陽城上的大旗。副將徐光弟完成了滋擾任務率領兩千軍安然返回，徐光弟來到蘇宇馳身邊稟報最新的狀況。

蘇宇馳聽完微笑道：「他們今晚必然睡不好了。」

此時袁青山也快步來到面前，抱拳道：「啟稟大將軍，對方的行營並無任何動向。」

蘇宇馳點了點頭道：「既然不肯走，那就是憋足勁兒想要進攻咱們？這李琰果然不識進退。」

兩名年輕將領都望著蘇宇馳，徐光弟道：「大將軍，李琰明日一定會攻城嗎？」

蘇宇馳道：「必然攻城，李琰這個人相當自負，號稱什麼常勝將軍，可沒打過什麼大仗，自然沒吃過什麼敗仗，一個沒打過敗仗的人又怎堪大用？」他轉向袁青山道：「興州方面有什麼動靜？」

袁青山道：「興州方面毫無動靜，甚至連篝火都熄滅了。」

蘇宇馳點了點頭道：「郭光弼這個人還算是有些本事的，能夠盤踞興州那麼多年絕非偶然，暫時不必管他，如果我沒猜錯，明日一早，西川方面就會過來攻城，我們依照計畫行事，只要重挫西川方面的銳氣，興州方面自然知難而退。」他停頓了一下，聲音低沉道：「再過半個時辰，我等就出城迎戰。」

干擾仍在繼續，李琰已經忍無可忍，天不亮就開始集結大軍，以燕虎成的先鋒營頂在最前方，十萬大軍浩浩蕩蕩向鄖陽城推進。

黎明到來的時候李琰的大軍已經推進到距離鄖陽不到五里處，他們已經可以看到對方的大軍列陣於鄖陽城外，旌旗招展，盔甲鮮明，刀槍劍戟的鋒芒在朝陽的映射下閃爍著金光。

李琰並沒有料到蘇宇馳會排出迎戰的陣勢，換成是自己絕不會那麼幹，敵強我弱，雙方兵力對比懸殊，在這樣的狀況下選擇出城迎戰絕對是愚蠢的，李琰唇角現出一絲獰笑，他似乎看到大軍摧枯拉朽般碾壓對方軍隊的情景，副將梁金成來到他的身邊稟報最新軍情：「啟稟大帥，蘇宇馳親自率領兩萬人於城外列陣，看來是準備和咱們正面決戰！」

李琰呵呵笑道：「簡直是自不量力！傳令下去，穩住陣型，就地休息，只等辰時到來，和興州方面同時發動進攻。」他向梁金成道：「你去告訴燕虎成，讓他率領先鋒營隨時準備打響第一戰！」

蘇宇馳靜靜望著敵營，大戰到來之際他反倒變得異常平靜，只有身經百戰的老將才擁有這樣沉穩的心態和堅如磐石的意志，他做了個手勢，身邊傳令官揮動小旗，城樓之上，有傳令官做出回應。二百台震天弩已經於城牆之上佈置完畢，敵軍雖然已經進入射程，可只是一部分，必須要等到對方全軍壓境的時候啟動，方才能夠達到最大的殺傷效果。

蘇宇馳向徐光弟道：「光弟，你前去挑戰！不必戀戰！務必保證自身安全！」

「是！」

聽聞蘇宇馳一方居然派人前來叫陣，李琰反倒放下心來，看來對方也沒什麼高妙的手段。正面交鋒又有什麼好怕，他傳令下去，讓燕虎成出列迎戰。

伴隨著雄渾有力的擂鼓聲，西川大軍之中衝出一員猛將，黑盔黑甲，胯下一匹烏騅馬，單手握著一柄鑌鐵蛇矛，兒臂般粗細，通體漆黑如墨，矛頭長纓並非常見的紅色，而是蒼白如雪，此人正是燕虎成。

身為西川先鋒，率先掠陣他自然當仁不讓。

徐光弟手持雁翎刀正在場中叫陣，但見燕虎成又如一縷黑煙般向自己飛撲而來，他也不甘示弱，催動胯下棗紅馬，揚起雁翎刀衝了上去。

雙方陣營擂鼓助威，彼此拚盡全力，都要在聲勢上壓倒對方。

兩員大將轉瞬之間已經拚到了一處，徐光弟掄起雁翎刀向燕虎成的頭顱斬去，他要一刀劈下對方先鋒的頭顱，重挫西川將士的銳氣，為鄖陽取得一個開門紅。

雁翎刀以迅雷不及掩耳之勢劈向燕虎成，燕虎成一帶韁繩，烏騅馬陡然放緩速度，燕虎成身軀後仰，雁翎刀擦著他的鼻尖掠過，雙馬錯蹬的剎那，手中鑌鐵蛇矛，猶如蛟龍出海，噗的一聲扎入徐光弟的左肋，刺穿他的甲冑，深深貫入他的胸膛，伴隨著燕虎成的一聲大喝，右臂用力，將徐光弟的身軀挑起在空中，徐光弟的坐騎發出一聲灰律律的哀鳴，掉頭就向己方陣營逃去。

燕虎成單手擎起長矛，高挑徐光弟的軀體，宛如天神降臨，大吼道：「誰敢來戰！」

燕虎成一招之下就格殺徐光弟，讓整個西川陣營為之一振，頃刻間士氣大振，眾將士齊聲歡呼。

蘇宇馳皺了皺眉頭，戰場之上生死相搏原本是最常見不過的事情，他也久聞燕虎成之威名，可是並沒有想到燕虎成的武力強大到這樣的地步，徐光弟在他的部下之中，武力可以排入前十，既便如此，卻仍然不是燕虎成手下一合之將，敗局早已料到，卻沒有料到敗得如此乾脆。

燕虎成傲立於沙場之上，大吼道：「誰敢來戰？」

一身銀盔銀甲的袁青山催馬來到蘇宇馳身邊，主動請命道：「大將軍，我去斬殺此人為徐將軍報仇。」

蘇宇馳沒有說話，沉聲道：「賈青，你去！」

被他點名的將領賈青心中不由得一沉，賈青論武力和剛才被燕虎成所殺的徐光弟不相上下，讓他去無異於送死，蘇宇馳何嘗不明白，若是論到武力，自己麾下的這些將領能夠和燕虎成抗衡者只能是袁青山，可是他卻並沒有讓袁青山馬上登場，這位主將心中究竟打的什麼主意？

包括袁青山在內的不少將領都有些不解地望著蘇宇馳，不明白蘇宇馳為何要做出這樣的安排，派出賈青等於讓他白白送死，也意味著要吃第二次敗仗，搞不好賈青也會像徐光弟一樣折在燕虎成的手裡？若是連折兩將，己方士氣必然嚴重受挫。

蘇宇馳的表情卻依舊沉穩，雙目靜靜關注著前方戰場。

賈青縱馬衝出陣列。

燕虎成看到對方陣營中又有一人出來迎戰，手臂一抖，將徐光弟的屍體拋在馬下，催動胯下烏騅馬，迎向對方，口中高喝道：「來者何人？我燕虎成矛下不殺無名之輩！」

賈青前進的過程中已經彎弓搭箭，瞄準燕虎成咻！咻！咻！接連射出三箭。面對一個強大於自己數倍的對手，必須要先下手為強。

燕虎成手中鑌鐵長矛來回撥打，將對方射來的羽箭盡數擊落。

賈青從衝出陣列開始就已經抱定必死之心，看到燕虎成如此神勇，心中已經明白，自己絕不可能是他的對手，可戰場之上決不可有絲毫退讓，三箭射完，摘下方天畫戟，暴吼一聲向燕虎成衝去。

袁青山望向蘇宇馳，正看到蘇宇馳的右手下意識地抓緊了馬韁，袁青山忽然明白，蘇宇馳派徐光弟第一個出場絕對不是偶然，在徐光弟被斬之後，他不派自己出戰，明知賈青必敗無疑卻仍然派出賈青，其中必有內情。他或許是用部分的犧牲來換取對方的麻痹，讓對方放鬆警惕，儘快展開全面攻擊。

方天畫戟和丈八蛇矛撞擊在一起，發出一聲巨響，賈青被震得雙臂發麻，虎口出血，手中方天畫戟再也拿捏不住，脫手飛向空中，此時想逃也已經來不及了，燕虎成手中鑌鐵蛇矛出招詭異莫辨，有若毒蛇吐信狠狠刺入賈青的咽喉，矛頭穿透賈青頸部，從他的頸後露出矛尖，寒光一閃，燕虎成已經將矛頭抽了出來，賈青咽喉鮮血狂噴，身體跌落在地上，一隻腳仍然掛在馬鞍上，他的坐騎也是落荒而逃，拖著賈青的屍體向正北方向一路狂奔。

燕虎成接連斬殺對方兩名將領，西川將士自然大受鼓舞，連李琰都激動地滿面紅光，這燕虎成他雖然不喜歡，可是對此人的武力卻不得不服氣，今次以此人為先鋒的確是選對人了。

擂鼓喧天，西川將士的助威聲一浪高過一浪，士氣也已經提升到了最高。

蘇宇馳緩緩轉向袁青山，他點了點頭道：「許敗不許勝，將他們引過來！」

「是！」袁青山催動胯下白龍馬，有若一道白色電光衝出陣營，蘇宇馳排兵佈陣的確費盡思量，如果一上來就誘敵深入，對方不會輕易上當，可是利用這樣的方法，接連折損兩名將領方才換來對方全面進攻，代價是不是太大？

蘇宇馳轉向一旁吳國興道：「青山應該和他不分伯仲，青山退離之時，就是他們展開全面攻擊之時，準備好了嗎？」

吳國興點了點頭，他似乎有所顧慮，低聲道：「若是袁將軍無法及時撤離？」

蘇宇馳瞇起雙目望著絕塵衝向沙場的袁青山，低聲道：「每人都有自己的緣分造化，若是回不來，也只能怪他自己學藝不精。」既然決定的事情，就不會因為任何人和事而改變，蘇宇馳能夠成為大康一代名將，就是跟他磐石無轉移的堅韌意志密切相關。

一黑一白兩員猛將以驚人的速度衝向對方，燕虎成手中鑌鐵蛇矛有若黑色蛟龍鬧海，袁青山掌中亮銀槍如同銀龍騰空。兩人戰在一處，正是棋逢對手將遇良才，因為彼此出招太快，遠方陣營根本看不清他們所出的招式，只聽到乒乒乓乓，兵器撞擊的聲音不絕於耳。

燕虎成此時方才意識到蘇宇馳手下的將領也有如此厲害的人物，剛才根本代表不了對方陣營的真正實力。兩人你來我往戰了二十多個回合，袁青山虛晃一槍，調轉馬頭就走，口中高叫道：「果然厲害！今日暫且饒你一命，改日再戰……」

燕虎成大吼道：「哪裡逃！」他卻並沒有急於追趕，通過剛才你來我往的交戰，沒有人比他更清楚袁青山的實力，對方根本沒有露出敗象，現在突然選擇逃走，其中必然有詐。

西川方面此時士氣已經提升到最高點，李琰看到袁青山敗走，燕虎成居然不追，不由得歎道：「機不可失，失不再來！」正所謂兵敗如山倒，對方連敗三場，士氣正處於最為低落的時候，此消彼長，反觀自己這邊卻正是氣勢如虹之時，如果不抓住這個時機打敗敵軍，一旦他們逃入鄖陽城內再行攻城，恐怕付出的代價要大上許多倍，他果斷號令三軍發動全面進攻。

陣陣擂鼓聲中，戰旗揮舞，十萬大軍宛如鋪天蓋地一般向對方掩殺而去！陣仗宛如黃河之水一瀉千里，喊殺聲有若天崩地裂，西川十萬大軍氣勢如虹，大有席捲千里之勢，在這樣的陣仗面前，少有人能夠繼續保持鎮定。

蘇宇馳卻是少數人中的一個，他沉聲道：「穩住！穩住！」

袁青山單槍匹馬全速奔回己方的陣營，身後西川大軍有如狂濤駭浪洶湧而至，在對方的隊伍進入有效射程之後，蘇宇馳揚起手中紅色三角令旗，果斷而有力地向前方一揮，令旗獵獵作響，又如風中怒放的火焰，鄖陽城牆之上，二百台早已準備停當的震天弩同時發射，只聽到連聲巨響，一個個鐵筒樣的奇怪物體被弩機射到高空之中，飛行到最高點，然後呈拋物線般落下當那一個個鐵筒墜落之時，鐵筒解體分裂，從中飛灑出腥臭的毒液，黑色的毒砂。

西川將士開始還不知道發生了什麼，有不少人抬起頭來向空中望去，毒液落在臉上頓時顯現出其驚人的腐蝕能力，沾染到肌膚馬上潰爛，即便是堅韌的鐵甲在毒液面前也開始迅速融化，現場哀嚎聲慘呼聲形成一片。

震天弩的攻擊一輪接著一輪，天公作美，此時剛巧又刮起了東風，將毒液和毒砂送得更遠，西川將士頓時陷入恐慌之中，無數將士因為沾染了毒液而受傷倒下，有人是護甲被腐蝕，慌忙脫下護甲，可有人是肌膚直接沾染到了毒液，他們的血肉以肉眼可見的速度潰爛著，現場到處瀰散著一股焦臭的皮肉味道，讓人作嘔，人仰馬翻，亂成一團。

蘇宇馳手中兩隻黃色三角旗向兩側一分，他們的方陣迅速向兩側移動，一千頭雄壯的公牛在士兵的驅策下來到了隊伍的前方，公牛的犄角上套著寒光閃閃的特製鋼刀，伴隨著蘇宇馳一聲令下，一千頭公牛的尾部被同時點燃，公牛負痛，慘叫著，紅著眼睛向對方大軍陣營衝去。

這是蘇宇馳的第二輪攻擊，震天弩的攻擊只是有效打擊了對方的先頭部隊，仍然未能阻止他們的全面進攻，而這一千頭公牛的猛烈攻勢已經讓西川將士膽戰心驚。

在瘋狂奔跑的公牛後方，五千人的先頭部隊在袁青山的統領下，護衛著一百兩龜甲戰車向對方陣營發起再一輪衝擊。

歷史上不乏使用火牛陣的先例，高明的馭獸師也可以在不損傷公牛的前提下控制牠們的意識，但是那樣的方法也有一個弊端，就是影響公牛的判斷和應變能力。疼痛和瀕死感最容易激起生物的潛力，一千頭公牛在尾部的灼痛刺激下忘記了恐懼，將仇恨全都鎖定在西川大軍的身上，牠們義無反顧地衝了上去，以強橫的身軀阻擋住對方的大軍，以犄角上鋒利的尖刀絞殺著對方的性命。

毒雨過後，又是一場瘋狂屠殺，西川大軍的推進已經完全停止，在隊伍的最前方，一場血腥搏殺就地展開，血肉橫飛，公牛的強悍戰鬥力讓對方望而生畏，一頭公牛狠狠撞向一名騎兵，將那騎兵的坐騎撞得癱倒在地，騎兵雖然一槍刺中了公牛的背脊，可是強大衝撞力引起的慣性，讓騎兵從公牛背上飛起，摔倒在地上，沒等他爬起來，憤怒的公牛已經用犄角上的鋼刀刺入他的胸腹，猛一甩頭，將他的屍體甩向遠方。

數頭公牛頂著鋼刀以摧枯拉朽之勢衝入敵營，不停將敵人挑翻在地。

西川的前方陣營已經徹底混亂，人群中一個聲音怒吼道：「穩住！全都給我穩住！」卻是燕虎成身先士卒衝殺在最前方，面對一頭瘋狂衝來的公牛，燕虎成毫不慌亂，催動胯下烏騅馬向前方迎去，即將撞在一起的時候左手輕輕一帶馬韁，烏騅馬向一旁偏出，躲過公牛的正面撞擊，擦身而過之時，燕虎成揚起鑌鐵蛇矛，狠狠向公牛肩胛空隙中刺去，矛頭深深刺入公牛體內，直達心臟，公牛發出一聲哀嚎，前蹄一軟噗通一聲撲倒在地上。

燕虎成拔出帶血的蛇矛，揚聲大叫道：「長矛手頂在前面，避其鋒芒，分開牠們，從側面進行進攻！」

燕虎成的聲音多少起到了一些作用，剛才被瘋牛衝亂陣營的士兵們開始重新集結，將公牛分隔開來，利用長矛、金戈等武器展開遠距離的進攻，公牛在衝殺一陣之後，牠們的體力也開始逐漸下降，殺傷力明顯減弱不少。

前方殺聲陣陣，袁青山率領五千人護衛龜甲戰車已經殺到近前。

燕虎成從未見過這樣的戰車，一輛輛龜甲戰車衝入己方陣營之後，馬上從鐵甲周圍的孔洞中探身出，鋒利的長刀，長刀猶如風車一般炫動，在駿馬的牽拉下，衝入戰陣，瘋狂絞殺著西川士兵，勢不可擋，所向披靡。

燕虎成慌忙傳令，集結弓箭手先行射殺牽引龜甲戰車的馬匹，在他看來只要牽先剷除馬匹，那麼龜甲戰車就喪失了移動的能力，然而事情並不像他想像中那樣，即便是射殺了那些馬匹，龜甲戰車仍然可以繼續移動，這一百輛龜甲戰車周身旋動著刀光，猶如一台台的屠殺機器，西川士兵的弓箭和武器根本無法穿透鐵甲，在戰車面前完全處於被動挨打的局面。

袁青山率領五千名精銳士兵穿梭追殺，進退有度。

西川將士經過這三輪衝擊，死傷嚴重，在遭受公牛衝擊時軍心已經開始渙散，此時龜甲戰車這種恐怖殺器的加入更讓這些人望而生畏，不少人開始掉頭逃竄。

蘇宇馳揮動黑旗，親自率領兩萬大軍向對方發起了決戰。

三輪攻擊雖然讓西川方面死傷一萬餘人，可是他們在兵力上還是勝出鄖陽方面太多，但是經過這三輪恐怖攻擊，西川方面因為燕虎成的三場勝利好不容易才積攢起來的士氣頓時土崩瓦解。一百輛龜甲戰車的殺傷力還在其次，最重要的是，它們可以撕裂對方的陣營，讓對方無法組織起有效的攻擊，絞殺對方血肉和生命的同時也在不斷絞殺對方的信心。

燕虎成正在浴血奮戰的時候，卻聽到身後響起鳴金之聲，他幾乎不能相信自己的耳朵，李琰那個廢柴，在戰事還處於膠著狀態的時候竟然鳴金收兵，這種時候鳴金收兵等於放棄，而蘇宇馳絕不會放過這個追殺的機會。

西川將士聽到鳴金之聲，一個個如釋重負，轉身就逃，進攻的時候氣勢如同潮水洶湧，撤退的時候如同風捲殘雲，速度更快。

蘇宇馳揚起手中利劍，高呼道：「兒郎們！給我殺！」

「殺！」一喊殺聲震徹雲霄，兩萬五千名鄖陽將士熱血沸騰，猶如一頭頭猛虎義無反顧地撲向對方陣營。

李琰之所以選擇收兵，卻是為了最大限度地保存己方實力，在得知興州方面在約定時間仍然按兵不動的消息之後，李琰的信心就完全動搖，蘇宇馳比他想像中更加厲害，毒雨陣、火牛陣、龜甲戰車，一個個的招式層出不窮。李琰的內心從開始以為必勝，然後動搖，現在已經完全被對方震住，在對方驚人的戰鬥力面前，李琰能夠想到的只能是撤退。

兵敗如山倒，原本就已經被嚇得魂飛魄散的西川士兵聽到鳴金之聲馬上掉頭逃竄。蘇宇馳卻沒有放過他們的意思，率領眾將士一路追殺。

戰場的上空，胡小天和夏長明、諸葛觀棋三人俯瞰著這場驚心動魄的大戰，蘇宇馳的作戰能力遠超胡小天的想像，火牛陣並不稀奇，可是震天弩和龜甲戰車這兩樣殺器的出現卻讓胡小天大吃一驚，震天弩射出的毒液已經屬於生化武器的範疇了，至於龜甲戰車，活生生地就是原始裝甲車。幸虧這兩樣東西是用來對付西川大軍，如果用來對付自己，恐怕自己也很難應付，除非自己啟動轟天雷，否則根本無力和對方抗衡。

胡小天本以為在西川和興州的前後夾擊下，蘇宇馳會難以應付，可是戰事真正打響，方才發現戰況並非自己想像中那樣。興州郭光弼愛惜羽毛，只是象徵性地虛張聲勢，並沒有真正發動攻城之戰，而西川方面，燕虎成雖然英勇，但是戰爭的結果不可能因一個人的英勇於否而左右，在這樣規模的戰鬥中，個人起到的作用實在是微乎其微。

蘇宇馳以少勝多，逆轉戰局，變被動為主動，現場已變成一邊倒的屠殺。蘇宇馳一方追殺十多里方才鳴金收兵，西川將士被殺一萬餘人，傷者更是不計其數。

興州郭光弼方面也在第一時間得到了戰況，戰事開始之後，他們只是象徵性地派出一支隊伍在北門叫罵，不過任憑他們如何叫罵，鄖陽方面都閉門不出，只是牢牢守住城門。聽聞西川方面已經敗走，郭光弼馬上做出決定，讓手下士兵後退十里，他可不是傻子，李琰挾十萬精兵攻城，尚且都被蘇宇馳打成這付慘狀，自己無論在人數還是軍備還是戰鬥力方面都遠遠遜色於李琰，又豈敢和蘇宇馳正面交鋒。

謝堅已經從探子那裡得到了戰場的詳細情況，他眉頭緊鎖來到郭光弼的營帳內，將得知的情況一一向他稟報。

郭光弼聽完不由得倒吸了一口冷氣道：「蘇宇馳竟然擁有如此厲害的武器？」

謝堅點了點頭道：「那兩樣東西，一樣叫震天弩，一樣叫龜甲戰車，震天弩發射的乃是毒液，根據目前得知的情況，西川方面已經死亡一萬六千人，傷者達到兩萬人以上，可謂是傷亡慘重。」

郭光弼不由得有些後怕，如果蘇宇馳將這兩樣東西用來對付自己，那麼自己豈不是更加無力阻擋？低聲道：「看來我們對鄖陽還是缺乏瞭解。」

謝堅道：「據我所知，這兩樣武器都是天機局在戰前送到鄖陽，根據他們傳出的消息，他們還有更厲害的後招。」

郭光弼來回踱步，是去是留，心中猶豫不決。若是堅持留下，以他們目前的實力斷然無法和蘇宇馳方面抗衡，可是如果走了，對大雍方面就沒有了交代，人家就會斷了自己的糧源，自己麾下的數萬將士豈不是要面臨著活活餓死的局面。

謝堅看出了他的猶豫，低聲道：「主公，以蘇宇馳的戰鬥力，即便是我們和西川聯手，甚至加上胡小天恐怕也奈何他不得。」

郭光弼道：「先生應該知道咱們回去的結果。」

謝堅點了點頭道：「鄖陽卻是最難啃的一塊骨頭，既然啃不動，不如趁著咱們還有一些力氣前儘早棄去。」

郭光弼搖了搖頭道：「我們若是現在走了，非但要被人冠以背信棄義的罵名，還會得罪大雍方面，他們豈肯繼續提供給咱們糧草？」

他指了指上面的地圖道：「主公，我們應該果斷棄去興州，向西轉移，留下來只有死路一條，唯有出走才有一條生路。」

郭光弼抿了抿嘴唇，他花費了這麼多年方才打下這邊的基礎，如今謝堅卻勸他果斷將興州拋棄，心中自然不捨。

謝堅道：「雞肋雞肋，食之無味棄之可惜，興州周邊已經沒有百姓村落，大雍、大康、胡小天這些勢力沒有一個是我們能夠抗衡的。屬下原本以為蘇宇馳乃是最弱的一環，若是西川當真可以拿下鄖陽，咱們也能夠從中博取一些利益，可今日之戰卻表明，蘇宇馳非但不是最弱，他的戰鬥力或許是最為強大的一個，咱們如果堅持留下來，要麼面臨大雍的吞併，要麼就會應對胡小天的攻擊。主公啊，咱們根本打不起仗啊！」

郭光弼道：「向西轉移？」

謝堅重重點了點頭道：「趁著現在，各方的關注都在鄖陽，正是我們西撤的大好時機，對我們來說也唯有向西才是出路，嵇城目前就在我們的掌控之中，過了嵇城抵達安康草原，我們就可以擺脫困境。」

郭光弼聽完，許久都沒有說話，正如謝堅所言，興州已經淪為雞肋，之所以落到如今的地步，可以說跟自己的經營不善有關，可是真要離開，他又有些猶豫不決，畢竟自己在興州傾注了太多的感情，犧牲了無數手下，付出了無數血汗方才在中原有了立足之地，現在放棄豈不是等於此前的付出和犧牲完全白費？

謝堅道：「與其坐以待斃，不如開闢出一條生路，主公，現在是我們離開的最佳時機，千萬不可猶豫啊！」

西川大軍後撤三十里，重新安營紮寨，行營內處處都是哀嚎之聲，傷患隨處可見，李琰在幾名將領的陪同下巡視，眼前的一幕也讓他不忍卒看，初步傷亡的數字已經報了上來，情況比預想中還要嚴重。

那些被毒液所傷的士兵，皮肉潰爛，而且毒傷還在不斷蔓延，隨隊軍醫對他們的傷勢也是毫無辦法。

燕虎成最後方才撤離回來，他渾身浴血，血染披風，連盔甲都看不出本來的顏色，來到主帥李琰的面前覆命，不等燕虎成說話，李琰面色一沉，冷冷道：「來人，把他給我抓起來！」

眾人都是一怔，以為是自己聽錯。

李琰怒吼道：「怎麼？本帥的話爾等膽敢不聽？」

此時周圍武士方才明白過來，衝上前去抓住燕虎成，反剪他的雙臂，拍去他的頭盔，逼迫他跪下去。

燕虎成根本沒有料到李琰會這樣對待自己，怒吼道：「大帥，你這是要做什麼？屬下不知何處得罪了大帥，你要如此對我？」

李琰冷哼一聲，指著燕虎成道：「你沒有得罪我，本帥也絕非公報私仇之人，今日你在戰場之上因何對袁青山手下留情，他敗走之後，你因何不肯追殺？你究竟在猶豫什麼？」

燕虎成道：「並非末將猶豫，而是那袁青山分明是在誘我深入，大帥難道看不出，他們開始派出的兩名將領根本意在誘敵？」

李琰怒道：「燕虎成，我怎能看不出？今日你連敗對方三將，這其中必然有詐！你給我老老實實交代，你跟蘇宇馳是不是早有勾結？」

燕虎成聞言一顆心不由得涼了半截，他頓時明白李琰的用意，今天這一仗可謂慘敗，李琰根本就承擔不起這個責任，所以他急著將此次戰敗的責任推到自己的身上，燕虎成怒視李琰，李琰做賊心虛，不敢直視他的目光，大聲道：「把他給我先押下去嚴加看管，等奏明大帥，再行發落。」

今天的一仗讓胡小天為之震駭，諸葛觀棋也是如此，返回東梁郡之後，兩人來到胡小天的府邸，彼此相對無言。胡小天本來還盤算著鷸蚌相爭漁翁得利，從中撿一個便宜，可現在方才明白，蘇宇馳就算面對西川和興州的同時圍攻也是一樣，以蘇宇馳今日表現出的戰鬥力，對方根本沒有任何機會。

胡小天歎了口氣道：「這一戰過後，只怕很少人再敢打鄖陽的主意了。」

諸葛觀棋點了點頭道：「短時間內應該是如此，不過蘇宇馳展示出的兩件殺器卻會讓各方人人自危，因此而成為眾矢之的。」

胡小天當然明白匹夫無罪懷璧其罪的道理，這才是他決定暫時隱藏轟天雷消息的根本原因，當今天下的局勢就是這樣，一旦別人認為你擁有的武器已經危及到了各方的存在，那麼就會引起他人的同仇敵愾之心，會聯手消除最大的隱患，諸葛觀棋的意思就是，蘇宇馳今日展現出的強悍戰力會讓各方心驚。

胡小天道：「天機局擁有的殺器恐怕不止這些。」

諸葛觀棋道：「在沒有搞清對方的真正實力之前，盲目出兵必然造成巨大的損失，今日之戰就是一個明顯的例子。」他停頓了一下又道：「主公或許應該重新考慮鄖陽的事情，暫時放緩爭奪鄖陽的計畫，先拿下興州，在北方形成包抄之勢。」

胡小天點了點頭，還沒有說話，霍勝男就快步走了進來，看到諸葛觀棋也在，她微笑打了個招呼，然後道：「剛剛得到的消息，興州郭光弼的五萬大軍已經撤退，不過他們並未返回興州，而是向西轉移。」

胡小天聞言大喜，當真是天助我也，難道郭光弼決定放棄興州？他向諸葛觀棋看了一眼，看到諸葛觀棋的臉上也露出喜色，胡小天道：「勝男，馬上集結大軍攻打興州，務必要在最短的時間內將興州拿下。」

諸葛觀棋道：「打興州主意的絕不止我們一家，西川仍未退兵，我看蘇宇馳未必敢盲動冒進，最有可能進攻興州的乃是南陽水寨，主公必須出動庸江水師，表面上要對大雍水師發動攻擊，主力部隊由陸路進攻興州，按照目前得到的消息，郭光弼帶走了五萬人，興州留守兵馬不足兩萬，只要調配得當，應該可以將之拿下。」

袁青山快步來到蘇宇馳的身邊，抱拳道：「大將軍，剛剛得到消息，興州郭光弼方面已經開始撤退，只是他們並未返回興州，而是率軍向西而行。」

蘇宇馳點了點頭道：「興州已經彈盡糧絕，事實上成為孤城一座，他們回去也只有死路一條，與其困死不如出走，更何況他們的糧草軍資都可能得自於大雍，此番按兵不動已經得罪了大雍，大雍方面豈肯放過他們。」

袁青山道：「我們要不要乘勝追擊？」

蘇宇馳搖了搖頭道：「沒有必要！我們也抽不出這麼多的兵力，西川雖然被我們擊敗，可是他們並未退兵，若是我們分出兵力去追殺郭光弼，必然造成鄖陽空虛，說不定李琰會率領殘軍捲土重來。」

袁青山道：「興州會不會有變？」

蘇宇馳歎了口氣，緩步來到城牆邊，拍了拍箭垛道：「必然有變，只是不知道胡小天和薛道洪哪個下手更早！」

薛道洪坐在豪華的宮室之中，在兩位美麗妃子的陪同下，一邊飲酒一邊欣賞著宮女們的輕歌曼舞，不時發出陣陣快意的大笑，此時太監快步來到他的身邊，向他低聲稟報道：「李將軍到了！」

薛道洪皺了皺眉頭，放開兩名妃子，讓她們儘快退去，又揮了揮手，示意那些宮女離開。

李沉舟走入宮室的時候正遇到一群匆匆撤離的宮女，再聞到宮室內的濃烈酒香，已經明白這位大雍天子在做什麼？自從北方戰事進入冬歇，薛道洪整個人明顯放鬆了許多，新近剛剛得到了兩位寵妃，夜夜笙歌，醉生夢死，李沉舟從種種管道已經得知，這兩名寵妃卻是燕王薛勝景敬獻，其歹毒用心不言自明。

薛道洪對李沉舟是極其重視的，甚至在心底還有些敬畏，他之所以遣散愛妃和宮女，就是擔心李沉舟看到這一幕會不高興，看到李沉舟，親自起身迎了過去，展顏笑道：「沉舟，你可有日子沒過來了。」

李沉舟恭敬行禮道：「沉舟參見吾皇萬歲萬萬歲！」

「不必多禮！」薛道洪親切地拉住李沉舟的手腕道：「來，陪朕好好飲上幾杯。」

李沉舟道：「陛下，臣此次前來乃是有緊急軍情通報，可不是為了喝酒。」

薛道洪的表情有些不悅，咳嗽了一聲道：「什麼軍情啊？用得上你親自過來稟報？」心中有些責怪李沉舟打擾了他的享受。

李沉舟道：「蘇宇馳大敗西川大軍，興州郭光弼不攻自退，目前向興州正西逃竄。」

薛道洪怒道：「這混帳東西，朕早就說過此人決不可信，你偏偏不聽，還勸朕給他糧草，現在好了，白白損失了那麼多的糧草。」

李沉舟心中暗歎，薛道洪的眼光果然有問題，自己前來稟報軍情，他留意到的卻是那點兒糧草。

薛道洪看到李沉舟沉默不語，意識到自己的話可能說得太重，他向來把李沉舟當成最好的朋友看待，對李沉舟的能力深信不疑，當下歎了口氣道：「沉舟，朕也不是怪你，只是那些亂賊向來做事反覆無常，絕不可輕信。」

李沉舟恭敬道：「皇上教訓的是，郭光弼率軍西逃，興州正值空虛之時，陛下以為我們應該如何應對？」

薛道洪道：「興州是大康的地盤吧？」

李沉舟點了點頭。

薛道洪道：「依你之見，應當如何呢？」

李沉舟道：「應該以迅雷不及掩耳之勢奪下興州，從北部制衡鄖陽，向東還可以阻止胡小天西擴的可能。」

薛道洪點了點頭道：「朕沒什麼意見，只是我們和黑胡的戰事尚未結束，現在正值嚴冬，若是打仗必然相當辛苦，而且很可能因此而得罪大康那邊呢。朕不是害怕大康，而是如果因此而造成大康和黑胡的聯合，恐怕對咱們不利啊！」

李沉舟皺了皺眉頭，薛道洪何時開始變得這樣縮頭畏尾？他向前走了一步道：「陛下，興州關係到未來的大局，若是讓胡小天得到恐怕會非常麻煩。」

薛道洪聽到胡小天的名字不由得怒從心來，他咬牙切齒道：「胡小天這個混帳，三番五次跟朕作對，朕饒不了他。」他來回踱了幾步道：「與其攻打興州，還不如一舉拿下東梁郡，收復東洛倉。」

李沉舟聞言真是有些哭笑不得了，薛道洪難道是安逸的生活過得太久，連頭腦都糊塗了？胡小天如今的實力豈是興州郭光弼能夠相提並論的？滅掉胡小天，說起來容易，可真正做起來卻無比困難。

薛道洪道：「大康不是求我們跟他們聯手給胡小天製造壓力？想必對胡小天也是恨之入骨，既然如此咱們不妨提出和大康聯手，將胡小天這個眼中釘肉中刺儘早清除。」

李沉舟唇角浮現出一絲苦笑，看來薛道洪的心思果然沒有放在國事上，他委婉道：「就怕大康不願意。」

薛道洪道：「他們有什麼不願意？滅掉胡小天，以庸江為界瓜分他的領地，說起來還是大康占的便宜更多一些，兩全齊美各取所需，與人無害，於己無傷的事情，他們只會求之不得！」

李沉舟道：「陛下，胡小天和大康之間的關係曖昧莫名，畢竟他和永陽公主有過婚約。」他也不好直說薛道洪把形勢想得過於簡單，只能這樣委婉的提醒他。

薛道洪道：「你是說他們兩人舊情未了，藕斷絲連？這胡小天對女人還真是有些辦法啊！」

李沉舟道：「看來我們低估了鄖陽的實力，蘇宇馳並沒有花費太大的力氣就將西川大軍擊敗，興州郭光弼看到形勢不妙，根本沒敢出兵。」

薛道洪彷彿此時方才回到了現實中來，愕然道：「西川發兵十萬，就算沒有興州兵馬的幫助，也在兵力上佔有絕對優勢，更何況鄖陽根本無險可守，蘇宇馳為何會這麼容易就取得了勝利？」

李沉舟道：「戰術是一方面，蘇宇馳在這場戰爭中還用到了兩樣武器。」他從懷中取出事先讓人繪製好的圖譜。

薛道洪接過一看，不由得皺了皺眉頭道：「這都是一些什麼東西？」

李沉舟道：「一樣叫震天弩，還有一樣叫龜甲戰車，前者看似和尋常攻城弩無異，可發射物並非弩箭，而是毒液，將裝有毒液的鐵筒射到敵方陣營上空，然後鐵筒方才解體，毒液四散宛如落雨射入敵方陣營，只要沾染士兵身上，即便是盔甲都能腐蝕，更不用說身體髮膚骨肉。」

薛道洪聽到這裡不由得吸了口冷氣，感覺腹內隱隱泛出酸氣，剛剛吃下的美味珍饈也覺得沒了味道。

李沉舟又道：「另外一樣東西叫龜甲戰車，不但能夠以馬匹驅動，而且可以在馬匹死傷的前提下自行移動，轉向靈活，戰車的外甲堅不可摧，戰鬥時周邊有刀刃風車般旋轉，殺入敵營猶如砍瓜切菜所向披靡。蘇宇馳擁有震天弩不下二百張，龜甲戰車也在百輛之上，這兩樣武器的殺傷力奇大，目前並無克制之法。」

薛道洪抿了抿嘴唇，充滿不解道：「大康怎會擁有那麼厲害的武器？」

李沉舟道：「天機局，看來他們過去都在隱藏自己的實力，陛下還記得天機局的翼甲武士嗎？」

薛道洪點了點頭道：「當然記得，我們不是已經破解了其中的秘密嗎？」

李沉舟道：「翼甲構造之精巧已經遠超常人之想像，別的不說，我國的工匠就沒有這樣的本事，最可怕的是，翼甲、震天弩、龜甲戰車全都出自於大雍天機局，由此推斷，天機局還不知擁有怎樣厲害的武器，所以我們決不能任由大康的實力繼續發展下去。」

薛道洪聞言一怔：「你的意思是……」

李沉舟道：「我們在中原最大的敵人始終都是大康，必須要想方設法儘快得到他們的秘密。」

薛道洪道：「洪北漠這個人很難收買。」

李沉舟道：「天機局也不是鐵板一塊。」

薛道洪頓時明白了他的意思，點了點頭道：「沉舟，你只管放手去做，朕全力支持你。」

李沉舟道：「多謝陛下，只是臣也有些話斗膽跟陛下說。」

薛道洪點了點頭。

李沉舟道：「燕王是什麼人，陛下應該清楚，他送給陛下美人珍寶的用意，陛下也應該明白。」

薛道洪呵呵笑道：「朕怎麼會不明白？朕當然明白……」臉上的笑容顯得非常勉強，心中隱隱有些不悅了。

李沉舟觀察入微看到他的表情，心中已經明白不適合繼續說下去，薛道洪上任之初，自己尚可以暢所欲言，可現如今，隨著登基日久，心態已然發生了變化。

李沉舟對形勢的把握無疑是正確的，然而在興州的問題上，他的處理仍然不如胡小天果斷，等他得到薛道洪的首肯，傳令讓南陽水寨及周邊各郡的勢力向興州圍攻的時候，胡小天的大軍已經以驚人的速度推進到興州城外。

興州城內雖然還有一萬左右的郭光弼殘部，但是攻城尚未展開，城內的老百姓就在一幫乞丐的帶領下造反，殺掉守城將領，打開城門，恭迎胡小天大軍入城，郭光弼早已失了民心，即便是留下的這些將士，他們也無心反抗，每個人心裡都清楚，如果胡小天不來攻打他們，他們也將面臨餓死的下場。

這其中率領百姓造反，開門迎接的人乃是丐幫弟子安翟，胡小天曾經聽過此人的名字，喬方正曾經鄭重向他推薦過這個人，只是當時安翟在江北丐幫中的地位較低，又沒有什麼顯赫的功勞，所以不便提升他的地位，這次不費一兵一卒拿下興州城，此人居功至偉。

胡小天抵達興州第一件事就是將部分軍糧分給城內百姓，想要民心歸附，首先就要讓老百姓填飽肚子，李永福率領的運糧船隊也將在兩日內抵達興州，到時候就能夠徹底解決興州的糧荒，其實興州城內現在已經沒有多少人了，除了守城的一萬名士兵，剩下的百姓不到兩萬，這三萬人對於胡小天而言構不成任何的負擔。

大軍進駐興州之後，霍勝男忙於佈防，以免其他勢力趁著他們立足未穩之前向他們發動攻擊。胡小天進入郭光弼的帥府，興州城的百姓雖然生活在饑寒交迫之中，可是郭光弼的帥府卻是極盡奢華，雖然郭光弼此前已經將府邸的奇珍異寶轉移一空，可單單是精美的殿宇和巧奪天工的花園，已經能夠看出他昔日生活之奢靡，由此可見，此人的敗走也是理所當然。

一名武士引著一個年輕人走了進來，這年輕人身材高大，衣衫襤褸，走起路來虎虎生風，正是此次在拿下興州戰役中立下汗馬功勞的安翟。

安翟來到胡小天面前，抱拳行禮道：「草民安翟參見公子！」

胡小天微笑打量著安翟道：「你就是安翟啊，我聽喬長老提起你好多次，今次能夠這麼順利拿下興州城，你居功至偉！」

安翟不卑不亢道：「公子言重了，幫主的事情就是我們丐幫的事情。」委婉表達自己的所作所為全都是因為龍曦月這位幫主。

胡小天呵呵笑了起來，他才不會介意這種小事，為了龍曦月還是為了自己還不是一樣，兩夫妻又何必分得那麼清楚？胡小天道：「喬長老一直向你們幫主極力推薦你，龍幫主也很重視你，以後江北分舵要靠你了。」

安翟雖然沒有聽到幫主親口那麼說，可是他也明白胡小天的意思基本上就代表了幫主的意思，心中不由得感到一陣激動，自己在幫中始終不得志，看來能力終於可以得到認同，他深深一揖道：「多謝公子提拔！」

胡小天本想跟他多說幾句，可此時看到熊天霸押著一名降將過來，熊天霸一邊推搡著那名降將，一邊罵道：「老實點，若是你敢騙我，老子揪了你的腦袋。」
胡小天道：「怎麼回事？」
熊天霸指了指那降將道：「這個叛徒說有話要當面跟您說呢，三叔！」
那降將撲通一聲就跪了下去，大聲道：「公子，我們全都是被逼無奈，還望公子放過我們的性命！」
胡小天低頭望去，卻發現那降將的面容有幾分熟悉，稍一琢磨，頓時想起此人自己此前曾經見過，乃是在大康皇陵率領民工造反的石匠羅石峰，胡小天道：「你是羅石峰？」
羅石峰根本沒有料到胡小天竟可一口道出自己的名字，不由得大吃一驚，壯著膽子抬起頭來，因為胡小天前往皇陵的時候經過易容，所以羅石峰並沒有見過他真實面容，心中暗暗奇怪，胡小天這位大人物怎麼會認得自己？還一口就叫出了自己的名字。
胡小天微笑道：「你過去是負責修建皇陵的石匠吧？」
羅石峰越聽越是奇怪，額頭都滲出了汗水，不知胡小天對自己有無惡意？他怎麼會如此清楚自己的來歷，顫聲道：「是……可是我從未做過任何的壞事，如果不是被逼無奈，也不會逃到這裡。」
胡小天點了點頭道：「你不用害怕，若是願意歸順，我可以將你們編入軍中，若是不肯留下，我也會放任爾等自由離去。」

羅石峰聽到這裡方才放下心來，他們這些人事實上是被郭光弼遺棄的一類，當初他們從皇陵造反，被蘇宇馳的大軍一路追殺，輾轉逃到了興州，本以為就此可以逃脫苦海，可沒想到天下烏鴉一般黑，這郭光弼雖然當初高舉義旗，喊著為民做主的口號，事實上卻只顧著他個人的利益，根本沒有將屬下和百姓的疾苦看在眼裡。來到興州依然沒有解決溫飽問題，非但如此，還要違背良心搶劫百姓，羅石峰這些人原本就出自於貧苦百姓，對郭光弼的做法自然看不過眼，早已生出背離之心，若非如此，胡小天也不會那麼容易就將興州拿下。

胡小天讓熊天霸暫時將羅石峰等人編入工程營，這些人原本就是石匠，讓他們進入工程營也剛好發揮這些人的長處。羅石峰看到胡小天對他們如此寬容，心中頓感安慰，透露給胡小天一個秘密，在郭光弼府邸的花園內有一座地庫，地庫中收藏了不少的財寶，胡小天讓羅石峰率領他的手下進入花園挖掘。

下午時分，地庫的大門已經打開，讓胡小天感到驚喜的是，地庫中仍然藏有不少的財寶，郭光弼此次撤兵實在是太急，所以根本沒有來得及將其中的珍寶搬走，結果讓胡小天撿了個大便宜。

就在胡小天整頓興州，盤點戰利品的時候，庸江南陽水寨附近發生了大雍水師和李永福引領的庸江水師對峙事件，不過雙方雖然劍拔弩張，但是直到現在並沒有發生戰鬥。

與此同時，一支由邵遠和靖北共同組成的大雍大軍集結完成向興州迅速推進，其實這支軍隊在胡小天攻佔興州之時就已經啟動，真正的意圖和胡小天相同，也是想以迅雷不及掩耳之勢拿下興州，可是這支隊伍行進到中途就收到了胡小天已經搶先一步奪取興州的消息。這也讓這支隊伍陷入了極其尷尬的境地，進退兩難，如果繼續前進，就面臨著和胡小天展開一場大戰，可上頭仍然沒有發出讓他們退兵的消息。大軍統帥秦陽明反覆斟酌之後，讓大軍繼續加快行進速度，於興州城北五十里的地方安營紮寨，靜候上頭的命令，原本計畫中跟他們水陸並進的南陽水師，卻受阻於庸江江面，目前仍在和胡小天的水師船隊對峙之中。

霍勝男在城牆之上指揮佈防，胡小天悄然來到她身後，輕輕咳嗽了一聲，霍勝男這才意識到他的到來，轉身笑道：「你不是在忙著挖金子嗎？怎麼有空上來？」

胡小天笑道：「倒是挖出不少的寶貝，還有很多飾品呢，回頭你去挑一些。」

霍勝男道：「我對飾品沒什麼興趣。」

空中傳來一聲雕鳴，兩人的目光被同時吸引，舉目望去，卻見一道白光向他們飛掠而來，卻是夏長明探察敵情歸來，雪雕在上空盤旋一周之後緩緩降落，距離地面尚有三丈高度的時候，夏長明騰空躍下，輕飄飄落在兩人的面前，雪雕迅速爬升，向正東飛去。

夏長明向胡小天抱拳道：「參見主公！」

胡小天笑道：「怎樣？」

夏長明道：「南陽水寨以東的江面之上，我方艦隊和南洋水師正在對峙，目前雙方都保持克制，並沒有發生戰鬥。大雍軍隊目前已經推進到興州北部，在距離興州五十里處安營紮寨，共計約有五萬兵馬。」

霍勝男小聲道：「想要水陸夾擊？」

胡小天微笑道：「如果他們想打早就衝過來了，我看這場仗打不起來了。」

夏長明道：「要不要去通知常凡奇，發兵邵遠給他們一些壓力？」

胡小天搖了搖頭道：「不急，他們不主動進攻，我們就以靜制動，現在興州在我們的手裡，我們掌握了主動權，搶城和攻城是兩碼事，大雍方面在目前的狀況下應該不會主動挑起戰事。」

此時熊天霸尋了過來，卻是大康使臣到了。

胡小天心中一怔，自從他和七七取消婚約之後，大康方面已經和他斷了往來，今次卻有大康使臣前來，不知又發生了什麼事情。他低聲道：「使臣是什麼人？」

熊天霸咧開嘴巴笑了笑道：「老熟人，禮部尚書吳敬善。」

胡小天皺了皺眉頭：「他不是已經告老還鄉了嗎？」

熊天霸道：「我也不清楚，這次也不止他一個人過來，還有一個老太監呢。」

胡小天點了點頭，不覺想起七七的模樣，這妮子絕非凡人，不知這次又在打什麼主意，馬上跟著熊天霸一起去了將軍府。

此番從康都來了兩位使臣，全都是胡小天的熟人，一位是禮部尚書吳敬善，另外一個就是七七的心腹太監權德安。看到這樣的陣仗，胡小天心中已經明白了，若非重大的事情，七七不會同時出動這兩人。

胡小天走入大廳的時候，吳敬善和權德安兩人正在飲茶，看到胡小天進來，吳敬善滿臉堆笑地站起身來，權德安卻坐在那裡紋絲不動，陰著一張面孔。

胡小天抱拳笑道：「今兒刮了什麼風，把您們兩位貴客給刮了過來？」

吳敬善笑道：「奉了陛下之命，專程前來封賞。」

胡小天心中大感詫異，龍宣恩已經死了，只不過七七出於某種考慮始終沒有對外宣佈這件事，自己和七七自從取消婚約之後，事實上已經脫離了大康的控制，當然也沒理由接受大康的封賞，這件事實在是有些突兀了。

胡小天請吳敬善坐下，目光向權德安瞥了一眼，權德安自始至終沒說一句話，甚至沒跟胡小天打聲招呼，胡小天卻知道吳敬善只是一個傀儡，真正的使臣乃是權德安。

胡小天笑瞇瞇坐了下去，接過手下遞來的一杯茶，嗅了嗅茶香，輕抿了一口道：「皇上封賞？我記得已經被朝廷列為逆臣了，吳大人該不會是搞錯了吧？」

吳敬善道：「沒錯的，經過調查，證明胡大人此前的那些罪名全都是被人誣陷，純屬子虛烏有，所以朝廷決定還給胡大人一個清白，不但會向天下公佈此事，還封胡大人為鎮海王呢！」他起身拿出了聖旨。吳敬善也明白胡小天不可能下跪，嘿嘿笑道：「皇上說了，胡大人不必下跪接旨。」

胡小天淡淡然道：「既如此，吳大人也不必念了，聖旨給我看看就是。」

吳敬善將聖旨遞給了胡小天，胡小天展開看了一遍，上面果然寫著赦免了他的全部罪過，還封他為鎮海王。胡小天心中暗自好笑，七七變得可真快，想要利用這種方法安撫自己嗎？他將聖旨合起，隨手放在了一邊，端起茶盞繼續喝茶。

吳敬善看到胡小天並未表態，心中不免有些忐忑，望著胡小天，靜待他的下文，見到胡小天久未說話，終忍不住道：「胡大人意下如何？」因為胡小天並沒有應承，所以還不能叫他王爺，其實吳敬善也明白得很，現在胡小天羽翼已豐，想讓他向大康俯首稱臣哪有那麼容易？胡小天未必肯給朝廷這個面子。

胡小天並沒有回答他的問題，而是輕聲道：「我記得吳大人已辭官養老了。」

吳敬善笑道：「是朝廷讓我去禮部幫忙，我若是突然就這麼走了，別人也無法一下接手那麼多的事務，想想還是等所有事情交接完成再說，本來是不想離開京城的，可這次朝廷說來封賞胡大人，知道我和胡大人曾經共同出生入死相交莫逆，所以就來了。」他特地強調和胡小天共同出生入死的那段經歷，就是要讓胡小天記得他們此前的交情，千萬別對自己不利。

胡小天微笑道：「你我一起出使大雍的事情，彷彿就在昨天一樣。」

吳敬善點了點頭道：「可不是嘛，如果不是胡大人智勇雙全，只怕老夫都沒命返回故土了。」

一直沒有說話的權德安突然道：「聽說映月公主就是安平公主，不知胡大人可否為咱家引見一下？順便也好解開這個謎團呢？」

胡小天冷冷看了權德安一眼，這老太監才是真正的使臣，吳敬善只不過是個樣子貨，果不其然，權德安一說話，吳敬善馬上就沉默了下去。

胡小天道：「聽說皇上早就已經駕崩了，現在的皇上是個冒牌貨，權公公可否為我印證這件事情呢？」

兩人目光冷冷相對，鋒芒畢現，一時間室內的空氣變得緊張了起來，吳敬善身處兩人旁邊，禁不住心底打鼓，他擠出一絲笑容道：「聽聞郭光弼的後花園非常精巧，老夫想去參觀一下可否？」

胡小天和權德安誰都沒有理會他，吳敬善灰溜溜站了起來，默不作聲地退了出去。

第九章

意外封賞

胡小天冷眼望著權德安，
這番話根本就是顛倒黑白，七七對自己寬容？
自己上次回康都的時候險些死在她的手中，
若非自己命大，恐怕現在早已變成了一堆白骨，
今次權德安前來，必然是因為她政治利益的需要。

權德安緩緩點了點頭：「別人怎樣說都不重要，關鍵是怎樣去做，這份聖旨你接還是不接？」

胡小天哈哈大笑：「權公公還是一如既往的強勢，準備強迫我嗎？」

「不敢，你如今已經是一方霸主，連興州都落到了你的手中，誰還敢強迫你做任何事？」

胡小天將手中茶盞放下，不緊不慢道：「你們的消息還真是靈通，我這邊剛剛拿下興州，你們就過來了，是從鄖陽過來的？」

權德安搖了搖頭道：「本來是要去東梁郡見你，可聽到你發兵興州的消息，於是才找了過來。」胡小天奪取興州的確是他們意料之外的事情。

胡小天向那道聖旨掃了一眼道：「這份東西是想騙小孩子呢？」七七在康都陷害自己的事情仍然記憶猶新，他才不會相信這丫頭會良心發現，此番主動向自己示好，背後必然別有用心。

權德安道：「殿下若是真心想對付你，只需和大雍聯手，你斷無在庸江立足的可能。」他說話仍然咄咄逼人，表現得極其強勢。

胡小天不屑笑道：「那你們不妨試試，和大雍聯手等於是與狼共舞，最終誰受到的損失更大，還不知道呢。」

權德安見到胡小天根本不怕自己的恐嚇，氣焰也不像剛才那般囂張，端起茶盞默默飲茶，調整談話的節奏，藉以沖淡剛剛劍拔弩張的氣氛。

胡小天道：「如果權公公就是為了這些事情而來，聖旨勞煩你帶回去，順便幫我跟你的主子說一聲，她不來煩我，我就不會去惹她。至於什麼鎮海王，騙人的玩意兒，她愛給誰這個封號就送給誰。」

權德安將茶盞緩緩放回茶几之上，長歎了一口氣道：「其實咱家也不明白，為何殿下要對你如此寬容，可惜殿下對你一片真心卻被你如此曲解，想想真是為殿下不值。」

胡小天冷眼望著權德安，這番話根本就是顛倒黑白，七七對自己寬容？自己上次回康都的時候險些死在她的手中，若非自己命大，恐怕現在早已變成了一堆白骨，今次權德安前來，必然是因為她政治利益的需要。

權德安從懷中取出了一封信，雙手呈給胡小天道：「這是殿下的親筆信！」

胡小天望著那封信猶豫了一會兒，終於還是接了過來，他並未開啟那封信，盯著信封上那行娟秀的小字。

權德安充滿期待地望著他，他同樣好奇裡面寫的是什麼，胡小天最終還是沒有打開那封信，將信放在聖旨之上，輕聲道：「這聖旨我接下了，你幫我告訴她，這封信我不會看，除非是她當面向我解釋，這個王爺我也接下了，她想做什麼文章，就做什麼文章，我可保證大康北疆無憂。」雖然胡小天沒看信中內容，可是他知道七七之所以主動示好，無非是想跟他保持現狀，希望他們之間不要妄動干戈。

權德安本來看到胡小天不肯看信頗為失望，卻想不到事情居然峰迴路轉，胡小天居然答應接旨也同意了鎮海王的封號，這就意味著自己和吳敬善此行沒有白跑一趟，順利完成了任務。

權德安也不囉嗦，起身向胡小天抱拳道：「王爺千歲，咱家告辭了。」

胡小天也沒有挽留，淡然道：「一路走好，恕不遠送！」

權德安離去之後，胡小天馬上下令將大康朝廷封自己為鎮海王的消息廣為散播出去，胡小天本不是輕易低頭之人，接受大康的封賞就等於默認自己的領地仍然是大康管轄的一部分，不過對胡小天目前而言卻是最為現實的選擇，他原本準備坐收漁翁之利，趁著蘇宇馳和西川、興州交戰之機奪下鄖陽，可是胡小天並沒有預料到蘇宇馳的戰鬥力如此強大，其實不僅僅是他，幾乎所有人都沒有想到。

胡小天雖然擁有轟天雷這樣的殺器，可不到必要的時候還是不能祭出。更何況他根據印象所設計的轟天雷還有很多欠缺和不足的地方，天機局既然能夠在關鍵時刻提供給蘇宇馳震天弩和龜甲戰車這樣的武器，說不定還有殺傷力更大的武器。

鄖陽在蘇宇馳的手中和自己的手中其實並沒有太大的區別，李天衡及其大軍都被死死困在了西川，經過鄖陽之敗，李天衡必定會蟄伏一段時間，一來恢復元氣，二來重新調整自身的戰略。

自己在這場戰爭中並沒有任何的損失，郭光弼的戰略轉移成就了自己，不費吹灰之力就搶佔了興州，以後對鄖陽可以形成包夾之勢。

在這裡不得不佩服七七的遠見卓識，她或許也意識到跟自己僵持下去並無任何的好處，所以突然就改變了策略，非但赦免了自己過去的所有罪責，還破例封自己為王，異姓王！以此向天下宣告兩人之間重新達成了諒解。

胡小天之所以答應接受王位，最重要的一點還是因為大雍，此前大康和大雍不斷放出信號，要夾攻自己。如今所有謠言隨著自己被封王而不攻自破。庸江之上雙方水師仍在僵持，大雍軍隊也已經推進到距離興州五十里外，興州乃兵家重地，蘇宇馳固守鄖陽打敗李琰之後，讓興州的戰略地位變得更加重要，不排除大雍軍隊會不惜一切代價強攻興州的可能。

胡小天雖然做好了迎戰的準備，可是在他內心深處並不期望打這場仗，他目前的實力還沒有強大到和大雍抗衡的地步。七七的封賞對他從某種意義上來說是一場及時雨，表面上看是胡小天低頭，可對外放出的信號卻是他和大康冰釋前嫌，重新聯手，這會讓大雍重新審視目前的形勢。

胡小天需要的不是戰爭而是時間，只有足夠的時間才能讓他有足夠的發展空間，他也明白，七七和他一樣，需要的也是時間，正是因為此，雙方才有了再次合作的可能，不是因為感情，只是因為眼前的利益，這一點他清醒得很。

胡小天被封為鎮海王的消息在短短的幾天時間內已經傳遍天下，有人說胡小天和永陽公主冰釋前嫌，有人說胡小天的冤屈終於得以昭雪，有人說大雍朝廷迫於壓力不得不採用綏靖政策來穩住胡小天，有人甚至說胡小天和永陽公主之間壓根就沒有敵對過，此前的種種根本就是他們故意製造的假像，眾說紛紜，總之有一點所有人都達成了共識，那就是胡小天和大康重新聯手。

計畫不如變化，大雍一方正是迫於這種壓力，而不得不選擇退兵，如果他們堅持強攻興州，那麼他們所面臨的必然是胡小天和大康的聯手。其實大雍皇帝薛道洪在進攻興州這一點上的態度並不堅決，若非李沉舟竭力主張拿下興州，他並不會主動掀起這場戰事。

嚴冬將至，這將是大雍今年最冷的一個冬天，北方的戰事雖然暫時進入冬歇，可是黑胡人並沒有停下增兵的腳步，他們以擁藍關為中心不停擴展著實力，這預示著來年春天，冰雪消融之時必然還有一場大戰。

同時展開兩場戰爭，與南北兩個強大的鄰國為敵明顯是不智的選擇，也就在這時，大雍發生了一件舉國震動的行刺案，大內侍衛副統領袁江連同十二名當值侍衛意圖刺殺大雍皇帝薛道洪，雖刺殺失敗，可是也將薛道洪嚇得不輕，因此而展開了一場大規模的調查行動。因為這件事牽連甚廣，先後有近百人被下獄調查。這場行刺，也讓薛道洪將主要的注意力重新投向國內，讓他意識到自己的政權尚未穩固。

興州郭光弼雖然丟掉了根據地，可對他來說也是不得已而為之，如果堅持留下，等待他的也將是被殲滅的結局，依靠著大雍提供給他的軍糧，一路向西，主力部隊前往嵇城，將那裡作為根據地向西擴張，至少可以獲得喘息之機，脫離被大康、大雍和胡小天三者包夾的困境。

蘇宇馳經過這場戰爭讓周邊所有人都認識到了他強大的戰鬥力，目前胡小天接受了鎮海王的封號，他心頭的一塊石頭也算落地。

胡小天雖然沒有如願以償地得到鄖陽，可興州也算是一個不小的收穫，得到興州的意義不僅僅是多了一座城池，還意味著他已經掌控了整個庸江下游，坐擁興州，向東可以遏制南陽水寨，向南可以給鄖陽造成壓迫。應該說，胡小天才是這場戰爭最大的獲利者。

損失最大的莫過於西川方面了，李琰攜十萬大軍氣勢洶洶而來，在兵力佔據絕對優勢的前提下被蘇宇馳完敗，李琰雖然將主要的責任推到了燕虎成的身上，可是他心中也明白自己身為主帥很難撇開干係。率領著殘部退到鄖陽西南的陽浦，一面讓人前往西州稟報詳情，等候李天衡的最終決定。

西州閱江樓上，西川大帥李天衡靜靜站在那裡，義子楊昊然守在他的身後。鄖陽落敗的消息已經傳到了這裡，曾經被李天衡寄予厚望的這場戰爭卻證明，他的大軍在蘇宇馳的面前不堪一擊。李天衡想起了張子謙，如果張子謙還活著，應該有辦法解除眼前的危機，幫著自己從困境中走出來。

西川的這些將士太久時間沒有打仗了，張子謙曾經說過，養兵千日用兵一時，可養兵絕不是養尊處優，而是要在不斷地戰鬥中訓養，鄖陽之戰證明他的話完全正確，自己在很多事情的處理上過於保守，如果聽張子謙的話，趁著大康最虛弱的時候奪下鄖陽，又或者早日拿下紅木川，就不會落到現在被人封住南北通路的境地。

李天衡歎了口氣道：「昊然，你得到的消息屬實？」

楊昊然點了點頭道：「完全屬實，胡小天已接受大康的冊封，成為鎮海王。」

李天衡的唇角泛起一絲苦澀的笑意，造化弄人，記得當初自己五十大壽的時候，胡小天代表大康而來，冊封自己為異姓王，被自己果斷拒絕，現在這異姓王的頭銜落在了胡小天的頭上，難道冥冥之中早已註定？短短的幾年內，胡小天的崛起如此迅速，燦如新星。他向前走了幾步，來到憑欄前，冬日的寒風送來江面濕冷的氣息，李天衡禁不住打了個冷顫，從心底感到發冷，用力裹緊了黑色的大氅，魁梧的身軀如同包裹在一片濃重的陰雲之中。

「你怎麼看？」李天衡的目光猶如天色一般黯淡。

楊昊然道：「大康為胡小天洗清罪名，封他為異姓王只不過是一個安撫的手段，並不代表他們之間已經徹底消除了隔閡，胡小天此人野心勃勃，以他今時今日的實力根本不必看大康臉色行事，之所以答應也是因為處於對眼前形勢的判斷。」

「眼前什麼形勢？」李天衡問出這句話的時候，心中忽然感到一陣難過，不由得又想起了張子謙，這是過去他最常詢問張子謙的一句話，現如今張子謙已經杳然仙去，自己的身邊也少了一位最重要的良師益友。

楊昊然道：「孩兒斗膽說上幾句，不對的地方還望父帥指正。」他當初因為揭發趙彥江、林澤豐謀反有功，被李天衡收為義子，對他也極為器重，短短幾年內也成為李天衡最為倚重的年輕將領之一。張子謙被殺之後，楊昊然就成了李天衡身邊最重要的謀士，因為他頭腦清醒，大局觀極強，李天衡對他的看重甚至強過了自己的兒子。

李天衡點了點頭，示意楊昊然只管大膽說出他的看法。

楊昊然道：「鄖陽之戰蘇宇馳充分展示出其強大的戰鬥力，尤其是震天弩和龜甲戰車，這兩樣東西估計也讓胡小天為之心驚，他最早的目的應該是鄖陽，正是認識到蘇宇馳的厲害，他方才轉換目標，改成去搶佔興州。郭光弼的敗走是不得已的選擇，如果堅持留在興州，就算無人去攻打他，他和手下的那些人也面臨餓死的結局，所以他只能向西轉移，尋找生機。」

李天衡冷哼一聲，他對郭光弼極其不屑，此次郭光弼答應和己方聯手進攻鄖陽，可到了最後，竟然不發一兵一卒，李天衡將己方這次的慘敗也歸咎到郭光弼的身上。

楊昊然道：「至於大雍，他們本來想在背後支持郭光弼，以期望從鄖陽之戰分一杯羹，郭光弼這個人也是個兩面派，表面上跟咱們達成聯盟，答應聯手攻打鄖陽，可背地裡又和大雍達成協議，我看即便是他們奪下了鄖陽，也未必會遵照承諾將鄖陽交給咱們。大雍應該提供給郭光弼不少的糧草，如果不是拜他們所賜，郭光弼也沒有能力完成這次轉移。」

李天衡揚起手重重在憑欄上拍了一記，藉以發洩心中的鬱悶。

楊昊然道：「大雍白白送了那麼多的糧草，非但沒有得到鄖陽，也沒有搶到興州，從他們此前兵力調動來看，應該是想水路並進，強攻興州的，可是大康偏偏在這個時候封賞胡小天，胡小天迫於形勢也就順水推舟接受了封賞。」

李天衡點了點頭，楊昊然對形勢的分析絲絲入扣，合情合理，他雙眉緊皺道：「照你看，我們應當怎樣做？」

楊昊然道：「強攻鄖陽已經沒有可能，我們這次死傷嚴重，而今之計唯有撤軍，休養生息，再圖大計。」

李天衡抿了抿嘴唇，當初他就是以休養生息，蓄精養銳作為藉口一次次拒絕了張子謙出川的建議，方才造成了如今的困境，張子謙死後，形勢急轉直下，他方才意識到自己的優柔寡斷方才是造成困境的真正原因。若是繼續保守下去，西川只會日見衰落，正南、西北這是西川最重要的兩條經貿道路，如今都已經控制在別人的手中。大康早已封鎖了他的東部邊境，現在唯一剩下的只有西邊了。

楊昊然道：「父帥，雖然西川東部、北部、南部的出路都被封鎖，但是還有西邊，而今之計應當大力發展和沙迦之間的關係，而且西川和沙迦本為姻親，相互之間應該彼此扶持。」

李天衡漠然搖了搖頭道：「沙迦人不可信，他們一直都在覬覦中原的土地，你以為他們會在這種時候雪中送炭嗎？」他的唇角浮現出一絲苦笑：「落井下石他們才會！」

楊昊然道：「西川的狀況並未像父帥想像中如此悲觀，鄖陽雖然戰敗，士氣受到了一些影響，但是並未傷及到西川根基，就算沙迦人不可信，紅木川方面也不是沒有突破的機會，胡小天雖然表面上控制了紅木川，可是紅夷族未必全部心服，而且南越國也不會甘心看著紅木川落在他的手中，只要我們耐心尋找，必然可以找到突破的機會。」

西川大軍終於退去，蘇宇馳在確認西川退兵之後打心底鬆了一口氣，他不喜歡戰爭，經歷的戰爭越多，打心底對戰爭就越是厭惡，一看到那一張張失去生命的面孔，他就會產生發自內心的悲哀，不僅僅是面對自己的手下，在看到敵人的屍體也會產生同樣的感覺。

袁青山將一封請柬送到了蘇宇馳的手中，請柬是胡小天發出的，邀請蘇宇馳於望春江白狼堆一聚，還是上次他們相聚的地方，還是他們兩人，只不過現在彼此的身分卻有了很大的不同，並非蘇宇馳發生了改變，而是胡小天所有的罪責都已經洗清，他也搖身一變成為鎮海王，大康數百年來的第一位異姓王。

袁青山靜靜站在一邊，等候著蘇宇馳的決斷。

蘇宇馳道：「江心一聚……」他的聲音中透著猶豫。

袁青山道：「他會不會對將軍不利？」

蘇宇馳的唇角露出一絲淡淡的笑意：「不會。」

袁青山道：「我實在是搞不懂，為什麼朝廷要封他為王？」

蘇宇馳道：「公主殿下也是為了大局考慮，胡小天控制雲澤，已經嚴重威脅到了大康腹地。」

袁青山道：「此人野心勃勃，趁著我們應付西川的時候居然偷襲了興州。」

蘇宇馳道：「郭光弼主動放棄了興州，胡小天不搶，大雍也會搶佔了過去，相較而言落在他手裡還要好一些。這次胡小天接受封賞也是迫於形勢，若是沒有這次的封賞，說不定大雍方面已經開始強攻興州。」

袁青山道：「公主反倒救了他！」

蘇宇馳點了點頭，這次的封賞對胡小天來說的確稱得上一場及時雨。大雍正是處於對大康的忌憚，方才放棄了強攻興州，其實大雍如果當真攻城，朝廷應該也不會出手，給胡小天的封賞只是一個名頭，並無任何的實際意義，大康不會因為這次封賞改變對胡小天的敵對，胡小天也不會因為接受封王而對大康重新俯首稱臣。

袁青山道：「看來外界傳言或許是真。」

「什麼傳言？」

袁青山道：「都說公主對他餘情未了，看來應該是真的，若是以後公主和他再續前緣，恐怕大康的江山都可能會落在他的手中。」

蘇宇馳呵呵笑了起來：「公主殿下不會將天下事和私情混為一談。」

七七獨自站在祭天台上，雲層壓得很低，讓人產生一種透不過氣來的壓抑，龍宣恩死後，她已經控制了大康的權柄，登上了大康的權力巔峰，今秋的大豐收讓大康恢復了不少的元氣，她在朝中的統治也變得越發穩固，鄖陽的這場勝利重新讓列國認識到大康的實力，可七七卻始終都高興不起來，她忽然發現在和胡小天決裂之後，自己的身邊再也沒有一個人可以陪她說話。在她身邊圍繞的這些人，對她都存在著敬畏之心，無一例外。

在所有人眼中，她這次封王是為了穩住胡小天，出於戰略上的考慮，可是只有她心中明白，自己的動機非常複雜，走出這一步其實是向胡小天低頭認錯，不知他能否領情？

周睿淵靜候在祭天台下，仰望著七七的背影，這位永陽公主遠比他想像中更加堅強更加厲害，他從未見過有哪個女子擁有如此的野心和抱負，他不得不承認，七七在治國方面強過最近幾任帝君太多，身為丞相的周睿淵一度對大康失去了希望，可是當七七真正掌權之後，她展開的一系列舉措，已經從根本上改變這個古老的國度，讓大康這棵瀕死的枯樹發出了新芽。周睿淵甚至開始相信，大康或許會在七七的手中重新走向富強。

七七轉過身，一雙妙目冷冷掃過隨行群臣，臣子們無人敢和她目光相對，一個個敬畏地低下頭去。她的目光定格在周睿淵的身上，輕輕點了點頭，示意周睿淵走過來。

周睿淵雙手拎起官袍，畢恭畢敬來到七七身邊，恭敬道：「殿下有何吩咐？」

七七道：「興州那邊有沒有消息？」

周睿淵道：「有，胡小天已經接受了鎮海王的封號。」

七七美眸中光芒浮掠，輕歎了口氣道：「本宮下旨時，他還沒有攻下興州。」

周睿淵道：「殿下後悔了？」

七七搖了搖頭：「我從不後悔！」語氣雖然堅決，可是內心卻自我否定，她後悔了，若非如此又怎會主動為胡小天免去所有罪責，也不會做出封他為王的決定。

周睿淵道：「其實殿下的這個決定非常英明，埋頭發展才是正道，只有恢復了國力，才能慢慢收復過去失去的疆土。」

七七道：「我要拿回西川！」

胡小天剛剛返回東梁郡，前來恭賀的部下就絡繹不絕前來，他被封為鎮海王的事情在短短幾日之間已經傳遍天下，雖然這個鎮海王只是虛名，並無實際上的好處，可總歸還是喜事一件。

胡小天迎來送往折騰了整整一個上午，正準備回去和龍曦月見面的時候，秦雨瞳到了。

秦雨瞳很少主動找他，胡小天看到她登門心中也有些奇怪，難道秦雨瞳也是來恭賀自己的？以她的清冷性情似乎沒有可能。果然不出胡小天所料，秦雨瞳今次前來並非是為了賀喜，而是帶給胡小天一個不好的消息。

神農社的柳家父子遇到麻煩了，這件事還要從大雍剛剛發生的刺殺案有關，大內侍衛袁江連同十二名侍衛一起刺殺大雍皇帝薛道洪，雖然沒有刺殺成功，薛道洪的愛妃卻在刺殺中受了重傷，薛道洪對這名妃子極其寵愛，於是遍請名醫，最後將柳長生、柳玉城父子請入宮中，可是那妃子傷得實在太重，柳家父子也無力回天，薛道洪大怒之下將他們父子二人也一併下獄。本來這件事也不至於死罪，可那群刺客之中有一人和柳家關係不錯，還得蒙柳長生救過性命，不知誰暴露了這件事，直接將柳家父子列為刺客同謀，這可是要殺頭滅族的大罪。

如果不是迫於無奈，秦雨瞳是不會過來找他的，胡小天聽秦雨瞳說完，馬上就應承了下來，柳長生父子跟他相交莫逆，就算秦雨瞳不說，他也不會坐視不理，他讓秦雨瞳放心，自己會儘快派人前往雍都，力求解決這件事。

去見龍曦月的時候，卻發現喬方正和薛振海都前來議事，胡小天聽說之後並沒有打擾他們，悄悄向維薩招了招手，維薩跟他來到一旁，胡小天低聲問道：「發生了什麼事情？」

維薩向議事廳看了一眼，小聲道：「我也不甚清楚，不過看他們的神情顯得非常緊張，應該是有很重要的事情發生。」

說話的時候，看到龍曦月送他們出來，胡小天並未現身相見，等到幾人離去之後，方才來到龍曦月身邊。

龍曦月見到他，伸手抓住他的手臂道：「小天，丐幫出事了。」

胡小天微微一怔，難道真是禍不單行？他安慰龍曦月道：「你不必慌張，有什麼事情只管慢慢道來。」

龍曦月幽然歎了口氣，將事情的前因後果說了一遍，原來丐幫江北分舵出了事情，自從秦陽明死後，江北分舵內部始終不穩定，雖然有安翟這樣的青年才俊湧現，可也有不少因秦陽明之死而產生背離之心，丐幫前任幫主上官天火不知通過什麼途徑到了大雍，如今已經獲得了大雍方面的支持，整合大雍境內丐幫弟子，將大雍境內丐幫分裂了出去，宣稱自己是名正言順的幫主。上官天火這麼做，事實上已經將丐幫變成了南北兩部分，這對丐幫來說可以說自成立以來的第一次，也是龍曦月繼任幫主之後遭遇的最大危機。而臘月二十乃是丐幫江北分舵決定最終人選的時候，還有一個月的時間偏偏出了這種事。

胡小天聽完也是內心一沉，丐幫乃是他勢力構成中極其重要的一環，他當然不想丐幫分裂。

龍曦月道：「小天，薛長老他們提議除掉上官天火，幫內已有人前往雍都。」

胡小天點了點頭，起身緩緩走了幾步道：「也許我應該親自走一趟。」

龍曦月聞言一驚：「你去雍都做什麼？」

胡小天這才將剛剛秦雨瞳過來說的事情向她講了一遍，龍曦月道：「那我也跟你一起去。」

胡小天笑道：「你留在東梁郡，別忘了，臘月二十乃是你們召開大會之時，你若跟我一起去雍都，誰來主持會議？」

龍曦月聽他說起這件事，只能放棄了追隨他前去的想法。

胡小天攬住她的香肩道：「你也不必擔心我，我騎著飛梟過去，速去速回，儘快將這些事情解決。」

龍曦月咬了咬櫻唇，叮囑道：「你一定要速去速回。」

胡小天微微一笑，將她擁入懷中。

燕王薛勝景途經聚寶齋的時候，讓車夫停下，掀開車簾，一雙小眼睛打量著聚寶齋的招牌，目光中充滿了怨毒和仇恨，天下間的聚寶齋原本都是他的物業，即便是皇兄活著的時候，也沒有妄動他的產業，可薛道洪登基不久就向他出手，上次從渤海國入手，幾乎找到了他的罪證，如果不是他請到了胡小天幫忙及時滅火，恐怕會被薛道洪逼入絕境。

饒是如此，他仍然付出了不小的代價，將聚寶齋無償獻給了薛道洪，每念及此，薛勝景的內心就開始滴血。他並不認為薛道洪有足夠的心機和自己抗衡，真正起到作用的是薛道洪身邊的李沉舟。

李沉舟及其背後勢力為薛道洪出力不小，渤海國的風波雖暫時平息，可是李沉舟並未停止集權的腳步，對一幫皇親宗室大肆打壓，逼迫他們逐漸遠離權力中心，這樣的做法最大限度保證了薛道洪皇位的穩定，可在同時也得罪了多半皇室宗親。然而薛道洪對李沉舟始終給以足夠的信任，這才是李沉舟得以大展拳腳的前提。

薛勝景擺了擺手，示意馬車重新行進，可走了不久，他的馬車就被人攔住了去路，薛勝景的隨行武士前去查看動靜，不一會兒功夫，那武士送了一個信封過來，說是要讓他親啟，薛勝景拆開信封一看，裡面裝著一隻燀魚鰾製成的無敵金剛套，一看到這樣東西，他頓時就想到了胡小天，信封內還裝著一封信，上面寫著百味樓怡心閣。

薛勝景不露聲色，讓車夫改變方向朝著百味樓而去。

獨自一人走入怡心閣，看到一個挺拔的背影正站在窗前觀望，單從對方的背影，薛勝景已經判斷出眼前人就是胡小天無疑，他不由得呵呵笑道：「賢弟還當真是膽色過人！」

胡小天緩緩轉過身來，微微一笑，神采飛揚，即便是薛勝景也不得不承認這廝的英俊，難怪自己的女兒會如此喜歡他，想起胡小天和女兒的感情，再想到他們結拜兄弟的關係，薛勝景心中產生了一種怪異的感覺，若是胡小天跟女兒成就了姻緣，自己跟他又該如何相處？這廝是應該叫自己岳父？還是應該稱呼自己為兄長？薛勝景這麼厚的臉皮都覺得有些尷尬了。

胡小天微笑道：「大哥，好久不見了。」

一聲大哥把薛勝景拉回到現實中來，胡小天應該已經知道自己跟霍小如的確切關係，畢竟自己此前已經給他過暗示，不過自從渤海國的那場風波之後，霍小如還擇離開，薛勝景也失去了她的下落。

薛勝景道：「你可真是膽大包天，若是被別人知道你到了這裡，後果只怕不堪設想吧？」

胡小天呵呵笑了一聲，做了個邀請的手勢，兩人相對坐了下來，薛勝景比起他們此前在西州相見的時候居然瘦了一些，兩隻小眼睛瞇縫著，看起來慵懶無神，整個人顯得有些頹廢，胡小天卻不相信他的表像，薛勝景應該是通過這種方式隱藏他的野心，這段時間他是在積累和蟄伏，等待著反擊的時機到來。

胡小天拿起酒壺為薛勝景將面前的酒杯斟滿，輕聲道：「大哥最近可好？」

薛勝景小眼睛眨動了一下，歎了口氣，也沒有回答他的問題，端起面前的那杯酒，跟胡小天碰了碰然後一飲而盡，又將空杯緩緩放下，胡小天再次為他將酒杯斟滿，這可不僅僅看在兩人結拜的份上，種種跡象表明，霍小如應該就是他的女兒，這位結拜大哥很可能要成為自己的岳父呢。霍小如也是性情獨立之人，在渤海國和自己避而不見，就充分證明了這一點。胡小天也曾經想方設法打聽霍小如的下落，可惜仍然如同石沉大海杳無音訊，興許薛勝景會知道她的下落，不過胡小天還算能夠耐得住性子，並沒有主動相詢。

薛勝景歎了口氣道：「不好！」他的話言簡意賅，也沒有迴避的意思。

胡小天道：「我時常在想，你我兄弟的命運驚人的類似，雖然沒有爭雄之心，可別人卻將你當成眼中釘肉中刺，恨不能馬上將你清除。」

薛勝景道：「人一旦登上高位，就會變得疑神疑鬼，懷疑周圍的一切，患得患失，時刻擔心別人會奪走他的權力。」

胡小天意味深長道：「位置使人改變，也許等你到了這樣的位置，你會更加變本加厲。」

薛勝景居然點了點頭：「是啊，人一旦到了這個位子就會變得連自己都不認識自己，我年輕的時候只想著安安穩穩的度過一生，與世無爭，哪怕是庸庸碌碌，只求安逸享受，不求青史留名。」說到這裡他停頓了一下，小眼睛盯住胡小天道：「你不信我？」

胡小天呵呵笑了起來：「我相不相信又有什麼關係？不過我也曾經有過和你一樣的想法。」

薛勝景道：「後來我才發現我始終被命運推著走，我雖然沒有爭奪之心，可是別人卻認為我有，我雖然一讓再讓，別人卻始終將我當成攔路虎絆腳石，他們會想盡一切辦法來摧垮我的意志，毀掉我的生活，謀害我的親人……」說到這裡，薛勝景圓鼓鼓的面龐變得扭曲，小眼睛之中流露出刻骨銘心的仇恨。

胡小天點了點頭，他雖然不知道具體發生了什麼，可是他相信薛勝景所說的一切都是真的。

薛勝景道：「當年我父皇在世的時候，他早已定下我皇兄為太子，我對這件事並無異議，因為我從小就認為皇兄雄才偉略，無論哪一方面都強於我太多，我只想安心當他的兄弟，做一個逍遙王爺。父皇心中其實更寵愛我多一些，我那時過於年輕，並未想到會因為父皇的寵愛而遭到別人的陷害。」

胡小天沒有說話，心中卻已經明白薛勝景所說的那個陷害他的人是誰。

薛勝景道：「他故意安排了一個舞姬接近我，我不顧一切地瘋狂愛上了那個舞姬，她也愛上了我，可是因為我皇族的身分不可能將她娶進家門，只能將她偷偷安置，她為我生下了一兒一女，當一切成為事實的時候，那人又將我和舞姬的事情向父皇稟報，父皇大發雷霆，認為我有辱門楣，下令要將舞姬處死。我得到消息信以為真，讓人護送他們母子逃離，卻想不到我的所有行動都在他的掌控之中。」他又歎了口氣道：「其實事實是父皇並未想殺我的一雙兒女，只是有人故意放出這樣的消息，趁著他們母子逃離之時，意圖將他們全都剷除。」

胡小天已經能夠斷定當初陷害薛勝景的人必然是大康皇帝薛勝康，如今薛勝康已經死去，昔日的這段恩怨也已經沒有了太多意義，他的腦海中不由得產生了一個念頭，薛勝康突然暴斃，這其中到底有無玄機？薛勝景臥薪嚐膽，忍耐了那麼多年，會不會放棄復仇的想法？以他對薛勝景的瞭解，顯然是不可能的。

薛勝景並沒有接著自己的話題說下去，目光投向窗外，深深吸了口氣，調整了一下情緒，而後端起面前的酒杯飲了一口道：「你冒險前來雍都，該不是過來欣賞風景的。」

胡小天笑了起來，寒冬臘月，如果沒有重要的事當然犯不著跋涉千里，他輕聲道：「最近雍都發生了一些事情，連累到我的一些好友，所以我特地過來一趟，看看自己對他們能有什麼幫助。」胡小天自己當然幫不上什麼忙，否則他就不會過來見薛勝景，他是要向薛勝景求助。

薛勝景看似漫不經心地在胡小天的臉上掃了一眼道：「行刺皇上的事情該不會跟你有關吧？」

胡小天搖了搖頭：「毫無關係，我跟大雍此前締結過盟約。」

「盟約這種東西一文錢都不值，只不過是騙騙小孩子罷了。」薛勝景的語氣顯得極為不屑。

胡小天道：「神農社的柳長生父子都是老實人，他們也都是我的好朋友，還望大哥幫忙從中斡旋，解救他們父子二人的性命。」

薛勝景充滿狐疑地望著胡小天，他並不相信胡小天僅僅為了這兩個人的性命就來到大雍，從他的個人觀點來看，根本就是不可思議，即便是朋友也不值得如此冒險，不同的人看待問題自然會有不同的想法。

當然胡小天這次前來大雍的目的也不僅僅一件，他還肩負著找到上官天火父子，將之剷除的任務。他和夏長明此番只是打前站，丐幫包括薛振海、安翟在內的高手也經由陸路進入大雍，不日就會抵達雍都跟他會合。

薛勝景道：「不是我不肯幫你，只是最近皇上遇刺的事情鬧得沸沸揚揚，他甚至將疑點鎖定在我的身上，悄悄派人搜集我跟這件事的證據，我若是主動插手這件事，恐怕非但幫不了你，反而會害了你的朋友。」

胡小天知道薛勝景說的是實情，並非有意推脫，低聲道：「大哥可否為我指一條明路？」

薛勝景歎了口氣，站起身來，慢慢來到窗前，將格窗用力推開，絲毫不懼迎面而來的寒風，一雙小眼睛下意識地瞇了起來：「很多事都不能只看表面，刺殺的目標表面上看是皇上，可皇上卻毫髮無損，被殺的那個妃子乃是我送給皇上的。」

胡小天心中暗忖，難道這場刺殺的背後另有玄機？主謀之人策劃這樣一場刺殺行動只是為了剷除薛勝景送給薛道洪的妃子？付出的代價豈不是太大？薛勝景這個人為人奸詐狡猾，他的話也不可信。

薛勝景道：「有人策劃刺殺不假，可有人早已掌握了這次刺殺行動，卻故意任其發生，利用這次刺殺的事情擴大影響，借機清除異己。」

胡小天聽到這裡，已信了七分，薛勝景在這方面本沒有必要欺騙自己，可這個背後策劃之人究竟是誰？應該不是薛道洪，他不會自導自演刺殺自己的一場戲。

薛勝景很快就給出了答案：「皇上對李沉舟過於信任，此人地位超然，手下有許多高手為他效命，我觀此人狼子野心，想要謀奪我薛家社稷。」

胡小天道：「這些話也許你應該說給你們的皇上知道。」

薛勝景歎了口氣道：「皇上不知被他灌了什麼迷魂湯，偏聽偏信，在皇上的眼中，忠臣只有他一個，其他人皆不可信。」說到這裡他停頓了一下，望著胡小天道：「你難道不清楚上任丐幫幫主上官天火已經投靠了李沉舟？」

胡小天雖然知道上官天火父子在大雍立足，卻並不知道這件事的背後還有李沉舟的支持，不由得皺了皺眉頭道：「當真？」

薛勝景點了點頭道：「我何必騙你，李沉舟不但和丐幫過往甚密，而且他和劍宮、落櫻宮的關係也非同尋常，這個人絕不簡單，在軍中也擁有相當的影響力，現在又得蒙皇上如此信任，其權勢在大雍非常超然，就算是我也不敢輕易招惹他。」

胡小天道：「大雍的事情還輪不到他當家吧？」

薛勝景苦笑道：「你想救人，其實不該找我，不瞞你說，當今皇上對我戒心甚重，處處提防著我，我現在基本上是連朝堂都不願去，若想救出柳長生父子倒是有個最簡單的辦法。」他壓低聲音道：「只需我母后開口，柳長生父子自然無恙。」

胡小天目光一亮，薛勝景所說的的確不錯。

薛勝景道：「可我在母后面前也說不上話，你最好去找我皇妹。」

第十章

最大的靠山

薛靈君雖然是個女人，可是她的眼界卻並不狹隘，
她看出薛道洪執政的重大失誤，也看出這次刺殺有些不尋常。
而且母后的狀況，也讓她很是擔心，
在眼前的大雍，也只有母后才是她最大的靠山，
若是這座靠山倒了，後果只怕不堪設想。

蔣太后最近心情不好，慈恩園內的太監宮女沒有一個不被她罵過，連董公公這種跟在她身邊幾十年的老人，昨個還因為摔了個杯子被老太后狠狠一通臭罵，所以宮人們現在面對蔣太后的時候都陪著小心，如無必要都儘量避免和老太后接觸，誰也不想主動觸楣頭遭到懲罰，甚至白白丟掉了性命。

「小董子？」蔣太后揚聲喝道，一連叫了幾聲都不見有人應聲，蔣太后不由得勃然大怒，厲聲道：「全都聾了嗎？哀家叫你們聽不到？」

幾名宮人嚇得撲通一聲跪了下去，其中一名太監壯著膽子回應道：「啟稟老佛爺，董公公出去了……」

蔣太后冷冷看了他一眼，捏著嗓子道：「沒規矩的東西，掌嘴！」

一旁太監揚起手來照著那個壯膽開口的倒楣鬼就是一個大嘴巴子，打得清脆至極，嚇得那太監磕頭如搗蒜連叫知罪。

此時外面傳來了一串銀鈴般的輕笑：「我說這是在幹什麼呢？又哭又鬧的，都說慈恩園是個修心養性的地方，我看怎麼不像呢？」卻是長公主薛靈君到了，眾宮人看到她到了，暗地裡鬆了口氣，誰都知道蔣太后對這位長公主的寵愛，知道她才是老太后的開心果，只要她來到身邊，老太后什麼煩惱都沒了。

果然如此，蔣太后看到女兒出現，頓時轉怒為喜，笑罵道：「你最近都只顧著自己逍遙快活，把哀家忘了吧？」

薛靈君擺了擺手示意那幫宮人退下，然後格格笑道：「忘是沒忘，可聽說天下第一大母老虎發威，我思前想後還是別觸這個楣頭，萬一招惹了她豈不是麻煩。」也只有她才敢肆無忌憚地在老太后面前說笑。

蔣太后非但沒有生氣，反而樂出聲來：「你才是母老虎，哀家心情不好還不是因為你們這些兒女的緣故，這麼大了都還要讓哀家操心。」

薛靈君繞到母親身後，捏起一雙粉拳在她肩頭輕輕捶了捶道：「母后這話我可不懂。」

蔣太后歎了口氣道：「你皇兄是個鰥夫，你又是這個樣子。」她本想說薛靈君是個寡婦來著，可話到唇邊又顧及女兒的顏面，還是說得婉轉了一些，

薛靈君手上加重了一些。

蔣太后誇張叫了起來：「你這個死丫頭，莫非要捶死你娘？」

薛靈君道：「想說我是個寡婦，你就直說，休要在這裡拐彎抹角。」

蔣太后歎了口氣道：「哀家只有你們三個，勝康英年早逝，你們兩人卻都是這般模樣，哀家何嘗不想兒孫滿堂，看著你們各自都有自己的歸宿，哀家老了，這身體也是一天不如一天，估計也是時日無多，有生之年只希望能夠看到你們有個完整的家，身邊也好有人照顧……」說到動情之處，老太后潸然淚下。

薛靈君掏出自己的錦帕給老太后擦去眼淚，輕聲道：「母后，其實我們也沒像

你說得那麼淒慘，我二哥是立志不娶，雖然如此可他的身邊也不缺少女人，不知有多麼快活，你操他的心作甚？」

蔣太后道：「就算他不用哀家操心，你呢？你正值青春韶華，難道不清楚紅顏易老的道理，為何不趁著青春貌美之時將自己嫁掉？」

薛靈君唇角現出一絲苦澀的笑意：「還有人敢娶我嗎？」

蔣太后道：「怎麼沒有？咱們大雍不知有多少人都想向你提親。」

薛靈君道：「母后，我乃不祥之人，克夫之命，又何必害人。」

蔣太后道：「誰能夠娶到你都是上輩子的福分，誰敢說我女兒克夫？哀家定然要了他的腦袋！」

薛靈君歎了一口氣，道：「人家表面不說，心裡一定這麼想，敢於登門提親的並不是真心喜歡我，而是惦記我這皇家身分。女兒已拿定主意，這輩子再不嫁人。」

蔣太后道：「現在你可以這麼說，可以後必然要後悔。」

薛靈君道：「母后，咱們不說這個，有件事不知您是否知道，因為皇上遇刺的事情，最近雍都變得風聲鶴唳，金鱗衛大肆搜捕和行刺案可能相關的人物，因此被下獄調查的已有三百餘人。」

蔣太后皺了皺眉頭道：「哀家才不想聽朝廷的事。」

薛靈君道：「母后雖然不想聽，可女兒還是要說幾句話，此前渤海國的事情到底因何而起，母后的心中應該明白，皇上這麼做，動機不僅僅是調查兇手那麼簡單。」薛靈君此前出使渤海國，險些被害，如果不是胡小天出手幫忙，只怕很難順利重返雍都。

蔣太后雖然老邁，可女兒的這番話究竟是什麼意思她當然清清楚楚，她歎了口氣道：「大雍若是想恢復到你大哥在位那時的盛況，必須要我們薛家上下一心，精誠團結，千萬不可自相殘殺。」

薛靈君道：「孩兒只是一介女流，本無爭權之心，可我今日說句不該說的話，皇上似乎疑心太重，而且他的身邊人正在利用這一點推波助瀾，想要清除異己。」

蔣太后道：「你是在說李沉舟嗎？」

薛靈君點了點頭道：「皇上過於倚重李沉舟，現在李沉舟的勢力不斷做大，而且他的聲望也越來越高，這絕不是什麼好事。」

蔣太后道：「你擔心他功高蓋主，又或是生出謀反之心？」

薛靈君道：「皇上對他言聽計從，渤海國的事情就跟他有關，上次如果不是母后出面，恐怕我和二皇兄都要遇到麻煩了。」

蔣太后又歎了口氣道：「別人不瞭解勝景，哀家又豈能不瞭解自己的兒子？他表面上與世無爭，實際上卻始終都存著爭權之心，讓他交出聚寶齋，其實是為了保護他，如果聚寶齋仍在他的手中，恐怕會招來大禍。」

薛靈君道：「母后以為他交出聚寶齋就可以沒麻煩了嗎？」

蔣太后沒有說話，其實她也發現薛道洪一直都沒有放棄剷除異己的想法，她親眼見證三位皇帝執政，每個人上位之初都會做同樣的事情，他們著手清除危及到自身皇位之人，自己雖然老了，可在朝內眾臣心中仍擁有相當的影響力，上次渤海國的事之所以能夠平息，也是因為她出面的緣故，薛道洪對自己還是有些敬畏的。可若是有一天自己死了呢？他會不會放開手腳展開一場大屠殺，答案必然是肯定的。

薛靈君道：「母后，道洪的目標一直都選錯了。」

蔣太后有些疲憊地閉上了雙目，低聲道：「等哀家壽辰的時候，哀家跟他好好談談。」

薛靈君道：「李沉舟的權力太大，必須要有人出來平衡一下，這種事只有母后方便說。」

蔣太后道：「也罷，哀家來當這個壞人就是！」

薛靈君離開慈恩園的時候，心情卻隨著降臨的夜色變得越發沉重了，她發現母后對政事變得前所未有的消極了，或許是因為她老了，真正想頤養天年不問政事，還有一個原因就是母后的影響力在不斷削弱，連她也無法影響到當今皇上。

薛靈君甚至有些後悔當初對薛道洪的支持，薛道洪登基之後的表現已經充分表明，他並非是一個英明的君主，他的智慧更多地用在排除異己方面，遺傳了薛勝康的多疑和冷酷，卻沒有繼承到他的雄才大略。在外敵壓境的情況下，不想著團結內部，反而仍然熱衷於剷除異己鞏固權力。

薛靈君雖然只是一個女人，可是她的眼界卻並不狹隘，她看出薛道洪執政以來的重大失誤，也看出新近發生的這次刺殺有些並不尋常。母后的狀況讓她很是擔心，在眼前的大雍，也只有母后才是她最大的靠山，若是這座靠山倒了，後果只怕不堪設想。

自己有這樣的想法，二哥薛勝景一定也是，薛靈君知道二哥乃是聰明絕頂之人，上次在渤海國不知利用什麼方法，讓胡小天出面幫忙辦事，母后也看出二哥表面與世無爭，其實野心勃勃，他絕不會坐以待斃。薛靈君甚至敢斷定，用不了太久，大雍就會陷入一場權力爭奪戰，這場爭奪戰或許就在二哥和當今皇帝之間。

回到自己的府邸，來到書房內坐下，腦子裡仍然亂糟糟一團，拿起原本準備交給母后看的那封信，湊在燈火上燒了，望著突突的火焰出神之時，卻聽到身後傳來一個聲音道：「燒的是情書嗎？」

薛靈君被嚇了一跳，手中尚未燃盡的那封信失手落下，剛好掉落在她的長裙之上，瞬間將長裙引燃。

一道身影衝了上來，一腳將長裙上燃燒的火焰踩滅。薛靈君驚魂未定地抬起頭來，看到胡小天突然就出現在了自己的面前，一雙朗目笑瞇瞇望著自己，芳心中不由得慌亂了一下，然後馬上又恢復了剛才的節奏，風情萬種地拋了個媚眼道：「夜闖深閨，意欲何為？」

胡小天微微一笑，望著眼前這妖嬈尤物，心中不禁怦然心動，他雖然遊戲花叢，閱盡人間美色，可如薛靈君這種妖嬈火辣的女子，卻只有她一個，別看薛靈君豔若桃李，可其心機卻是深不可測，不然薛勝康當年也不會對她委以重任，只不過在薛勝康死後，這位大雍長公主的權勢大不如前，面對新君薛道洪的猜忌和排擠，也不得不收斂鋒芒，選擇明哲保身。和當年薛勝康當政之時，她的地位可謂是一落千丈。

面對胡小天，薛靈君非但沒有選擇退讓，反而向前走了一步，高聳的胸膛幾乎就要貼在胡小天的身上，一雙充滿誘惑的鳳眸望著胡小天，吹氣若蘭，俏臉之上春意盎然，嬌滴滴道：「你想怎樣？你到底想將人家怎樣？」

胡小天清楚自己面對的是什麼人物，和薛靈君的幾次交手，又有哪次她肯真心對待自己？這女人表面風情萬種，其實內心堅如磐石，想要掌控她的內心很難。

胡小天輕聲道：「我想怎樣你難道不知道？」

薛靈君俏臉一紅，顯得越發嬌豔可人，輕聲啐道：「壞人，你不怕我叫？」

胡小天呵呵笑道：「咱們兩人在一起，應該是我覺得危險才對。」

「你怕我吃了你？」

胡小天點了點頭：「女人是老虎，君姐恰恰是老虎中最厲害的那一種，吃人不吐骨頭。」

「我呸！」薛靈君的臉色說變就變，俏臉之上已經再無一絲一毫的笑容，頃刻間籠上一層嚴霜，轉身來到書案前坐下，擺出一副拒人於千里之外的架勢：「說吧，你千里迢迢地過來找我，為了什麼事情？」

胡小天向她走了兩步：「想君姐給我幫一個小忙。」

薛靈君眨了眨眼睛，頓時猜到了他此行的目的：「你想我幫你救人？」

胡小天讚道：「君姐真是冰雪聰明，在你面前，總是不自覺產生被人扒光的感覺。小弟此次前來是因為神農社的事情，柳長生父子都是老實人，又於我有恩，還請君姐出面解救。」

薛靈君冷笑了一聲道：「你是在害我啊！」她停頓了一下又道：「袁江行刺皇上一案牽涉甚廣，柳長生父子和其中一名刺客有關，現在這種時候，每個人都避之不及，你卻要讓我迎風而上，是不是想我也被牽連其中？你究竟是來求我幫忙，還是想害我的？」

胡小天抱拳道：「若非沒有辦法，小弟也不會前來勞動君姐出馬。」

薛靈君秀眉微顰，一雙美眸閃爍不停：「你和我二皇兄是結拜兄弟，你不去找他反來找我……」她頓了一下道：「你找過他對不對？是他讓你過來找我對不對？」

胡小天心中暗讚，薛靈君果真是修煉成精，稍一琢磨就猜到了問題的關鍵所在，談到正事胡小天自然不敢調笑，正色道：「這件事除非蔣太后出面，否則很難解決。」

薛靈君歎了口氣道：「你對大雍的事情並不清楚，自從刺殺案發生之後，被牽連入獄者已經有三百多人，這些人多半都是無辜的，你以為皇上就不知道？他心中清楚得很，只不過是利用這個機會，誰會在這種時候惹火燒身？」

胡小天道：「你是說薛道洪是在藉此佈局？利用這些人請君入甕！」

薛靈君道：「也許不是他的主意，可一定跟他脫不開干係。」

胡小天對大雍目前的局勢也有所耳聞，也明白薛勝景、薛靈君這些皇族的日子並不好過。從薛靈君的語氣中能夠聽出，她並沒有將眼前所有的責任都歸咎到薛道洪的身上。

胡小天道：「君姐，小弟來此之前並不瞭解您的難處，若是當真不便出面，我也不好勉強。」

薛靈君冷冷望著他道：「你以為我是有意搪塞你嗎？」

胡小天道：「小弟絕沒有那個意思。」

薛靈君咬了咬櫻唇，卻又莞爾笑了起來：「臭小子，人家說不幫你了嗎？」

胡小天本來已經準備告辭，聽到她這麼說又停下了腳步，故意道：「君姐還是不要為難了。」

薛靈君暗罵這廝狡詐，根本就是欲擒故縱，其實心中巴不得自己為他出頭，可還要裝腔作勢，感覺突然就恨得牙根兒癢癢，抬起腳來照著胡小天的身上就踢了一記：「裝什麼裝？你那點花花腸子以為我不知道？」

胡小天呵呵笑了起來，目光落在薛靈君被燒出一個破洞的長裙之上，透過破洞，隱約可以看到她晶瑩如玉的長腿。

薛靈君敏銳捕捉到了他的目光，嬌滴滴道：「你在看什麼？」

胡小天道：「有些餓了，聽說秀色可餐，所以驗證一下。」

薛靈君咬了咬櫻唇，一臉嬌羞嫵媚的樣子：「你想吃我？人家好怕……」嘴上說著害怕，卻主動湊近了胡小天，似乎有些惶恐緊張，卻又嬌羞難耐，胸脯因呼吸而急促起伏，越發顯得誘惑至極。

胡小天看到薛靈君的模樣，差點沒把鼻血噴出來，可這貨分得清輕重，薛靈君才沒那麼簡單，跟這種女人在一起如同玩火，稍有不慎就會引火焚身，胡小天也不認為她會真心誠意地幫助自己。

果不其然薛靈君接著就提出了一個要求：「我幫你救出柳長生父子，你準備怎麼謝我？」

胡小天道：「你想我怎麼謝你？金錢權力你都不缺，不如，我以身相許？」

薛靈君看到胡小天主動貼上來的時候，卻格格笑了起來，伸出右手的食指抵在胡小天的心口，以防他繼續靠近，她一樣看得清楚，胡小天雖然風流成性，可是這種人才不會輕易動情，這小子的話沒有幾分可信，今天如此討好自己，無非是因為有事相求，等自己幫他辦好了事情，他說不定又會換一副面孔，幫他辦事，再把肉身奉獻給他，自己豈不是虧大了，看這廝色瞇瞇的樣子，不排除他想要逢場作戲的可能，真當本宮是人盡可夫的浪蕩女子嗎？

薛靈君道：「你？我可不放心！」她纖長的手指輕點著胡小天的胸膛道：「幫我殺一個人如何？」

胡小天微笑道：「誰啊？這麼倒楣被你惦記上了？」事情果然沒有想像中容易，薛靈君才不會輕易答應幫他辦事。

薛靈君道：「簡融心！」

胡小天聽到簡融心的名字內心不覺一震，他無論如何都想不到薛靈君會讓他殺這個人，簡融心乃是李沉舟的妻子，大雍才女，薛靈君究竟跟她有何仇怨？想要通過殺死簡融心來達到打擊李沉舟的目的嗎？可既然如此？為何不直接對李沉舟下手？胡小天忽然想起此前聽到的傳言，據說在長公主薛靈君雲英未嫁之時，大雍皇室曾經向李沉舟提親，卻被李沉舟拒絕，難道正是因為這件事，薛靈君對李沉舟因愛生恨？進而生出了殺死簡融心的念頭？

胡小天心底突然生出一股酸溜溜的念頭，原來薛靈君心中一直喜歡的男人是李沉舟！不過胡小天掩飾得很好，並未暴露出內心中真正的情緒，低聲道：「你是要通過這樣的方法來打擊李沉舟嗎？」

薛靈君點了點頭，道：「李沉舟現在對我們皇族步步緊逼，若是再任由他這樣下去，我們皇族的生存空間，只怕會被壓榨一空，唯有給他一些教訓，才能讓他知難而退。」

胡小天道：「你不怕這樣的做法反倒會將他觸怒，我聽說他們倆口子伉儷情深，若是簡融心當真死了，李沉舟或許會做出更為瘋狂的事情。」

薛靈君唇角現出一絲冷笑道：「你焉知他不會就此沉淪，萬劫不復？」

胡小天從心底生出一股冷意，眼前的薛靈君在他心中再無半點誘惑可言，這女人的冷血和陰狠絕不次於七七，跟她合作必須加倍小心，胡小天點了點頭道：「我對簡融心缺乏瞭解，這件事我會安排，不過你需要提供一些便利條件。」

薛靈君嬌聲道：「做成此事，人家好好報答你。」雖然風情萬種，可是在胡小天眼中卻感到嬌柔而做作。

胡小天道：「有件事我感到奇怪，你們皇族為何不彼此聯手應對呢？」這正是他百思不得其解的問題，早在渤海國的時候，薛道洪就想將燕王薛勝景和長公主薛靈君一併除去，按理說他們本該同仇敵愾才對，可兩人之間卻很少有聯手的時候，究竟是背地偷偷聯合做得隱秘，不為人知。還是他們之間也有芥蒂，不肯聯手呢？

薛靈君道：「李沉舟又不是傻子，我們兄妹若是聯手，只會授人以柄。」

胡小天卻不相信答案會那麼簡單，看來這兩兄妹之間很少有溝通，不然薛勝景也不會讓自己過來求助於薛靈君。

胡小低聲道：「柳長生父子的事就拜託君姐了。」

薛靈君道：「一命換兩命，你做好那件事，我必然兌現承諾，這筆生意對你很划算哦！」

胡小天可沒覺得這筆生意划算，拋開本身的關係而論，簡融心在大雍的地位絕非柳長生父子能夠相比，她不但是大雍才女，大雍翰林院大學士簡洗河的寶貝女兒，更是李沉舟的妻子，若是殺了簡融心，在大雍的震動可想而知，為了救柳長生父子，而捨棄一個無辜女子的性命，胡小天在良心上是過不去的，雖然成就大事者不拘小節，也需殺伐果斷，可這件事畢竟是薛靈君逼迫自己而為。原本過來的目的是要求助，卻想不到被薛靈君要脅殺人，胡小天心中不爽，很是不爽。

擺在他面前有兩個選擇，一是乖乖為薛靈君做事，殺死簡融心，換取柳長生父子平安獲釋，二是放棄求助於薛靈君，另想其他的辦法。可他在大雍的官場之中並無太多的關係，最熟悉的兩個人就是薛勝景和薛靈君兄妹，這兩個人都是聰明絕頂，而且不會為他人無條件做事。跟他們的關係如同使用一把雙刃劍，要時刻提防使用不當傷及到自己。

胡小天回到客棧已經是深夜，夏長明在永福客棧租下了一個單獨的院落，以免過度引人耳目，聽說胡小天還未吃飯，他馬上讓人準備酒菜送來。

兄弟兩人在熱炕上坐了，酒也已經燙好，胡小天端起酒盅一口飲盡。

夏長明從他表情就已看出今天的事辦得並不順利，低聲道：「她沒有答應？」

胡小天搖了搖頭：「答應了，不過她提出了一個條件，讓我幫她殺一個人！」

夏長明道：「什麼人？」

胡小天低聲將剛才的事情說了。

夏長明聽完不由得倒吸了一口冷氣，薛靈君之冷血毒辣已經超出了他的想像，他低聲道：「主公答應她了？」

胡小天點了點頭道：「只能暫且答應。」

夏長明道：「就算主公為她做成此事，焉知她會兌現承諾？就算她兌現承諾救出柳家父子，又怎能保證她不會將這件事透露出去？將矛頭指向主公？」

胡小天緩緩將酒杯落下道：「薛靈君這個人任何事情都做得出來，她是想利用我們，不過我們目前也沒有太好的辦法，救人也不必急於一時，她想要利用柳家父子的性命達到自己的目的，必然要給我們提供種種便利，我們剛好可以將計就計，利用這個機會摸清大雍國內的真正情況。」

雖然來到大雍只有短短兩日，胡小天卻已經看清大雍內部矛盾重重，薛道洪的遇刺事件只不過是新一輪權力鬥爭的開始，短時期內不會結束，薛道洪和李沉舟會利用這次的事件，將影響不斷擴大，借機清除潛在的威脅。

氣溫驟降，大雍永貴宮內卻溫暖如春，薛道洪和李沉舟相對而坐。薛道洪臉上的表情仍然帶著憂傷，仍未從失去愛妃的痛苦中解脫出來。

李沉舟低聲奉勸道：「陛下，人死不能復生，您也不要傷心過度，務必要保重龍體。」

薛道洪歎了口氣道：「朕待這幫金鱗衛不薄，想不到他們之中居然還有人想對朕不利。」

李沉舟道：「所以陛下不能太過樂觀，人心叵測，陛下雖然登上皇位，可是許多人仍未死心，一計未成，又生一計，陛下還需早做決斷，只有安定內部，懾服那幫皇室宗親，方才能夠高枕無憂，上次的悲劇才不會重演。」

薛道洪道：「上次若不是老人家干涉，朕就可以將他們盡數剪除。」渤海國的計畫功敗垂成，仍然讓他耿耿於懷。

李沉舟道：「燕王雖然被迫交出了聚寶齋，可是根據我最新的情報，除了聚寶齋之外，他還擁有燕熙堂，先帝對他深信不疑，方才導致了他肆無忌憚瘋狂斂財。」

薛道洪咬牙切齒道：「朕饒不了他……」他停頓了一下又道：「朕最擔心的那個人還是道銘。」

李沉舟搖了搖頭道：「他的背後雖然有淑妃和一眾勢力支持，可終究無法成就大事，陛下現在面臨的最大阻礙其實是……」他並沒有把話說完，或是因為顧忌或是留給薛道洪自己去體會。

薛道洪明白李沉舟隱去的這個名字是誰，老太后才是他登基以來的最大障礙，雖然在他登上皇位的事情上老太后給予自己的幫助不小，可是隨後在他推行政令的過程中，蔣太后卻時常插手，而以她為代表的老舊勢力已經給他在權力的實施中起到了相當大的阻力，這其中就包括利用渤海國聚寶齋的事情發動剷除燕王薛勝景和長公主薛靈君的計畫。

當然這兩人畢竟是老太后的親生骨肉，她自然不忍心眼睜睜看著他們成為政權更迭的犧牲品。薛道洪能夠理解蔣太后的想法，可隨著時間的推移他變得越來越沒有耐心，昔日對老太后的感激之情也漸漸變成了仇恨。

李沉舟悄然觀察著薛道洪的臉色，當他捕捉到薛道洪雙目中迸射出的怨毒之時，頓時明白了薛道洪的心意。

薛道洪咬牙切齒道：「這次朕絕不會再給她面子。」

蔣太后病得非常突然，宮內太醫幾乎全都被找了過去，可誰都說不出個所以然來，最後提出要神農社的柳長生父子過去，聽到這一消息，薛道洪就已經明白，老太后不是真病，只是利用這個藉口解救柳長生父子，雖然明知其中的奧妙，薛道洪也不能公然拒絕，只能讓柳長生父子前去。

柳長生父子雖然去了慈恩園，可並不代表他們已經脫離了危險，無非是從李沉舟的控制中換到了太后的手裡，確切地說是在長公主薛靈君的手裡，只要薛靈君願意，隨時都可以將他們置於死地。

胡小天並沒有料到薛靈君的動作居然如此神速，薛勝景的指點果然不錯，薛靈君可以影響到老太后，如果不是她出面，老太后也不會湊巧生這場病。胡小天的心情卻沒有絲毫的放鬆，非但如此，他反而感到越發緊迫了，薛靈君是在通過這種方式告訴他，柳長生父子生殺予奪的權力已經掌控在她的手中。

這是大雍今冬以來的第一場雪，短短一個上午，飄飛的大雪已經將山河染白，丐幫執法長老薛振海，因為興州之戰立下戰功而得以提升為五袋弟子的安翟連同十六名丐幫高手冒著風雪進入了雍都。他們此番前來乃是抱著剷除丐幫叛逆，重新收復丐幫江北分舵的權力而來。

為了避免引起外人注意，所有人也都脫下了襤褸的百衲衣，換成了普通裝扮，偽裝成運送茶葉的商隊。抵達雍都第一件事就是前往拜見胡小天，他們也就落腳在永福客棧。

薛振海和安翟兩人見到胡小天的時候，他正要出門，看到兩人前來，也是非常高興，畢竟他現在面臨身邊人手嚴重不足的問題，丐幫高手的到來非但可以讓他如虎添翼，而且他們還可以聯繫雍都忠誠於丐幫的那些弟子，實力不容小覷。

這段時間，胡小天看似按兵不動，其實他是在瞭解雍都的形勢。長公主薛靈君雖然將柳長生父子從獄中解救出去，不過她也沒有逼迫胡小天馬上出手去殺簡融心，甚至對這件事提都未提，她既然不提，胡小天自然也沒有主動去找她的理由，可有些事終究是無法迴避過去的，想要保住柳長生父子的性命，就必須要滿足薛靈君的條件。

薛振海和胡小天寒暄過後，憤憤然道：「公子，我等已經查清了狀況，上官天火的確投奔了李沉舟，若是沒有李沉舟的支持，他不可能將江北分舵分裂，這段時間上官天火父子大開殺戒，清除異己，已經殘害了我們不少的兄弟。此番我等前來，必然要除此惡賊，決不能任他逍遙。」

胡小天能夠理解薛振海的憤怒，畢竟上官天火對丐幫為禍不淺，自從丐幫創立以來，還從未經歷過這樣的分裂，可是剷除上官天火絕非那麼容易，畢竟這裡是大雍，而且上官天火父子已經基本控制住了這裡的局面。

胡小天低聲道：「李沉舟才是關鍵，就算剷除掉上官天火，他還有兩個兒子，就算將上官天火父子一網打盡，李沉舟還可以捧出其他的人來禍亂丐幫。」

安翟目光一亮，他對胡小天的話深表認同，其實他也想到了這一點，只是因為他在幫中地位過於低微，不方便在幫中長老的面前說出自己的意見。

薛振海此次前來只是抱著對付上官天火父子的想法，胡小天說得雖然有些道理，可是在薛振海看來，胡小天還是想要利用他們，試圖將幫中的內務導向政治紛爭，龍曦月雖然順利成為丐幫幫主，也得到了丐幫多半元老的承認，可這些元老並不是都認為龍曦月有資格成為他們的幫主，很多人都明白目前丐幫遇到了前所未有的危機，必須要依靠外力的幫助方才能夠順利渡過難關。選擇龍曦月其實就是選擇她背後的胡小天，如果不是如此，丐幫不可能迅速從天香國的窘境中走出，也不可能順利將紅木川作為新的立足發展之地。

可這並不意味著丐幫的每個人都願意被胡小天所用，丐幫的元老之中有不少人並不願意介入政治爭鬥，一直以來丐幫的勢力遍及天下，若是立場分明地站在某一方，那麼他們就會因此而得罪另外一方，江湖事江湖了，他們更希望通過自己的方式來解決問題。所以胡小天的話會讓薛振海生出被利用的想法。

薛振海道：「李沉舟乃是大雍皇帝面前的紅人，權傾朝野，而且武功深不可測，劍宮、落櫻宮的高手都甘心為他所用，可見此人過人的手腕，與他為敵並不明智，公子此來只是為了救人，又何必招惹太多的麻煩？」

胡小天淡淡一笑，臉上流露出些許不悅之色，輕聲道：「薛長老遠道而來只怕累了吧？不如早些休息，有什麼事情，咱們明日再談。」

薛振海聽他下了逐客令，臉上的表情頓時有些尷尬，勉強擠出一絲笑容道：「公子這麼一說還真是感到疲倦了，那老夫先走一步。」

胡小天起身相送，並沒有送他到門口，安翟和薛振海一起走了，外面的雪卻是越下越大越積越深，這會兒功夫雪已經沒過了足踝，在大康很難見到這樣的大雪。沒過多久，安翟卻又去而復返，胡小天見到他回來並未感到太多的驚奇，微笑道：「安兄還有什麼指教？」

安翟深深一揖道：「公子言重了，小人怎敢談得上指教，只是剛才聽到公子的那番話感到獲益良多，於是有些話想單獨跟公子說。」

胡小天邀請他重新坐下。

安翟道：「公子千萬不要怪長老，幫有幫規，一直以來丐幫的幫規都不提倡介入政事，畢竟丐幫弟子遍及天下，想要討口飯吃就不能得罪任何一方勢力。」

胡小天微笑道：「天下太平的時候這樣自然可以明哲保身，可身在亂世，想要左右逢源，兩不得罪又有什麼可能？」

安翟道：「公子說的是，其實丐幫江北分舵的事情我更加清楚一些，公子有何差遣，有何需要，只管開口，安翟必傾盡全力。」

胡小天望著安翟欣賞地點了點頭，安翟果然不簡單，難怪喬方正會重點將他推薦給自己，丐幫之中高手雖多，可是懂得審時度勢的人卻不多見，安翟的這番話等於是在向自己主動示好，胡小天也不跟他客氣，低聲道：「你們在雍都有多少可信之人？」

安翟道：「在下信得過的有十餘人，別的不敢說，打探消息應難不住他們。」

胡小天從安翟的這番話已看出他和薛振海在對待上官天火父子的事情上觀點完全不同，心中暗忖，他倒是可爭取之人，丐幫歷經百年發展，如今淪落到南北分裂，事實上已經成為丐幫歷史中最為低潮的時刻，究其原因和丐幫內部產生奸佞有關，也和丐幫的新老交接不利有著相當的關係，放眼丐幫內部，掌權的仍然是一幫老人，年輕一代並沒有湧現出佼佼者，這麼大的幫派僅僅依靠一兩個人是無法保證香火延續勢力不衰的。江湖如此，廟堂同樣如此。

丐幫的危機僅僅依靠這些老人是無法從根本上解決的，必須要提攜一些新生力量，朱八、孟廣雄、謝天穹、安翟這些人都是丐幫的未來希望，也只有他們全都成為獨當一面的人物的時候，丐幫才能完成新陳交替，才能重新走向輝煌，一個強大的丐幫方才有能力給予自己最大的幫助。從這一點上來看，丐幫對胡小天的倚重要遠遠超過胡小天對丐幫，至少到目前為止，胡小天給予丐幫的幫助要遠遠超過丐幫為他的付出。

薛振海這種丐幫的元老級人物雖然承蒙了胡小天的不少恩澤，可是在內心深處仍然小心和他劃清界限，儘量避免介入政治爭鬥，這顯然是有些自私的。

安翟把形勢看得很透，丐幫想要重新統一就離不開胡小天的幫助，江湖和廟堂從來就不可能真正斷絕了關係，丐幫復興的希望就在胡小天的身上，胡小天說得沒錯，想要解決丐幫分裂之事，就必須摧垮分裂的根基，絕不是殺掉上官天火父子那麼簡單，而是要剷除背後的始作俑者。

靖國公李明輔靜靜站在宗祠內，他聽到了身後輕輕的腳步聲，沒有回頭就已經判斷出來人是李沉舟，雙眉蹙起，臉上的表情顯得有些陰鬱。

李沉舟在宗祠門外抖落身上的雪花，然後又在門外棉墊之上蹭了蹭鞋底，這才小心跨入門檻。

宗祠內燭火昏黃，青煙繚繞，在這樣一個風雪之夜，大伯將自己叫到宗祠必然有著很重要的原因。

李沉舟望著大伯微駝的背脊，心中不禁感歎大伯也老了，大伯從爺爺那裡繼承了靖國公的職位，卻沒有爺爺的能力，在爺爺去世之後，大伯一直都小心翼翼地侍奉朝廷，充當著李家守護者的身分，他也的確沒有辜負爺爺的期望，很好地做到了這一點。看到大伯，李沉舟不覺想起了自己的父親，當年父親背井離鄉隱姓埋名，肩負使命前往大康，歷盡多少辛苦方才熬到了大康太師之職，父親做出的犧牲實在太多，甚至連自己的同胞兄弟都犧牲了性命。

想起同父異母的兄弟文博遠，李沉舟就感到一陣心痛，雙魚玉佩終於得以重圓，可是他和兄弟卻永無相認之期。

李明輔的咳嗽聲打斷了李沉舟的思緒，讓他回到現實中來，李沉舟恭敬道：「大伯！」

李明輔沒有回應，只是沉聲道：「給你爺爺上香！」

李沉舟恭敬點了點頭，走上前去點燃香火，跪倒在爺爺的靈位前，在爺爺的靈位旁就是父親的牌位，李沉舟在看到文博遠的屍體之前，在看到那雙魚玉佩之前，始終以為自己的父親早已死了，也就是那一刻他方才明白父親始終都活著，李氏一門忠烈，為大雍鞠躬盡瘁死而後已，爺爺到死都沒有機會和父親見上一面。

李沉舟不知伯父是不是清楚這其中的內情，他認為伯父或許是不知道的，在大伯的心中最重要的是大雍，然後才是他們李家。

李沉舟跪拜完畢，恭恭敬敬將燃香插入香爐之中，本想起身，卻聽李明輔道：「跪著！」

聲音雖然不甚嚴厲，卻充滿著不可抗拒的力量。李沉舟從小都是由他撫養長大，李明輔不僅僅是他的大伯，同時還承擔著父親的責任，可以說李沉舟能有今天的成就，大伯功不可沒，他對自己的愛甚至超過了他自己的親生兒女。

李明輔望著父親李玄慼的牌位道：「我李家滿門忠烈，深得大雍歷代皇帝器重，恩澤三代，你爺爺為大雍的崛起興盛立下不世之功，先皇感其功德，封他老人家為靖國公，老人家仙逝之後，先皇恩准世襲公爵之位，朝廷對我們李家的恩德是永遠都報不完的。」

李沉舟道：「沉舟明白！」

李明輔搖了搖頭道：「你若明白，為何要做這種事情？」

李沉舟道：「沉舟不明白伯父指的是什麼？」

李明輔唇角露出一絲苦笑道：「李家的後代子孫之中，無論聰明才智還是文治武功，你都是當之無愧的第一，伯父沒什麼本事，唯一能做的就是忠於朝廷，就是保護李家，將你們這些孩子撫養成人，我天生愚鈍斷然是無法擔當光耀李氏門楣的重任。」他的目光投向兄弟的牌位道：「你爹若是活著，他或許有這個本事。」

李明輔的話讓李沉舟越發斷定他並不知情，可父親仍然好端端地活著，只不過換了一個身分，現在的他已經成為了大康太師文承煥，想起了父親的付出，李沉舟內心中又是一陣難過，父親數十年的背井離鄉又換來了什麼？自從爺爺去世之後，李家的權勢大不如前，大伯只有虛名而無實權。

李明輔道：「咱們李家人無論如何都不可以對不起朝廷！」

李沉舟道：「大伯，沉舟不明白您這句話的意思。」

李明輔點了點頭道：「也罷，你既然跟我裝糊塗，我不妨把話對你說清楚。皇上遇刺的事情已經過去了，你掀起那麼大的風波究竟為了什麼？」

「為了徹查兇手，消除隱患，避免同樣的事情再次發生。」李沉舟毫不猶豫地回答道。

李明輔道：「十三名兇手全部被抓，其中有九人已經死去，倖存的三個也不再構成威脅，而且他們根本就沒什麼幕後主使。」

李沉舟道：「他們不肯說未必代表沒有！」

李明輔道：「為什麼要將這件事不斷發酵，已經牽連進去了三百多人，你以為自己做得天衣無縫？你以為可以瞞過所有朝臣的眼睛？」

李沉舟大聲道：「沉舟對皇上一片忠心蒼天可鑒，這件事若非皇上親自授意，沉舟也不敢這樣做！」心中暗忖，伯父一定是聽說了什麼？他懷疑自己的動機，這才是他將自己雪夜招到宗祠的真正原因。

李明輔道：「知子莫若父，我雖然不是你的父親，可是我把你從小養大，你有什麼心思，我多少能夠看出一點。」他一雙深邃的眼睛牢牢盯住李沉舟，試圖想要窺破他的內心。

李沉舟並未流露出任何慌張和不安，臉色絲毫不變，無畏和李明輔對望著。

李明輔道：「皇上登基之後，對你恩寵有加，信任遠超其他的臣子，我淡出朝堂就是不想別人說我們李氏專權，我本以為你會輔佐皇上穩定國內局勢，讓大雍在最短的時間內走出低潮，帶領臣民重新振作起來，可是你做了什麼？你都給皇上出了什麼主意？」

說到這裡，李明輔的情緒突然激動了起來，他指著李沉舟的鼻子喝道：「渤海國的那場動亂是不是你在背後策劃？想要利用聚寶齋的事情一石二鳥，將燕王和長公主除去對不對？」

李沉舟沒有說話，因為他知道大伯的話還沒有說完，即便大伯並不是李家最優秀的人物，可是李家人的政治悟性還是遠超普通人的，有些事他可以瞞過其他大臣的眼睛，卻瞞不過大伯。

李明輔道：「縱然燕王貪財，縱然長公主違背規矩干涉朝政，可他們兩人罪不至死，當初力主皇上即位的也是他們，你為何要在皇上面前提議除去他們？」

李沉舟搖了搖頭：「沉舟沒有做過。」

李明輔點了點頭，道：「你不承認，我且當你沒有做過，就當是是皇上自己的主意，可現在皇上的根基未穩，你為何不勸他要少做朝堂之爭，急於剷除皇室宗親，不但會讓皇室心寒，也會讓大臣們惶恐不安，這對大雍的朝綱究竟有何好處？黑胡人的大軍尚且還在關外，攘外必先安內，你號稱經天緯地之才，難道連這麼簡單的道理都不懂？」

李沉舟道：「大伯非要說這些事跟我有關，沉舟也沒有辦法，可你只怕並不知道燕王這些年來利用聚寶齋虧空國庫，大雍又有多少銀兩悄悄流入了他的腰包，你以為燕王只是貪財那麼簡單？你知不知道先帝當年最忌諱的人是誰？」

李明輔道：「就算他有野心，他也已經將聚寶齋送給了皇上，現在遠離朝堂，手上根本沒有半分的權力，難道你們非要置他於死地才肯甘心？」

李沉舟靜靜望著大伯道：「大伯，這些事都是蔣太后跟你說的？」

李明輔沒有承認也沒有否認，他苦口婆心道：「大康之所以落到如今的地步，就是因為皇族內亂不斷，大雍好不容易才超越大康成為中原霸主，想要維繫霸主的地位，必須要立足發展，內部團結一致，而不是早早就忙於勾心鬥角剷除異己！」

李沉舟歎了口氣道：「大伯不要聽信他人一面之詞。」

李明輔見他堅決不肯在自己的面前承認，也沒什麼辦法，目光重新投向前方林立的牌位道：「自大雍建國以來，我李氏一門忠烈，為國盡忠，鞠躬盡瘁死而後已，我不希望李氏中出現一個危害國家之人。」目光凜凜盯住李沉舟道：「老太后雖然退隱，可並不意味著她能夠容忍別人危害她的兒女。我也不會允許任何人因為自己的野心，而將我們整個李氏家族推入危險的境地之中。」

他說完這番話不等李沉舟解釋，重重一拂袖，轉身離去。

李沉舟唇角露出一絲苦澀的笑意，他並沒有急著從地上起身，仍然跪在那裡，望著爺爺的牌位，目光又落在父親的牌位上，李氏一門忠烈，為大雍鞠躬盡瘁，可最後又得到了什麼？支持大伯說剛才那番話的不僅僅是愚忠，還有恐懼，出於對蔣太后淫威的恐懼，為了保全李氏，大伯的確付出不少，可這並不能改變他銳氣盡失的事實，李氏的太多人都因為安逸的生活而失去了對外界局勢的洞察。天下風雲變幻，一場前所未有的變局就要發生，抱殘守缺只有死路一條。

李沉舟的身軀忽然靜止了一下，然後慢慢轉過身去，看到妻子簡融心身穿白色貂裘，手持紅傘，靜靜佇立在大雪紛飛的靜夜中，遠遠眺望著自己，按照李氏的家規，女眷是不得擅入祠堂的，即便是簡融心也不例外。

李沉舟緩緩站起身來，轉身朝祠堂外走去。

簡融心望著他，被寒風刺痛的俏臉浮現出一絲笑容，宛如春花靜靜綻放在這清冷的雪夜。

李沉舟來到她的面前輕聲道：「你怎麼來了？外面冷！」話裡雖然透著關切，可是臉上的表情卻不苟言笑，他並不喜歡剛才的一幕被妻子看到。

簡融心柔聲道：「聽說你被大伯招去訓話，許久沒見你回來，所以才過來看看。」

她是出自擔心，生怕丈夫受到委屈，大伯李明輔平日裡素來對她非常的客氣，一來欣賞簡融心的德行操守，二來也因為李明輔和簡融心的父親簡洗河相交莫逆，當年李沉舟和簡融心的親事其中很大一部分的緣故是因為此。

李沉舟淡淡笑了笑，低聲道：「回去吧！」看到妻子，他不由得想起了岳父簡洗河，簡洗河也是老太后在朝中的親信之一，伯父今天召自己訓話之前，曾經和簡洗河相見，也許今晚岳父也脫不開干係。親人之間也因為政見的不同而分成了許多陣營，李沉舟內心中對此也頗感無奈。

簡融心看到丈夫走得太急，只能小步跟在身後，幾度想要伸出雨傘為他遮擋風雪，可總是趕不上他的步伐。

李沉舟似乎並沒有體諒到身後的妻子，步伐卻變得越來越急了。簡融心終於放棄了努力，默默跟在他的身後，兩人之間的距離卻越來越遠。

先後進入了他們所住的院落中，李沉舟走入房內，脫下大氅，過了一會兒簡融心方才走了進來，一言不發抖落了身上的落雪，李沉舟也沒有像往常一樣幫她解開外氅，而是坐在太師椅上望著燭火靜靜發呆。

簡融心在侍女的幫助下脫去外氅，又小聲叮囑幾句，那侍女退了出去，沒過多久，又端著熱好的參湯送了過來，簡融心示意她離去，端著熱好的參湯送到李沉舟的面前，柔聲道：「天寒地凍，喝點參湯暖暖身子。」

李沉舟搖了搖頭：「不想喝！」

簡融心黑長的睫毛顫動了一下，睫毛上剛剛融化的雪水晶瑩閃亮，她將參湯放在茶几之上，來到李沉舟身後，伸出一雙粉拳輕輕為他捶打雙肩。

李沉舟卻不耐煩地站起身來，躲開了妻子的善意，向前走了幾步，背影如同一片陰雲籠罩住簡融心嬌小的身軀，他沉聲道：「你爹今日是不是來過？」

簡融心咬了咬櫻唇，小聲道：「來過，是找大伯下棋的……」

李沉舟冷笑了一聲道：「下棋？」

簡融心道：「你不用懷疑他老人家，他對你絕對是不可能有惡意的。」

李沉舟霍然轉過身去，雙目森寒的目光讓簡融心芳心為之一顫，他們夫妻二人成婚多年，還從未見過他這樣冷酷過。

簡融心道：「相公，你是不是聽到了什麼？」

李沉舟道：「天下間哪有不透風的牆？」

簡融心聽出他話裡有話，幽然歎了口氣道：「我爹早已不問政事，而且就算他偶爾議政，也不可能做出對你不利的事情。」

「那倒未必！」李沉舟的語氣前所未有的冷漠。

簡融心道：「其實……其實他今日前來一是為了下棋，二是為了跟大伯寒暄，他最關心的就是何時能夠抱上外孫……」說到這裡，簡融心嬌羞無限，俏臉紅到了耳根，垂下頭去不敢看丈夫。

李沉舟的臉色卻變得越發難看，冷冷望著簡融心道：「你心中是不是怪我？」

簡融心聽他這樣說方才意識到他會錯了自己的意思，慌忙搖了搖頭道：「沒有，相公，你誤會了，很多事都是強求不來的，我從未怪過你，自從嫁給相公之後，你對我好得很，融心一直開心快樂，沒有為你生下一男半女全都是融心的緣故，與相公無關。」

李沉舟的臉色鐵青，冷冷道：「你當著我的面這樣說，心中卻未必這麼想！」

簡融心見他誤解自己，向前走了過去，伸手想要抓住他的手臂，李沉舟卻突然極其粗暴地將她的手臂推到了一邊，簡融心哪禁得起他的推搡，失去平衡，重重摔倒在地，額角不慎撞在了地上，頃刻間已經變得淤青。

李沉舟的臉上呈現出厭惡之色，伸出手指在身上彈了彈。

簡融心的淚水奪眶而出，她本以為丈夫只是失手將自己推倒在地，哪怕是他現在過來攙扶自己，自己也不會怪他，卻想不到李沉舟竟然無動於衷，對自己厭惡到了這樣的地步，簡融心咬著櫻唇，內心在滴血，她提醒自己不要落淚，忍著疼痛一言不發地從地上爬了起來。止住淚水，擠出一絲牽強的笑容道：「你餓不餓？參湯涼了，我去給你熱一熱。」

李沉舟道：「你何必如此虛偽？你心中喜歡的始終是洪興廉對不對？」洪興廉乃是大雍有名的才子，也是長公主薛靈君的丈夫。曾經和李沉舟被並稱為大雍年輕一代中的文武雙星，只可惜英年早逝。

簡融心忍痛來到茶几旁邊，可端起參湯卻聽到他說出這樣的話，一顆芳心痛得如同被刀割一樣，手中的參湯尚有餘溫，可內心卻如墜冰窟，簡融心將脊背挺直，一字一句道：「洪興廉只是我爹的學生，我的確仰慕他的才學，可是我只是將他當成大哥一樣看待，你這樣說對我不公，對死去的洪大哥也不敬！」

李沉舟呵呵冷笑道：「洪大哥！你叫得多親呢，你心中是不是巴不得自己嫁的那個人是他？」

簡融心猛然轉過身去，一雙美眸憤怒地盯住李沉舟。這位大雍才女即便是憤怒的時候，也是異常美麗：「我可以發誓，我和洪大哥之間是清白的！」

李沉舟道：「當初你爹想要你嫁的人也是洪興廉，如果不是中間突然殺出了薛靈君，只怕你們已經雙宿雙棲了，對你們簡家來說，我只是一個備選吧？」

簡融心因為憤怒，嬌軀瑟瑟發抖，雖然她早就知道丈夫對此事心有芥蒂，可他在婚後從未公然表露過，今日不知為何突然將所有的事情一股腦翻了出來，讓她痛心的是，他不僅沒有顧及自己的顏面，甚至連自己的父親都缺乏尊重。

簡融心穩定了一下情緒，輕聲道：「你若是當真覺得我有何違背婦道之處，你只管將我休了，融心絕不敢有半句怨言。可是你不可以侮辱我的清白，更不可以辱及我爹，洪大哥已經過世多年，你對一個離世之人如此刻薄，又於心何忍？」

李沉舟只是冷笑。

簡融心道：「我自從嫁入你們李家門來，一直竭力做好自己本份，雖然我尚有太多不足，可是自問恪守婦道，從未有做過對不起你李沉舟之事，更未做過辱沒李家門楣之事，不孝有三，無後為大，我嫁給你這麼多年，未能給李家延續香火是我的不是，可是……你捫心自問……你有沒有把我當是你的妻子？你有沒有把我當是一個女人？」

李沉舟的雙目陡然瞪圓了，他忽然揚起手掌。

簡融心仰起俏臉，毫不畏懼地望著他。她輕聲道：「你有著太多的秘密，這些年來我只不過是你的一件道具，在人前配合你經營出一副恩愛夫妻的假像，天下人都在羨慕我，可是誰又知道我真實的生活？你知不知道，每次我娘問我的時候，我的心中有多麼痛苦？」

李沉舟英俊的面龐因簡融心的這句話而變得猙獰扭曲，他忽然咬牙切齒的低吼道：「給我滾……滾回你的娘家去……」

簡融心緩緩點了點頭，內心中原本存留的一絲希望，因李沉舟的這句話而徹底破滅，她一言不發地向外面走去，甚至連外氅都未穿上，就這樣穿著輕薄的衣衫走入漫天風雪之中。

李沉舟的目光落在桌上的那碗參湯之上，忽然揚起手一掌劈落下去，一道無形掌刀劈斬在湯碗之上，湯碗從中分成兩半，噹啷一聲落在地上復又摔得四分五裂。

慈恩園內蔣太后從董公公的手上接過湯藥，飲了一口，不由得皺了皺眉頭道：「這藥可真是苦啊。」

董公公恭敬道：「良藥苦口利於病，這藥乃是柳長生親自為太皇太后開的方子。」

蔣太后捏著鼻子將湯藥喝完，又接過一碗冰糖燕窩粥，沖淡一下口中的苦味，輕聲道：「他們父子二人是否已經安頓好了？」

董公公點了點頭道：「安頓好了，只是奴才到現在都不明白主子為何要救這兩個人？」

蔣太后道：「你也相信他們父子參與了謀殺皇上的事情？」

董公公笑了笑道：「小的只是一個內臣，朝廷的事情又豈敢過問。」

蔣太后歎了口氣，嘴裡苦澀的味道減弱不少，可是內心的苦澀卻仍未減半分。

董公公道：「主子好像有心事啊。」

蔣太后點了點頭道：「哀家仍然放心不下啊！」

到了她這樣的年紀，死已經並不是那麼可怕，可是她若是死了，這大雍的皇室必然會發生一場動亂。

其實任何朝代，但凡權力更迭都會發生一些變亂，至少在目前大雍的這場權力交接還算穩定，並未發生大規模的流血事件，但這卻是因為她仍然在世的緣故，如果她死了，皇上就不會再有任何的顧忌，他會出手除去那一個個有可能影響到他皇位穩固的人。

董公公道：「其實太后原不該再過問這些事情，皇上已經登臨大寶，他想怎麼做就怎麼做，其他人生也好死也好，全都是他們自己的造化，您可以保得住他們一時，卻保不住他們一世。」

蔣太后眉頭顰起，明顯因董公公的這番話而感到不悅，可她也知道對方說的都是實話，所以並未出言呵斥。

董公公道：「奴才也知道自己的這番話並不順耳，可是您有沒有想過，上次因渤海國的事情為燕王和長公主出頭，已經讓皇上不悅，今次您又出頭壞皇上的事情，您不怕觸怒了他招來麻煩嗎？」

蔣太后聽到這裡不禁勃然大怒，董公公雖是她最為寵幸的一個太監，可是卻從未敢在自己的面前這樣放肆過，儘管他說得有些道理，可是明顯有對自己不敬之嫌，蔣太后將手中的半碗冰糖燕窩粥照著董公公劈面砸了過去，年紀越老脾氣就越壞，怪只怪董公公說話實在是太過直接了。

跟在蔣太后身邊，董公公被打被砸也不是第一次，然而這次卻明顯有些例外，他的身軀倏然一動，右臂一揮，一道勁風席捲而去，那半碗冰糖燕窩粥立時間改變了方向，潑灑在蔣太后的身上。

不等空碗落地，董公公已經穩穩將之拿住。

蔣太后還從未見他在自己的面前展露過武功，驚得雙目瞪得滾圓，旋即她就反應了過來，大聲喝道：「救命……」

可是她竭盡全力卻發不出任何聲息，因為她的嘴巴已經被董公公蒙住。

蔣太后難以抑制心中的恐懼，伸出雙手拚命去抓董公公的手臂，雖然扯爛了他的衣袖，可是卻動不了他手臂分毫。

董公公漠然望著她道：「老賤人！是你自己找死，皇上把你供在這裡，讓你頤養天年，你卻不識好歹，糾集那幫老臣子妄圖和皇上作對，呵呵，當真以為這大雍還是你說了算？既然你不懂事，那只有提前送你上路了。」

蔣太后的嘴巴雖然被封住，可是鼻孔仍然暴露在外，尚且能夠呼吸，這卻並不是董公的疏忽，蔣太后此時感覺到腹部如刀絞般疼痛，方才意識到剛才服下的湯藥可能有問題。

董公公道：「藥中有毒，藥方是柳長生為你開出的，柳長生父子乃是長公主求你幫忙救出，看來真正恨你的那個人是長公主，待我奏明皇上，讓他為您老報仇！」

蔣太后捶打董公公的雙手變得越來越無力，惶恐的目光漸漸變得暗淡下去，終於她放開了董公公的手，身軀軟綿綿跪了下去，繼而癱倒在了地上。

董公公充滿鄙夷地看了蔣太后的屍體一眼，整了整衣服，緩步來到門前，將房門拉開，然後發出一聲驚恐的大叫：「太皇太后！您這是怎麼了？來人！趕快來人！快來人啊……」

請續看《醫統江山》第二輯卷十四　生死相搏

醫統江山 II 卷13 挑燈夜戰

作者：石章魚
發行人：陳曉林
出版所：風雲時代出版股份有限公司
地址：10576台北市民生東路五段178號7樓之3
電話：(02) 2756-0949
傳真：(02) 2765-3799
執行主編：劉宇青
美術設計：許惠芳
行銷企劃：林安莉
業務總監：張瑋鳳

初版日期：2021年3月
版權授權：閱文集團
ISBN：978-986-352-956-9
風雲書網：http://www.eastbooks.com.tw
官方部落格：http://eastbooks.pixnet.net/blog
Facebook：http://www.facebook.com/h7560949
E-mail：h7560949@ms15.hinet.net
劃撥帳號：12043291
戶名：風雲時代出版股份有限公司

風雲發行所：33373桃園市龜山區公西村2鄰復興街304巷96號
電話：(03) 318-1378
傳真：(03) 318-1378
法律顧問：永然法律事務所 李永然律師
北辰著作權事務所 蕭雄淋律師

行政院新聞局局版台業字第3595號 營利事業統一編號22759935

定價：270元

國家圖書館出版品預行編目資料

醫統江山 第二輯／石章魚 著. -- 臺北市：風雲時代，2021.02- 冊；公分

ISBN 978-986-352-956-9（第13冊；平裝）

857.7 109021687